MINGUO TONGSU XIAOSHUO
DIANCANG WENKU

# 花萼恨

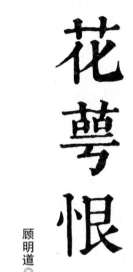

民国通俗小说典藏文库·顾明道卷

顾明道◎著

中国文史出版社

# 顾明道和他的小说（代序）

张赣生

在本世纪（指二十世纪）二十年代末，能与"南向北赵"并称的武侠小说作家只有顾明道。

顾明道（1897—1944），原名景程，江苏苏州人。他八岁丧父，自幼体弱，上学时膝部患骨结核（中医所谓骨痨）致残，行动依赖拄拐。他毕业于教会所办的振声中学，因学习成绩优秀，即留在该校任教，并受洗为基督教徒。1922 年，范烟桥移居苏州，范氏在辛亥革命的时候就曾与友人组织"同南社"，诗酒唱和；这时又于七夕会同赵眠云、郑逸梅、顾明道等九人组织"星社"，以文会友。顾氏由此结识了一批文友，他一生的文学活动大体未超出这个小团体的范围。顾明道因一直希望医好腿疾，所以结婚较迟，抗战爆发后，他和母亲、妻子全家移居上海，苏州的家产毁于战火，从此落入贫病交加的处境中。他一生以教书为业，战前一直在苏州振声中学执教，迁居上海后一面写作，一面仍自办补习学校，招生授课，直至肺结核把他折磨得卧床不起才停办。病重时生活无着落，全靠朋友周济，终年只有四十八岁，身后凄凉。

了解了顾明道一生的经历，有助于我们客观地认识和评价他的小说。

从顾明道一生经历来看，腿残、留校执教、参加星社，这三件事深刻影响着他一生的文学事业。民国初年的上海，盛行哀情小说，即文学史上称之为"淫啼浪哭"的时期。1912年，徐枕亚的《玉梨魂》和吴双热的《孽冤镜》在《民权报》同时连载，随即又连载李定夷的《霣玉怨》，流风所被，一片哀音。顾明道就在这种风气的影响下，开始试写小说，那时他只有十七岁，尚未成年。他的处女作是短篇言情小说，发表在高剑华主编的《眉语》月刊上，这是一份以知识妇女为读者对象的刊物，脂粉气很重，在该刊的创刊号上发表了一篇阐明办刊宗旨的《宣言》，其中说："花前扑蝶宜于春；槛畔招凉宜于夏；倚帷望月宜于秋；围炉品茗宜于冬。璇闺姐妹以职业之暇，聚钗光鬓影能及时行乐者，亦解人也。然而踏青纳凉赏月话雪，寂寂相对，是亦不可以无伴。本社乃集多数才媛，辑此杂志，而以许啸天君夫人高剑华女士主笔政。锦心绣口，句香意雅，虽曰游戏文章、荒唐演述，然谲谏微讽，潜移转化于消闲之余，亦未始无感化之功也。每当月子弯时，是本杂志诞生之期，爰名之曰《眉语》，亦雅人韵士花前月下之良伴也。"看了这篇《宣言》，读者当能了解此刊物的性质。顾明道在1914年左右开始写小说时，选中这样一个刊物投稿，也就表明顾氏本人的性格难免有些多愁善感的脂粉气。

我指出顾氏性格中的脂粉气，因为这决定着他文学作品的基调，丝毫也没有嘲讽顾氏之意，每个人都在一定的环境下养成他的性格，这没有什么可嘲讽的，我们要研究的只是事实。郑逸梅在《悼顾明道兄》一文中提到两件事，其一为："明道最初的作品，刊登在许啸天所辑的《眉语》杂志上，该杂志多载女作家的文字，他就化名梅倩女史，撰着短篇小说。有一位读者，是登徒子之流，写信追求他，缱绻缠绵，大有甘伺眼波之意。明道接到了信，大笑之下，用梅倩具名答复他。那个登徒子欣喜欲狂，寄给他一帧照片，请他交换'芳影'，并约他会晤某园。明道到这时，才用真姓名自行揭破。这一段趣史，明道时常讲给人听的。"其二为："《江上流莺》稿成，我曾为他写一小序，有云：'江山摇落，风雨鸡鸣，我侪丁斯乱世，应变无方，干禄乏术，臣朔饥欲死，乃不得不乞灵于不律，红茧缫愁，绿蕉写恨，借以博稿资而活妻孥。社友顾子明道固与予相怜同病者也。'明道读了，亦为之感喟百端，不能自已。"当时正值日寇侵华，人民生活困苦，对此局面"感喟百端"也是情理中的事，我们不必咬文嚼字，过分挑剔；但达到"不能自已"的程度，就难免少些丈夫气了。以上两件事都可证明顾氏确有些多愁善感的脂粉气。

顾明道养成这样一种性格，固然与前述民初上海文坛的时尚有关，在当时一些人的心目中，唯其如此才配称为"才子"，少了贾宝玉味道就被视为粗俗；但是就顾氏本身的内因而言，腿残对他心理上的影响，恐也不容忽视。肢体的残疾不仅影响着顾明道的性格，也限制着他的行动。郑逸梅《悼顾明道兄》一文说："这时他在吴门振声中学担任教务，因不良于行，往返不便，所以他住在校中。"顾氏是一位多半生未离他那中学小天地的人，缺少广泛的社会生活经历，在这方面，他既不能与同时的"南向北赵"相比，更不能与后来的"北派四大家"同日而语。对于这样一位学生出身，生活面狭窄，又多愁善感的作家来说，写言情小说自然是最方便的，他可以坐在家里凭自己的情感体验来打动读者，只要情感诚挚，哪怕写的只是他个人的小天地，也总会有其可取之处。但自向恺然《江湖奇侠传》引起轰动之后，报刊编者和出版商均热心于武侠一途，顾明道为适应这一潮流，便也改弦易辙，于 1923 年至 1924 年在《侦探世界》杂志发表武侠小说。1929 年，他由杭返苏，途经上海，与当时主编《新闻报》副刊《快活林》的星社文友严独鹤相会，恰逢《快活林》需要连载长篇武侠小说，严约顾撰写，这就促成了他一生的代表作《荒江女侠》的问世。

《荒江女侠》刊出后竟大受欢迎，同年冬，上海三星图书局向新闻报馆购买版权出版单行本，至 1930 年 8 月巳翻印四版，1934 年 11 月更达到十四版，这在当时是很可观的销行数。可见其轰动的程度。由于此书畅销，顾氏也就续写下去，共出版了六集，并被友联公司改编为十三集连续影片，上海大舞台、更新舞台也改编为京剧连台本戏，风靡一时，大有凌驾《江湖奇侠传》之上的势头。这部小说之所以能取得如此出人意料的效果，今天的读者或许很难理解。当时最著名的武侠小说，是"南向北赵"的作品，向恺然连缀民间传说，自有其吸引人的一面，但却少了点爱情纠葛、哀感顽艳；赵焕亭的《奇侠精忠传》据说原有不少狎媟的描写，因而触犯禁例，出版时经过删削。顾明道于此际把武侠、恋爱、探险等成分捏在一起，就给读者一种新鲜感，满足了十里洋场那特定读者群追求新奇、热闹的要求，正如严独鹤在《荒江女侠序》中所说："以武侠为经，以儿女情事为纬，铁马金戈之中，时有脂香粉腻之致，能使读者时时转换眼光，而不假非僻之途，不赘芜秽之词。是以爱读者驰函交誉。"

顾明道用以吸引读者的另一个办法是写"冒险"，他在谈及自己的作品时说："余喜作武侠而兼冒险体，以壮国人之气。曾在《侦探世界》中作《秘密之国》《海盗之王》《海岛鏖兵记》诸篇，皆写我国同胞冒险海洋之事，与外人坚拒，为祖国争光者。余又著有《金龙山下》一篇，可万余言，则完全为理想之武侠小说也，刊入《联益之友》旬刊中。又曾写《黄袍国王》长篇说部，记叙郑昭王暹罗之事，曾刊《大上海报》，后该报停版，余亦中止，他日拟出单行本以飨读者矣。又新著《龙山争王记》，则方刊于《湖心》周刊中，该刊为西湖小说研究社出版者也。曩年余为《新闻报·快活林》撰《荒江女侠》初续集，尚得读者欢迎，今由三星书局出单行本，三集亦在付梓中矣；又为《小日报》撰《海上英雄》初续集，则以郑成功起义海上之事为经，以海岛英雄为纬，以上两种皆由友联公司摄制影片。又尝作《草莽奇人传》，则以台湾之割让，与庚子之乱为背景也。"（转引自郑逸梅《悼顾明道兄》）所谓"冒险体"或"理想小说"，显然是接受了西方的小说观念，是指类似斯蒂文生《宝岛》或斯威夫特《格列佛游记》的体裁，譬如他所著的《怪侠》，写一个身负绝技的革命者，失败后率党徒逃亡海外，去非洲探险，与当地土著争斗，称雄异域，即是一例。

就顾氏的为人来说，他是一个正直、爱国的书生。"一·二八"日寇进犯上海，顾氏写了《国难家仇》《为谁牺牲》等小说，表示了他作为中国人的同仇敌忾之心。顾氏一生写过五十多部小说，以武侠和言情为主，也有社会、历史、侦探等作，他临终前，春明书店出版了他的最后一部作品《江南花雨》，这本小说具有自述的性质。

# 目　录

第一回

## 莺啼燕语报新年

最难更改的是风俗习惯，不论什么事，倘然已是通行于民间，一旦想要改革它，总是十分困难。试观我国的新历旧历，民初迄今始终是双方并行，倒并不弃旧恋新，美其名曰农历。所以国历虽然颁布了若干年，而社会间一到岁尾年头，依然盛行过农历的新年，家家爆竹，户户桃符，有钱的人家杀鸡宰猪，结彩悬灯，非常热闹快乐。对于国历的新年却是阳奉阴违，反不见有何点缀。

尤其是苏州地方，它是在京沪线上的一个风景幽倩、地方安静的住宅区。古语说得好，"上有天堂，下有苏杭"。在苏州的人民沉醉在山软水温的环境里，很多优哉游哉聊以卒岁的富家。便是一班小康之家以及商人们，当那农历新年的时候，也多粉饰太平，椒花献颂，团拜啦、贺年啦、请年酒啦，家家热闹，欢腾华屋。最普遍的便是以赌博为新春的娱乐，往往呼卢喝雉，一掷千金，而闺中小儿女相聚掷状元筹，虽不脱封建思想，而比较那些牌九、摇摊等武赌，却又文雅而有趣味得多了。

在民国二十年的时候，苏州是一个很安宁的所在，不愧有天堂之名。到了农历新年，大小人家尽情求欢，都不肯让它寂寞过去。在阊门南濠街上都是些商界人家，虽没有观前街那样又富丽，又摩登，充满着吸引力，可是殷实的也很多。有一家外面是一个双开间的颜料号，在新年的当儿闭着门，没有开张，有几个店员正在店堂里聚着掷骰子。而在店的后进却另有一座美轮美奂的新式楼房，庭园中花木扶疏，境地幽静。正中一个客堂里，花砖上铺着很厚的地毯，陈列着全红木的器具，正中悬着一幅神轴，桌子上放着大方供大香炉，三盘果子，天然几上左边一个雨过天晴的大花瓶里插着猩红可爱的天竹子，右边是一座新式大自鸣钟，正中还供着一盆水仙花，两边几椅上都披着大红绣花的椅靠。前面走廊下挂着一头鹦鹉，红嘴绿羽，色彩十分艳丽，高唤着："小少爷，小少爷！"

这时，正有一个西装少年，履声叽咯地从外边走进来。这少年的年纪不过十六七岁，头发朝后梳着，搽得十分光滑，脸上也敷粉，更显得子都之姣，濯濯如春日杨柳。身穿新制的西装，外罩着一件高领的大衣，两手套着皮手套，拿着一根司的克和一个快镜箱。走到客堂里把照相机向桌上一放，丢下司的克，很不高兴地伸着一个懒腰。这时候屏风后早走出一个中年妇人来，穿一件玄色绸的衬绒旗袍，手里捧着一只热水袋，右手中指上套着一枚亮晶晶的钻戒，笑容满面地对少年说道：

"克家，你怎么回来了？没有去吗？"

少年把脚一蹬道：

"都是母亲要我等着吃虾仁汤团，迟了半点钟，所以等我跑到那边，船已开了。我忙骑了一头驴子向河岸上追去，直追到枫桥，不见他们的影踪。独自一个人在寒山寺里走了两个圈子，寺已荒废，游人甚少，钟声非旧，碑文多蚀，没有什么好玩儿，因此只好回来了。"

说着话噘起了一张嘴，露出一脸不高兴的神情。妇人道：

"好儿子，别要生气，这次不去也罢，梅花还未盛放呢。稍缓几日，我当邀舅父、舅母雇舟伴你，不是更好吗？"

少年道：

"我不高兴随舅父们一起去。今天是同学约的，他们有几个从上海来一起玩，当然很有兴致。都是你教我吃汤团，耽误了我的时光，他们已开船去了。"

妇人笑道：

"你不好怪我的，他们太性急了，为什么不等候你呢？"

少年道：

"这大概是小李不好，他本来和我有些意见，借公济私，逐出我一个人。明天见了他，必要向他理论。我庄克家不是请不起客人的，船钱船菜一起给我来也可以。"

妇人道：

"你不必这样发怒。好玩的地方多了，今天晚上请你到开明大戏院去看十五本《西游记》，好不好？"

少年摇摇头道：

"看戏吗？我在上海不好看吗？布景好，角儿好，一切都远胜这里，何必回来看戏呢？"

妇人搔搔头道：

"闲话少说，你没有吃饭吗？"

少年点点头道：

"虽然没有吃午饭，可是肚子已气饱了。"

妇人走过去，抚着他的肩膀说道：

"好儿子，何苦如此呢？我们刚才吃过了，你没游着山，饭总要吃的，饿坏了身体不是玩的。你和谁怄气呢？真太犯不

3

着啊。"

说着话遂唤一声阿宝。早有一个年轻的婢女，挑着前刘海儿，脸上敷着胭脂，穿一件青布单旗袍，笑嘻嘻地走过来说道：

"少爷，太太何事呼唤？"

妇人道：

"你快去吩咐厨子老陈端整二少爷吃午饭，把烧好的童子鸡盛上来。"

阿宝答应一声，立刻回身走去。于是妇人陪着少爷，开了左边一扇洋门，走进里面去，乃是一间餐室。室中生着火炉，一室尽春。少年把大衣一脱，挂在衣架上，向正中圆桌旁拉开一张沙发椅坐下。阿宝跟着走进，取过一双金镶翡翠筷来，放在少年面前，又去端上两个酱油和辣酱碟子，冲上一杯元宝茶。妇人坐在一旁，要看他吃饭。一会儿，一个老妈子托着一大盘菜肴进来，一碗一碗地放在圆桌子上。阿宝又去食橱里取出许多冷盘来，放满了一桌子，又问二少爷可要喝酒？少年道：

"不要喝。"

于是他取过翡翠筷，慢慢地吃饭。妇人指着中间一碗清炖童子鸡，对少年说道：

"我知道你对于什么肉圆和蛋饺之类都不要吃，独喜吃童子鸡，所以我叫老陈觅了来煮给你吃，别人都不许喝一口汤的，你快快多吃一些。还有冷盘里的野鸭、糟鸡、熏鱼、红烧蛋等，你在上海学校里尝不到这些好滋味，也可以多吃一些。"

少年将筷夹了一块糟鸡，送在口里细嚼，便说道：

"味道也不见佳妙，我在上海常和朋友们吃馆子，什么四川馆子、河南馆子、广东馆子、福建馆子，以及各种西餐都吃过了，味道好的菜肴真多。春天母亲到上海去游玩时，我可伴你去吃啊。"

又把匙去舀童子鸡汤喝，咂咂舌道：

"这童子鸡汤倒很不错，上海馆子里没有这样原汁的。"

于是喝了再喝。妇人见她儿子赞赏童子鸡，便很快活似的说道：

"那么你多喝些吧！这鸡肉也很嫩的，你可以一起吃下去。"

于是少年尽吃那童子鸡，一碗饭要快完时，妇人早在旁说道：

"阿宝快代二少爷添饭。"

阿宝掩在门外，连忙进来代少年添上一满碗饭，妇人又道：

"你欢喜吃鲫鱼吗？明天我吩咐老陈去买两条大鲫鱼来，加上冬笋、火腿、冬菇、蛤蜊，煮鲫鱼汤给你喝，好不好？"

少年一笑道：

"很好，我想带些虾干到上海去请同学吃，他们很喜欢吃苏州的大虾。上海的虾，价钱实在太贵了，而且又不新鲜。"

妇人道：

"制虾干最好在四五月里，拣了带子的水晶大虾，煮熟了，加上盐味，在阳光下晒干，可以不坏。现在天气时时阴霾，不便制的。我代你熏些大虾，带上去好吗？"

少年道：

"也好。"

说着话，午饭早已吃毕，阿宝端上面汤水来，给少年洗脸揩嘴。少年洗过脸，又对妇人说道：

"我到哪里去好呢？时候已有两点钟了。"

妇人道：

"到观前去走走吧！"

少年道：

"一个人走没有意味，这里没有跳舞场，否则还是跳舞有趣。"

一边说，一边在室中将两足溜达着，做出跳舞的姿势来。阿宝在旁掩着口笑。妇人对伊说道：

"你瞧，二少爷到了上海去读书以后，这种玩意儿都学会了。听说现在大亨们在外边交际都要学会这一套，像我们苏州人是看不惯的。"

阿宝道：

"到底二少爷聪明，一学便会，换了大少爷是呆木木的，哪里会如此呢？"

少年听阿宝的说话，便笑嘻嘻地对伊说道：

"你要不要学做舞女，拖黄包车？来来来，我和你试一下子。"

说着话，就过去拉扯阿宝的手臂，阿宝喊声啊呀，连忙躲避不及，钻到妇人身后去，少年把伊一把拖住，在室中团团儿打转。阿宝笑得闪了腰，向少年哀求道：

"二少爷好少爷，饶了我吧，我是不会的。"

妇人带着笑道：

"克家，你发痴吗？和阿宝去跳舞作甚？快快放了手，要跳舞还是到上海去跳。"

老妈子掩立在门口偷瞧，笑得咳嗽起来。忽然外面笑语喧哗，有几个人莺莺燕燕地走进来，廊下的鹦鹉又娇唤起来道：

"好小姐，好小姐。"

老妈子忙推门说道：

"客人来了。"

少年的手一松，阿宝一溜烟地逃到后边去。妇人遂和少年走出室来，一伙客人已走到客堂中间，当前一个西装少年，约有二十多岁年纪，紧靠着他身旁是一位装束华贵的少妇，披着一件灰背大衣，踏着高跟革履，脸上涂得红红的，手里还捧着热水袋。背后还有两个少女，都在豆蔻年华，穿着新式的长毛骆驼绒大衣，烫着云发，涂着胭脂，格外见得美丽。又有一个七八岁的男孩子。少女们见了妇人，便叫声姑母。又见了少年，便带笑道：

"二弟在家吗？"

少年道：

"什么风吹你们到此？两位表姊，新年快乐。"

一个颊上有一小粒红痣，年纪稍长的答道：

"今日吹东南风，所以把我们吹来了，我们要向姑母拜年呢。"

还有那少年和少妇也说道：

"我们是来向庄家伯母拜年的。克家兄弟凑巧在府。"

遂上前和他一握手，男孩子也跑上来叫婆婆。妇人道：

"难得你们前来，使我很是喜欢。卫少爷，卫少奶，新年万福。"

于是两个少女去拖一张椅子，强要妇人坐了，一个个向伊拜年。妇人怎肯上坐，偏着身子，一个个把他们拉住，口里还说着许多吉祥好话。拜年毕，妇人和少年便领众人到右边客室中去坐。室中也熊熊地生着火炉，一切陈设都是新式的器具，富丽堂皇，地上铺着织花的大地毯，靠窗放着一张大沙发，东边也是一对沙发，一座玻璃橱内放着不少古董玩器，正中是大菜台，两旁列着六张沙发椅子，壁上悬着油画和绣花的镜架，靠里面一张大山巴上面安着一座八灯收音机。妇人请众人在大菜台边坐下，台上放着果盘。阿宝和老妈子早托着菜盘献上一碗碗元宝茶来。茶碗盖上还各放着两枚橄榄，这是新年中敬客的一种必要东西。苏州人称橄榄为元宝，敬人吃这东西是叫人赚元宝。凡是什么食物到了新年里都可称为元宝，不论它象形不象形也可见得苏州人善颂善祷的心理。大家喝着元宝茶，有说有笑。妇人说道：

"今天克家本来被同学们约了同游邓尉山去赏梅花的，都是我早上要自己做虾仁汤团给他吃，他遂一个人跑回来，闷闷不乐，没处可走。恰巧你们来了，卫少爷、素小姐，请你们伴他打牌吧！"

西装少年点点头道：

"可以奉陪。"

两少女和少妇都把大衣脱下，带笑说道：

"我们正是要来打牌的，很好。"

少年也微微笑着。妇人见她儿子并不反对，便吩咐阿宝快快端整桌子，缚上桌布，倒出麻将牌来，派开码子。两位少女和卫姓少年陪着二少爷打牌。少妇和妇人都坐在旁边看。这时有一个十八九岁的少年，衣服穿得很朴素，面貌也很俊秀，在门口探头张望了一下，年长的少妇便把手一指道：

"大弟来了，进来进来。"

少年只得走进来，同时向卫姓少年招呼，彼此说声恭喜。少女道：

"大弟可打牌吗？"

他站在克家背后，摇摇头道：

"我不会的，你们都是健将。"

克家回头一看道：

"你是不赞成的，道不同不相为谋。"

妇人见了他，板着面孔不开口。两少女也只顾打牌，不再多说，恰巧克家和一副坐庄的大两番，喜得跳了起来。大家注意在牌上，少年独自悄悄地回身走去了。妇人等他走后，便道：

"这种书呆子有精神病的，呆头呆脑，你们去理睬他作甚?"

年长的少女笑道：

"克绳大表弟是老实人，他的脾气确乎与众不同。"

妇人道：

"别谈他吧！我见了他总是气。你们不要笑他呆。他别的事都呆，独有一件事不呆的。"

少妇问道：

"什么事不呆呢?"

于是妇人将嘴一撇，告诉出一件不呆的事。

# 第二回

## 憎爱分明后母心

妇人是谁呢？著者在伊开始要讲不呆的事，先要把他们的家世略述一下，好使读者明了一切。

原来那妇人姓秦，是城中乡绅之家的女儿。伊的父亲早已故世，家道也渐渐衰落，不过苏州人喜欢保持体面，内中尽是空虚，外面却仍要好看，不肯有损世家的故旧门第。秦氏自幼娇养成习，伊有一个哥哥，名有华，是坐吃不做事的。生有两个女儿，长的闺名素文，幼的名唤素贞，都是非常美丽，在城中一个女学校里读书。有华一天到晚在家中吞云吐雾，一榻横陈，以为天下最乐的事。有时聚集几个朋友在家做方城之戏，所以他的两位小姐对于麻将、扑克也是精而且熟的。

秦氏择婿甚苛，目光甚高。伊的母亲很是宠爱伊。说媒的来了无数，都是撮合不成。后来年华逝水，一去不回，未免渐有摽梅之感，方才有一家亲戚代伊执柯，许配于庄家的庄少云为续弦。

庄家是住在阊门城外，在南濠街上开一家颜料行。少云自幼经商，长袖善舞。在一九一四年欧洲大战发生的当儿，凡是经营颜料业的商人无不获利什百，大大地发一笔财，如贝家、奚家那

10

些富户是人人知晓的。而庄少云因此也赚有数十万之多，所以在后面建筑起一座欧式的新屋来，大家都知道庄少云发财了。可是少云虽然发财，而他的夫人曾氏忽然得着急症逝世。虽然遗下一个二三岁的男孩子，名唤克绳，而揆情度理，少云势不得不再求鹓弦重续。过了半年，他自己一有了表示，冰上人络绎而来，于是经亲戚的介绍，方才聘定了秦氏为继室。庄家素慕秦氏是名门闺女，而秦家却喜悦庄家是新奂富商，因此结了朱陈之好。秦氏初归庄家时，品貌甚佳，没有一个不称赞，且说秦氏有福气，以前死去的曾氏没有福气享受了。秦氏起先对于克绳尚无恶意，后来她自己生下了克家，容貌又较克绳可爱，幼时就十分聪明，因此伊就憎恶克绳，渐渐待克绳不好，而对于克家却是风吹怕肉痛地钟爱异常。凡是克家要什么，伊总是千顺百依，博伊儿子的喜欢。少云有季常之癖，内里一切大权都握在秦氏手掌里，自己反不得做主，很想卵翼克绳而不能。有时反至因克绳问题，而夫妇之间发生勃豀，加添不少气恼。少云很急切栽培两个儿子。在他们弟兄俩幼年的时候，特地请了老师宿儒在家里教他们读书。克绳性情温厚，质朴无华，见了人讷讷然不会说什么话，而读书十分用功，孜孜矻矻地埋首窗下，目不窥园；克家却常常跳踉嬉戏，天性甚是聪明伶俐，经先生一教便能颖悟，虽不常伏案，而所读的无不明了，因此先生又赞美克家了。秦氏知道后，自负伊的儿子是个神童，足以压倒乃兄，特地拿出一笔奖金来奖励伊自己的儿子，写了克家的名字，把来存在银行里。又常常代克家做新衣服，装饰得如王孙公子，华贵非常。只苦了克绳，除了他的父亲偷偷怜爱他，还有谁来爱他呢？秦氏又逢人夸赞克家的好处，对于克绳却有贬无褒。行里大小职员，以及亲戚们，大都趋炎附势，要讨秦氏的好，当着秦氏的面，没有一个不称赞克家是个浊世佳公子，秦家千里驹。就是有人不以为然的，也不敢在秦氏面前袒护克绳，敢说克家半点儿不是，遂养了克家的骄心，往往自作聪明，眼高一切，不尊重他的哥哥，甚且时时奚落克绳，讥笑他行为痴呆。弟兄俩年纪渐长，到学校里去肄业，克绳的成绩也不错，可是秦氏总说克家好。少云心里常要为克绳隐忧，将来不免要吃他兄弟的亏。果然事实是如此了。

有一年，少云忽患伤寒重症，一病不起。临终还遗嘱秦氏要放宽度量，把两个儿子一例好好儿栽培成人，休要偏袒克家苦了克绳。秦氏口里虽然答应他，心里却是依然不赞成伊丈夫的说话。少云在世时，伊尚且憎厌克绳，少云故世以后，伊更要歧视克绳，白眼相向，怎肯听伊丈夫的说话呢？伊的心里暗暗计算丈夫的遗产很多，倘然没有克绳时，伊的儿子克家便可一人独得。现在却不能够打如意算盘，将来不是弟兄二人均分吗？因此伊把现金暗地里隐藏在自己名下，他日可以让给克家。处处地方对于克绳不怀好意。又因母家时告匮乏，伊也要暗中接济伊的哥哥和母亲。后来伊的母亲逝世，丧葬的事一切都由伊拿出钱来料理，好在庄家没有别人可以管她的账。克绳年纪又轻，处于继母压迫之下，什么都没有他的份儿，竟如寄人篱下，苦痛满怀，有了眼泪向谁去哭呢？

克绳、克家本来一起在城内某某初级中学读书的，但是克绳正当初中卒业的时候，忽然生了一场疟疾，病了二三个月，等到痊愈时，已在暑期，缺了学分，不能去赴会考，得不到毕业文凭。依着克绳的心思，要想法补读后再去考试。谁料秦氏一心妒忌他，不使他毕业，只说他身体有病，不宜再读，听从医生的谆嘱，在家休养。又因行里缺少职员，便叫克绳在自己颜料行里帮做事。对外只说行里的事须有自己人管理，方可发达，克绳年长，自己渴望他将来能够继承父业，所以叫他不再求学，就习本业，说得一片道理，无可驳斥，而伊在暗中却叮嘱经理先生不要把实权交给克绳。经理先生觑透秦氏之意，当然朋比为奸去欺负克绳，只叫克绳写写信，守守店，不使他熟悉其中经络门槛，一切账目也不给他顾问。弄得克绳投闲置散，无事可为，十分无聊。心中要想读书，而事实上却又不能。做店员本非他的志向，没奈何委屈忍受，而一颗很热烈地求学之心，终不肯因此稍懈。自己把家中所有的书籍细细参阅，碑帖徐徐临摹，又节省了钱去入函授学校，中英文同时并修。秦氏奈何他不得，所以时时骂他为书呆子了。后来，克家也在初中毕业，照例升入高中，而克家却在他母亲面前嚷着要到上海去读书。因为他有一个同学姓高名其达的，他的姊姊嫁在上海，他嫌在苏州读书太呆板而不快活，经他的姊姊相邀，遂决定在下学期到上海立人大学的附中去肄业。要想招几个同伴一起去，故怂恿克家也到立人附中去投考。克家遂向他母亲吐露自己的意思。秦氏起先不赞成克家到上海去求学，以为克家年纪尚轻，只有十六岁，住宿在校中，饥寒饱暖，恐怕自己还不能当心自己，更使伊要悬悬于心。但是克家一听他的母亲拦阻，他立刻噘起着嘴，露出一脸不高兴的样子，甚至饭也不要吃，睡在床上不起来。秦氏样样依从他的，唯有这一遭劝阻了数语，克家便异常不快，一定要达到他的目的。果然最后胜利完全属了他，因为秦氏拗不过伊的儿子，只有答应他了。自从克家赴沪求学以后，秦氏时时思念克家，曾有一次亲自到上海去看他。克家却只要金钱，东出花样、西有问题地向他母亲予取予求。半年之中秦氏汇进去了不少，却没有告诉人家知道，代伊的儿子包瞒，恐怕别人家要说伊私心太重呢。

这个新年里，克家校中放假回家度岁，秦氏又代他新制了一身西装，天天烧精美的菜肴给他吃，恐他在上海学校里没有好的吃到。谁知克家时时在外边吃馆子呢？今天克家游不到邓尉，十分扫兴，秦氏正苦无法使伊的儿子快活，便自己好像有了重大的心事一般，不觉愁闷，幸亏母家有人来了。伊的侄女素文、素贞都是玲珑活泼的女儿家，又有姓卫的少年名唤又玠，是他们同居，寄名于伊哥哥的，所以彼此都是亲戚。卫又玠在观前开设一家照相馆，常要请克家去摄影，大照小照，一律义务赠送。克家的粗会摄影，也是卫又玠指导他的功劳，所以往还也很密切的，今日带了伊的妻子和小儿一起来拜年，大家凑热闹打起牌来。人情最是势利不过的，大家只知道阿附克家，好像庄家只有这一个小主人。克绳忝为长子，在庄家却如寄生的人，秦氏陌路视之，见了他总是冷冷地不交谈一语，因此克绳见了秦氏，当然十分畏惧不敢亲近，要钱时也只向经理先生支取，不敢去和秦氏开口。秦氏还知照经理不要给克绳多取钱，待他甚是苛刻，时时多厌他。兄弟二人比较起来，天远地隔了。此刻秦氏要讲克绳一件不呆的事，当然又是诽谤他。卫又玠夫妇是秦氏一边人，所以要秦氏告诉他们听。秦氏遂信口开河地说道：

"人家都说克绳老实，我说他是死猫活贼，外面看起来呆头呆脑，什么也不懂，见了我们却鬼鬼祟祟地远而避之。他不和我亲近，我怎么高兴去理他，让人家编派我做后母不是便了。做了后母免不得要受恶名的。幸亏我自己也有儿子，将来不稀罕他。"

卫又玠的妻子开口道：

"伯母说得不错。克家弟比较他哥哥又聪明，又灵活，才貌出众，伯母的福气真大呢！"

秦氏微笑道：

"托福托福，他们弟兄一样在学校读书的，可是克绳的成绩差得多了，所以我要他留在行里学管些店事和生意经，这也是我的好意。谁知他背地里常怨恨我不给他读书，真是不识好歹。"

素文将手摇摇道：

"姑母这些话不要多说，我们都晓得的，请你快说他的不呆的事给我们听，好不好？"

秦氏遂将手向东边一指道：

"这里东邻住有一家姓唐的人家，因为也是我家的房产，所以在店堂后面天井里有一扇门是和他家相通的。他们大门关上，常常从我这里出进以为便利。少云在日已答应了他们，所以一直做了老例，我也未便禁止了。唐家的主人唐佩之和少云也是朋友，可是他最近数年到广州去经商了，常在外边。他家中简单得很，只有他的夫人和一子一女。子名仁官，年龄尚小，在小学校里念书。但是女名永朴，今年也有十七八岁了，在本城某高中肄业。"

秦氏说到这里，素贞插口说道：

"对了，我以前来时也见过的，风头很健，可惜脸上有几点白麻子罢了。难道……"

克家早笑着嚷道：

"十个胡子九个骚，十个麻子九个俏。"

说得众人都笑起来，秦氏又道：

"克绳近来时时得闲便要到唐家去坐谈，亲近得胜于自己人了。他们母女俩不知怎样地也都喜欢和这书呆子在一起。而唐永朴常和他坐在一起闲谈，这都是行里职员告诉我听的。有一天，他还背着我跟他们去看电影呢。你们以为他真是呆子吗？他和唐家小姑娘常在一起，怕不是男有情、女有意吗？这是呆子能做的事吗？所以我又要说他不呆了。"

卫又玠不禁带着笑说道：

"越是书呆子，越会偷偷摸摸，自命风流，去和人谈情说爱。唐伯虎不也是书呆子？"

克家冷笑一声道：

"嘿！他配做唐伯虎吗？笑死人了。"

说着话，他手里正拿着一张发财打出去，对面素文连忙把牌放倒桌上，跳将起来道：

"我和得三元了，好快活啊！"

双手拍着，禁不住哈哈大笑不止。

第三回

# 问君谁是意中人

　　大家一齐去看素文的牌时，原来外边碰出一记中风，和下的牌乃是一二三万的一个搭子。白板三只，东风两只，发财两只。素文道：

　　"我这副牌拿得真好，发财东风双对倒，发财来是三元，东风来也是三番，现在我敲着弟弟的庄了。"

　　克家道：

　　"这副牌真是一点儿也瞧不出。我又凑巧听母亲讲话，稍不留神，弄出了三元大牌，我又坐的庄，被素文姊重重地敲了一下。都是克绳这害人精，若不是讲他时，也许不会打出这牌来的啊。"

　　秦氏把齿咬着下唇道：

　　"不要讲他吧，你们尽管一心打牌。这书呆子是一世没有出息的。"

　　于是伊就走出去，吩咐下人端整点心了。克家专心致志地和卫又玠以及两个表姊打牌，直至晚上方始歇局。克家一人独负，输去了三十元。自己身边虽然有钱，可是舍不得拿出来，却伸手向他母亲去要。秦氏很慷慨地取出六张伍元的中国银行钞票，都是簇新的，折痕也没有。素文笑道：

"新钞票我恰巧赢十块钱，便拿两张。"

克家道：

"你就赢在那副三元大牌上，间接是书呆子便宜你的。"

大家又笑起来了。秦氏遂请他们同至餐室里去吃夜饭，大家鱼贯而出，齐至餐室中，挨着次序坐下，留出正中一个座位让秦氏坐。今天秦氏因为新年里人家来拜年，留吃饭，所以一切都很讲究，精美的菜馔摆满了一桌，自己拿着一双筷子敬给众人吃。素贞道：

"我们都是自己人，姑母何必这样忙？请自己吃吧！我们也会夹取的。"

卫又玠夫妇也道：

"多谢伯母，我们也是不客气的，伯母太优待了。我们须敬伯母喝一杯酒。"

于是又玠的妻子斟了一杯酒敬与秦氏。秦氏接过，谢了一声，喝下肚去。卫又玠也斟满了一杯递至克家面前，带笑说道：

"我也要敬克家老弟一杯，请你干了这杯酒，今年娶位如花似玉的新娘子，我们大家来吃喜酒。"

克家笑道：

"娶新娘子吗？这个我却不着急。我年纪尚轻，总要有合意的方可。"

说着话，举起杯来便喝。素文笑嘻嘻地向克家问道：

"那么我就要问你可有什么意中人呢？不妨老实告诉出来。我姑母一定依允你的。"

克家微微笑道：

"你问我意中人吗？什么叫作意中人？我不懂这个意思，请

18

表姊讲解给我听。"

素文究竟是女孩儿家，面皮嫩起来了，给克家这么一反问，红晕双颊，答不出话。秦氏却笑说道：

"男大当婚，女大须嫁，这件事是天经地义，不用讳言的。克家的婚事我常常放在心上。去年有好几处来做媒，很有几家门第高贵的小姐。我颇有意思，但因现在时代是一切新法了，儿女的婚姻要得着他们自己的同意，不能父母强代做主，所以我把许多照相留给克家看。谁知他看得都不中意，只有一家姓卢的小姐我曾给他看过照片，他却尚没有表示。这位小姐是非常摩登的，年纪轻容貌美，今年在本城一个教会学校里肄业。伊的父亲卢世荣，以前当过医务稽核所所长，很是有财有势的。"

卫又玠道：

"原来是卢世荣，我也知道。他家住在严衙前，造起了洋房，很有些名气的。那么克家老弟的意思究竟怎样呢？倘然在上海没有女同学女朋友时，我想这头亲事也是很好的了。"

素文、素贞都向秦氏问道：

"姑母，那卢小姐的照片可在这里吗？"

秦氏点点头道：

"在这里。我和媒人说，过了正月半再谈。倘然克家同意的，我也要代这位小姐算算命。"

素文道：

"只要同意，算什么命？姑母太迷信了。"

素贞道：

"姑母，请你把卢小姐的照片给我们一看，好不好？"

秦氏道：

"好的，你们吃菜，待我到楼上去拿。"

说着话，立起身来走到楼上去了。素文指着克家道：

"家弟，大约今年或是明年要请我们吃喜酒了。"

克家道：

"我要先吃了表姊的，然后再请你们吃呢。我也要问你，那位密司脱施和你通信到怎样程度？也快成熟吧！"

素文道：

"啐！你不要管这些事。"

克家道：

"你既不要人家管你，那么，你偏喜欢管人家的闲事做什么呢？"

素贞道：

"我们的事不许你管。"

克家笑着，对卫又玠夫妇说道：

"好啊，人家说父子兄弟兵，她们却是姊妹兵了，一致向我攻击。请你们下句公断的话吧！"

卫又玠道：

"我们是自己人，大家应当公开。"

克家听说，将双手拍着说道：

"公开公开，素文姊，你听着吗？请你公开。"

素文摇摇头道：

"我偏不公开，看你们怎样奈何我？"

又玠道：

"将来等到那位密司脱施做起新郎时候，我们便要大大地灌酒，使你们……"说到这里，却缩住了。克家又拍起手来。这时候秦氏双手捧着一个很大的绯色信封，走进室中。素文姊妹早立起身，跑到秦氏身边，抢过信封去，抽出那张照片来，有透明纸掩护着。素文姊妹四道目光细细瞧那照片，只见一个十七八岁的少女，头上烫着卷曲的云发，身披一件单大衣，内穿软绸旗袍，踏着高跟革履。不但态度华贵，容貌也很艳丽，确乎是一位闺秀。旁边还签着英文缩写的字。卫又玠夫妇也走过来看，又玠的夫人早嚷起来道：

"这位小姐我在观前街上时时遇见伊的。有时和几个女同学一起走，有时坐着自己的包车，叮叮当当地疾驰而过，容光焕发，令人注意，我认识伊的。"

大家看着照片，啧啧称美。秦氏很得意地说道：

"倘然成功的说话，也许今年冬里可以请你们吃喜酒。我是希望早抱孙儿的。"

素文把照片高高举起，又对克家说道：

"这就是你的意中人。"

克家笑道：

"表姊怎么今天如此高兴？"

素文道：

"赢了钱如何不高兴？况又听得二弟的喜讯，当然要快活了。"

秦氏道：

"到那时候你们大家都要请过来吃喜酒的。"

又玠便又斟满了一杯，一饮而尽，说道：

"今天先贺一杯。克家也答饮一杯，素文姊妹都喝一杯。"

克家口里胡乱哼起外国的《月光曲》来，有些手舞足蹈。素贞把照片还给秦氏，秦氏仍去放好。下人端上一品锅来，秦氏道：

"天天吃暖锅，大都是些蛋饺肉圆糟鱼红鸡，恐怕你们吃厌了。今晚我特地叫小婢到菜馆里去定煮这一品锅，乃是一只鸡，一只鸭，金银蹄各一，外加野鸭一只，鸽子一只，二十个蛋，总够你们吃了。大家快趁热吃吧！"

克家便伸手揭去了盖儿，说声请。大家也不客气，各将筷子要夹，素文忽然说道：

"哎哟，还有克绳哥在外边，恐怕他尚没有吃夜饭，我们客人却先吃了。姑母可要唤他一声？"

秦氏道：

"唤他作甚？他并不是不知家中有客人。他陪也不肯来陪，明明以为你们都是我母家面上的人，所以不来奉陪。我们又不是少不了他的，让他去吧！况且他平常时候也大多数在外面店堂里吃饭的，和我们母子俩远远的，究竟克家不是他的嫡亲兄弟，不在他心上。此刻时候恐怕他早已吃了，唤他作甚？"

素文姊妹给秦氏这么一说，也就不响了。大家吃过晚饭，又坐了一刻，已是九点半了。又玠夫妇带着他的小儿，起身告辞。素文、素贞也要同走，于是秦氏吩咐下人代他们去雇定街车，付去车钱，送他们出来。素文姊妹临去时，问姑母要几时回去。秦氏道：

"总要过了年初六方可回家，你们不必等我。克家在明天早晨也许要来拜年的。"

素文道：

"很好，我们等候二弟来。"

当他们一边说，一边走至门外时，经过店堂口。素文留心瞧瞧店堂内只有两个小职员坐在那里看书，克绳也不在内。秦氏便向一个职员问道：

"大少爷在哪里？莫不是又到隔壁去了吗？"

那职员点头微笑，也没有说什么。秦氏遂对素文姊妹冷笑一声道：

"你们现在总相信我不是在背后说他的坏话了。人家说他老实，这是看错了人，所以我说他是死猫活贼呢。"

大家听着又都笑起来了。素文姊妹要紧回去，且也不便说什么，遂和又玠夫妇一齐走出，辞别了秦氏母子，坐车而去。

秦氏也和克家回到里面，母子们絮絮谈话，也不去管克绳的事。秦氏心中只希望克家早得和卢家小姐克谐良缘罢了，所以劝克家同意于这婚姻。克家仍是没有决定的表示，这也因为克家自有他的难处，不能和秦氏明言呢。

他们母子俩谈了一刻，方听克绳的咳嗽声，走到楼厢房里去了。克绳的卧室在西楼，和秦氏母子的房间隔离甚远，一向难得走到秦氏房中来的，孤零零地没有人去睬他。他也和人家落落寡合，尤其是对于克家弟兄俩，虽然见面，也是无话可说。秦氏说克绳不亲热，其实克家的骄气很是令人难堪，在他的心目之中，哪里有什么兄长呢？克绳的缄默，也是为环境所使然。幸而他还有一个去处，可以吐吐苦闷之气，也不管人家飞短流长、冷嘲热讽了。今天他见素文姊妹等来贺年，秦氏爱护着克家，一同欢笑寻乐。自己偶然走进去，大家对他都有淡漠样子，而秦氏更是做出难看的面孔，连他立在一起，也要觉得讨厌的模样，所以他就回身走出，仍坐到店堂里去看书。晚上他曾悄悄地进来过一次，见他们兴高采烈，有说有笑，自己一个人好像不是庄家的子弟。后母的冷酷，幼弟的骄狂，更是刺痛了他的心。回到外面店堂里，包饭业已送来，只有两三职员留在店里，其余都到家中或朋友处去行乐了。饭桌上冷清清的，他就坐下来和他们一起吃。因为他是常常和他们同吃的，一些没有小开的神气，职员们也惯常

23

了，不以为奇。

克绳吃罢晚饭，里面雀战未毕，晚宴未设。他遂推开店堂后面天井旁边的一扇小门，走到唐家去。唐家方吃过晚餐，永朴穿着一件新制的胎皮旗袍，捧着一个热水袋，和伊的母亲陪着小兄弟仁官在客堂里掷状元红。仁官一见克绳，便嚷道：

"克绳哥哥，你也来和我们同掷状元红，好不好？"

克绳点头道：

"好的。"

走到桌子前叫了一声伯母，又和永朴微微一笑。永朴指着伊对面一张圆凳说道：

"你坐下吧，我们正少人同掷呢！"

永朴的母亲也说：

"克绳少爷，你晚饭吃过吗？"

克绳答道：

"吃过了。"

永朴的母亲道：

"听说府上正有客人在那里打牌，你母亲曾派小丫头到菜馆中去定一品锅，难道你没有陪客吗？这是我听你家小丫头说的。"

克绳淡淡地答道：

"没有。他们都是一伙人，我遭他们的歧视。他们不来唤我，我也不高兴奉陪他们，所以走到这里来了。"

永朴的母亲点头叹道：

"你的后母实在是太偏心了，令人旁观着不服气。"

永朴手里数着二十个铜圆，放在桌上，说道：

"这些气话不要讲，我们快掷状元红，一样也是寻乐。"

克绳遂取出纸币来向永朴换了铜圆，四个人一齐掷状元红，呼卢喝雉地掷了两回。有一次轮到克绳掷时，六粒色子掷向碗中，声音异常清婉，大家眼前一耀，仁官早大嚷道：

"红红红。"

只见碗里清清楚楚的六粒色子都是红色。克绳也惊呼道：

"怎么我竟掷出一个红一色了？抄家抄家，你们手里的钱都要被我抄去了。"

永朴的母亲对他说道：

"恭喜恭喜，俗语说，三财四喜，你掷出六个红来，一定有喜事，若是换了六只么便有晦气。"

克绳笑道：

"我只有晦气，哪里有喜气？这是碰巧的事。"

永朴道：

"巧极了，你的手气好。"

说着话，将自己身边的钱立刻送到克绳身边去。仁官也学姊姊的样，把他母亲身边的钱也捞到克绳身边去了。克绳吩咐笑道：

"我大赢了，明天请你们吃点心。"

仁官道：

"我不要吃点心，我要一样东西。"

克绳道：

"要我送什么东西给你呢？你说你说。"

仁官道：

"我要你把前天送给姊姊的东西再送一个给我，便得了。"

仁官说出这句话时，克绳和永朴的脸上顿时都飞起两朵红云来。

第四回

# 心有灵犀一点通

仁官说这话是无心的，但永朴的母亲正在一起，这真使永朴和克绳难以为情了。永朴的母亲带笑说道：

"仁官，你不要向克绳哥哥胡缠。他送什么东西给你的姊姊呢？不要胡说。"

到了这个时候，克绳只得红着脸说着：

"伯母，我老实告诉你吧，这也是送着玩的，没有什么意思。因为先母逝世时，有许多珍宝存留在伊的箧中。先父在丧后一一检点，我在旁边观玩。恰见有一对雕琢玲珑的翡翠鸳鸯，我拿在手里，玩个不休。先父向我索还时，我坚持着不肯归还，涨红着脸，几乎就要哭出来了。先父甚是爱我，遂连锦盒交给我，叮嘱我好好儿收藏着，不要失去。我喜欢得了不得，把来什袭珍藏，有时拿出来玩玩。后来先父便娶了现在的继母。继母来后，先母所有的东西一股脑儿全被伊没收了去，我也就将这翡翠鸳鸯秘密藏好，不给伊知道。前天我跑到这里来，见永朴妹妹正在缎子上画一对鸳鸯，是校中刺绣课的功课，要永朴妹妹亲绣的。永朴起初画得有些不像，一时手边又无范本。我忽然想起那件东西来，遂叫伊少待，回到我房里去取了那东西前来给永朴看，以便摹

26

绘。当时伊看了，咦咦称美，我因伊一时不能画好，便将翡翠鸳鸯放在这里，托伊代我暂时收藏。以后伊要还我，我也没有拿去。有一天，坐在此间谈话，伊拿那东西交还我，我以为这是宜于女子珍藏的，永朴既然称赞过，谅伊心里也必喜爱，我也就真心诚意地要送给伊。永朴一定不肯接受，我也不肯拿回，放在永朴怀里便跑，因我正有店中事情去干了。那时候小弟弟在旁边瞧见的，想不到他今天要向我索同样的东西，那要请小弟弟原谅，须知我只有那一件东西，哪里去找相同的呢？恕难奉命。隔一天我到玄妙观去买许多玩物给你，好不好？"

克绳一连串说这话时，永朴的母亲全神贯注地倾听。永朴却很有些不好意思，脸上红红地坐在一边，低倒着头不开口。仁官起初笑嘻嘻地张开着嘴听克绳讲，但等他听到这事不成功，克绳请他原谅时，他就将一张小嘴高高地噘起说道：

"克绳哥不要骗我。这东西一定有卖的，你不好想法去买一个吗？可见得你和我姊姊好而不和我好了。"

克绳给仁官又加上这一句话，不觉窘得什么似的，只得勉强笑着，遮饰他的窘态，徐徐说道：

"好好，我就去买一个来，免得你说我不爱你。"

永朴的母亲既已明了真相，便对仁官说道：

"你不要只是歪缠。这东西我虽没有瞧见，谅是很值钱的，叫你克绳哥到哪处去买呢？"

又对克绳说道：

"这样珍贵之物，永朴怎能轻易拿你的呢？无怪伊要不肯接受了。你也不要一时高兴送掉了，以后恐要懊悔呢。"

克绳连忙摇摇头道：

"我哪里会懊悔？这是我自愿的。永朴妹妹能够接受了我的

27

微物，我已是非常快慰了。"

永朴的母亲又向永朴说道：

"你拿给我一看可好？"

永朴立起身来，对克绳的脸上瞧了一下，又向仁官白了一眼，回至伊自己的房里去。少停姗姗地走来，手掌里托着一个小小锦盒，是蓝丝绒制的，交与克绳道：

"我因你不肯拿回去，遂代你收藏的，今晚你可拿回去吧！"

克绳道：

"啊呀呀，我究竟不是小孩子，丈夫言出如山，心口如一，我既说送给你了，岂有拿还之理。请伯母看过后，你仍收藏起来，以供把玩。"

永朴的母亲遂将锦盒取在手里一按盒口的弹簧，锦盒自开，里面丝绒凹座上放着一对嫩绿光泽的翡翠鸳鸯，全身不过二寸长，雕刻得十二分精致，并颈双栖，羽毛清楚，栩栩欲活。永朴的母亲拿在手中，反复细玩，果然绿得通明，湛湛如秋水照眼，毫无一点白色，不由啧啧道：

"这个翡翠鸳鸯确是珍贵的古玩，你家的旧物，如何轻易送人？克绳少爷，还是藏在自己身边吧！"

永朴也道：

"我本来不要的，克绳哥强行放在我这里。现在璧还是当然之事，克绳哥休再客气。"

克绳笑道：

"我要请你休再客气了，我早已说送给你，一定不能拿还的。你如必要掷还，这明明是看不起我这个孤独无友的畸零人了。"

克绳说到这里，脸色顿觉有些不好看，双眉紧蹙着，又叹了一声说道：

"我的苦痛谅你们并非不知道的，我继母心目中只有我弟弟克家一人，我是被她视作眼中之钉。先父在世所有的产业，动产不动产，一起操握在伊的手掌之中。先母所有的珍宝，当然也被伊拿了去，藏在伊的保管库里，死也不肯拿出来了。谁知道有多少呢？料伊早存着歹心肠，独自吞没，将来都要传给克家了。这翡翠鸳鸯当时我若不早拿得，今日也非吾有。我在家中，许多人都对我冷淡。他们趋炎附势，都要取悦于我继母。克家是王孙公子，锦衣玉食，而我却如陌路人一般，留在店中，埋没我的一生。背后还要极力向诸亲戚媒孽我短，好像我是天下第一个笨伯，一世不会做什么事业。而克家又是天之骄子，绝顶聪明，前程万里，足以光荣门楣的。你们代我想想，要不要气死吗？诸亲戚也是没有一人肯仗义执言的，所以我异常气闷，一肚皮的苦处无可告诉。唯有你家虽是邻人，多蒙伯母和永朴妹妹瞧得起我，和我深表同情，使我心中感激得很的。我苦闷的时候，不知不觉地常要走到这里来，希望暂时忘记我的忧愁。但一等到回至自己室中时，恨事又涌上心头了。因此我和伯母等却如自家人一般，而自己家中的母和弟反而如两家人了。这一件小东西，一时高兴送给了永朴，也值得挂在牙齿上吗？永朴妹妹倘然一定要掷还时，那是也把我当作外人，连我也不好意思再来了。"

　　克绳说了这话，永朴微微一笑，没有说什么。永朴的母亲说道：

　　"这倒牵引起你的不欢了，我们在背后时也时常代你不平。实在你的后母太偏心，只溺爱自己的儿子，把他人视作路人，许多财产一齐握在伊的手掌里，真不应该。论理，产业是祖先遗传下来的，你家只有弟兄二人，彼此平分，大家也可得数十多万，足够温饱，何必定要送给一个人享用呢？胸襟太狭隘了！"

永朴听伊母亲说到这里，不禁抢着说道：

"照法律当然是要平分的，将来也不怕伊短少。不过克绳哥似乎软弱一些，你越是让步，人家越是压迫，使我们旁观的人也觉愤愤了。"

克绳叹道：

"这是黑暗家庭里的恶势力，现社会中谅不止我一个。我为势力所压迫，有理也说不出话，只有忍气吞声，盼着将来。然而照这情形，前途茫茫，难可预料。我认为唯有你们是足以慰藉我的良友啊。"

永朴的母亲道：

"我们很惭愧，没有什么相助，且喜你自知用功，肯争气，将来一定有出头的日子，我的一双眼睛不会看错人的。"

永朴道：

"上星期我在校中，国文教师顾先生为我们讲解孟子《天将降大任》一章，说得很明白，一个成就大事业的人，必先经尝过种种艰难困苦，然后方能奋发淬砺，以底于成，所谓孤臣孽子，困心衡虑，无异为克绳哥说法，所以恶劣的环境，不必怕，只要我们努力奋斗，自能战胜环境。反转来说，安乐的环境也许要陷溺我们的心志，懈惰我们的筋骨，而自甘没落啊。古人又有'生于忧患，死于安乐'的两句话，这道理是不错的，我希望克绳哥奋斗不懈，不怕没有出头的日子。"

克绳点点头道：

"你说的话很能鼓励我的勇气，管仲说的宴安鸩毒，不可怀也，也就是这个意思。我感谢你们，从今年起更当努力。继母虽不令我入学读书，而我自己补习函授的学科，伊是无法禁止的。"

大家这样谈着，仁官却耐不住了，大声说道：

"克绳哥，你掷了一个全红，赢了钱，便不再继续吗？我们快来掷啊。有话明天讲吧！"

三人给仁官一说，于是停止了话，克绳握着色子说道：

"很好，我们再来掷状元红。小弟弟你也掷一个全红出来。"

仁官道：

"我哪里有这福气？"

大家遂又数出铜圆，重起轮掷，直至十一点钟过后，永朴的母亲要睡了，方才歇局。克绳便回去，那个翡翠鸳鸯仍留在唐家，永朴把来藏在伊处，默默地接受了。二人虽然不说什么，而灵犀一点，暗暗相通，爱情的种子已撒下了。永朴的母亲暗想：小说上有什么珍珠塔、双珠凤，男女订婚，都和这种珍宝有关系的。克绳送给永朴的东西，恰巧是鸳鸯，象征着金玉良缘，可知他们二人彼此也很有意，这恐也是天作之合。克绳虽然不为继母所喜，而他的为人很有志气，很能用功，将来绝不会埋没。永朴既然怜惜他，而对他有情，我做母亲的也没有别的问题，不妨默许便了。永朴的父亲是随随便便地由我做主，将来见了这位女婿，必然欢喜，表示同情。永朴的母亲这样一想，所以对于赠送鸳鸯这件事，恬不为怪，以后益发对克绳表示好感了。

克家在家里住了数天，终日大肉大鱼地吃。虽然他母亲秦氏一样样地给他满口腹之欲，而他却反觉有些腻烦。邓尉也由他母亲约了素文姊妹等一齐去游过了。校中将近开学，克家觉得在苏没有意味，要想到上海去。乘学校开学上课之前，可以狂游数日。他的同学高其达也是这样想，二人一商量，决定于阴历初十日动身。临行时克家向他母亲谎报了许多用费，他母亲一起给了他，连他新年时候在家多下的数十元钱，共有五百数十元，都放在自己身边。带了行李，辞别秦氏，和高其达一同赴沪。

二人到了上海，却不至学校报到，先开了大东旅社住下。出去看戏跳舞，尽情地游玩。有两个同学听说他们来了，都来旅社访问，陪着他们到金迷纸醉的场所去追求狂欢。克家大跳而特跳，在百乐门舞厅里，和红星李绮足足周旋了一夜，用去了一百多元。那李绮明眸皓齿、纤腰秀项，生得很是秀美。克家说伊容颜很像蝴蝶，代伊起了一个别号，叫作赛蝴蝶。次日又去要她伴舞。高其达也爱上了别一个舞女，胡帝胡天地寻乐。一连两个黄昏，二人共用去四百数十元。李绮见克家和高其达都像苏州旧家的子弟，克家尤其年轻，性情慷慨，不觉一颗芳心牢系在克家的身上。而克家也梦魂颠倒地恋着李绮，忘记了一切。

　　这一天上午，克家因为昨夜舞至四点钟方归旅社睡息，所以起身得很晚，高其达也是如此。十一点钟时二人方在洗脸漱口，忽听门上一阵剥啄声，克家去开了，只见他的同学小杨穿着一身笔挺的西装，外罩着皮领大衣，站在房门口。在他背后却立着如花如玉的一双粲者，陡觉眼前一亮，不由一怔。

# 第五回

## 初相见似曾相识

小杨却笑嘻嘻地瞧着克家披了睡衣，一手还拿着一支牙刷，遂大声说道：

"好啊！你们昨天所做何事？直到这时候刚才起身吗？"

克家摇摇头道：

"没有什么要事。贪恋被窝，懒得起身。"

小杨又笑道：

"被窝里可有美人儿吗？这样恋恋不舍作甚？"

高其达已漱毕口，走过来说道：

"请进来吧，别开玩笑。"

小杨遂向他身旁两位粲者一招手，让两人先走。二人微微一笑，翩然而入，小杨跟着入室。克家把房门砰的一声阖住。小杨脱下他的大衣，那两位粲者也都将外面的长毛驼绒大衣脱下，小杨一起接过去，挂在衣橱里。克家一摆手，说声请坐。他的一双眼睛骨溜溜地向她们身上脸上细瞧。见一位身子稍长，鹅蛋脸，修眉明眸，烫着发，唇上涂着胭脂，手上涂着蔻丹，红的红，白的白，身穿一件花纹很美的衬绒绸旗袍，足踏银色革履，手腕上套着白金手表，风姿秀丽。那一个小圆的脸儿，在颊上有一个小小酒窝，一样也是涂着唇红和蔻丹，嘴边有一粒小黑痣，嘻开着嘴微笑，露出一口的贝齿，秋水双瞳，顾盼之间，似有无限柔情，摄引男子的魔力。手指上套着一只钻戒，晶光四射，足穿黑色高跟革履，身上却穿一件乔其绒的旗袍，短短的衣袖，露出一双粉臂，态度很是活泼。手里各捧着一个热水袋。克家便笑嘻嘻地向小杨问道：

"杨，请问你这两位密司是谁？给我们介绍一下，好不好？"

小杨道：

"当然要代你们介绍的，否则，我也不请她们来了。"

一边说，一边指着长的一位说道：

"这位是密司黄瑛，人家都戏唤伊黄莺儿的。"

克家道：

"妙极了！"

小杨又指着小圆面孔的一位说道：

"这位是密司尤丽莲，人家都唤伊金山苹果的。"

尤丽莲笑道：

"密斯脱杨，你介绍我姓名好了，做什么连别号都要告诉人家呢？"

小杨哈哈笑道：

"这叫作十足道地。还有一层意思，古语说顾名思义，听了别号，这人的性情模样也可窥见了。"

黄瑛道：

"你不要宣传别人家的名号，你们自己也有别号的。"

小杨道：

"我姓杨，大家称我小羊，这是谐声，没有什么意思。"

尤丽莲道：

34

"你是山羊呢，还是绵羊？"

小杨道：

"我是一头极驯服的绵羊，对于女朋友，尤其恭敬顺从，如不叛之臣。"

高其达在旁抢嘴道：

"那么你是烂羊肉，但不要带羊膻气，给人吃不进口。"

说得众人一齐大笑起来。小杨又介绍过克家和高其达。大家坐着闲谈。克家始知黄瑛和尤丽莲都是爱卫女校的高才生，也是交际之花，很是放逸不羁的。小杨对克家说道：

"这几天舞场之乐乐如何？校里快要开学了，收骨头的日子不远了。"

克家两肩一耸，带着笑说道：

"我的骨头是松舒惯的，谁也收不住我，但舞场也是偶一涉足而已，请你不要在人家面前胡乱宣传。"

说着话便向尤丽莲面上一瞧，见尤丽莲对着自己笑，心里不由一动，便又向小杨说道：

"时已近午，我们肚子尚空，难得你陪伴这两位密司同来，今天的午餐由我做东，你们喜欢到哪处去，随意点戏。"

小杨道：

"今天当然要吃你的。好在你腰缠甚富，用去几个钱也不在乎此。我们到大西洋吃大菜去，不知密司黄、密司尤的意思如何？"

黄瑛和尤丽莲点点头道：

"随便。"

高其达立起身来说道：

"好，我们就到那边去吧！"

35

克家和高其达马上忙着去脱睡衣，穿西装，披大衣。小杨也去取大衣来，先让黄瑛、尤丽莲披上，然后自己也披上身去。又叫茶房进来代黄、尤两人换过热水袋的水，然后五人一齐出去，锁上房门，从电梯而下。雇了一辆汽车，到了大西洋菜社门前停下。小杨抢着还去车资，由侍者招待上楼，选定一个精雅的房间。大家脱下大衣，各就座位。克家说明做东的，坐了主席。尤丽莲和黄瑛并坐一起。克家看了菜单，便问小杨和尤黄二人要点什么菜。尤丽莲和黄瑛起初客气，不肯点。小杨道：

"我们今天总是吃他的，乐得点两样中意的吃吃。出骨童子鸡可好？"

于是尤黄二人各拿着铅笔点了两样，小杨也点过了，高其达和克家跟着点定，交给侍者拿去。于是大家一样一样地吃着，海阔天空地讲着。尤丽莲和黄瑛虽和庄高二人初次相识，然而谑浪笑傲，一些没有拘束。克家瞧着尤丽莲年纪比黄瑛轻去二三岁，活泼敏慧，颊上的酒窝儿一笑时，更加媚态，心里更觉伊可爱极了。等到喝咖啡的时候，克家便对小杨说道：

"午餐过后，我们往哪儿去消磨半天的光阴？"

高其达道：

"我们游兆丰花园去。"

小杨道：

"大新公司有古今名人书画展览会，我们不如到那边去看看，然后再到大光明去看电影。"黄瑛问道：

"今天大光明不是开映西方名片《空中美人》吗？这张片子很值得一观的。"

小杨拍手道：

"好，密司黄既赞成这影片，我们更不可不看了。"

克家和高其达见他们如此说，也就不便异议。当大众站起身子散步的时候，克家一拉小杨的手走到窗子边，附耳低声说道：

"杨，你和这位密司是相知已久吗？"

小杨道：

"还不过半年。"

克家道：

"艳福不浅。但我要问你的，就是你对她们两位是抱一箭双雕的野心呢？还是二者之中择一呢？请你老实告诉我听。"

小杨微笑道：

"当然是鱼与熊掌不可兼得，小意思则有之，并无野心。"

克家又问道：

"那么黄呢，尤呢，可能一说？"

小杨道：

"我和黄莺儿先相识。黄待我很好，我们俩堪称密友。至于金山苹果芳龄尚轻，虽然可爱，我却没有意思。你要和伊交友吗？我代你们拉拢，力为曹邱。尤的家道甚富，听说伊的父亲是酱园老板，只有一个女儿，非常宠爱伊的啊。"

克家道：

"不敢请耳，固所愿也。"

高其达指着克家、小杨说道：

"你们俩鬼鬼祟祟地做什么？有话大家公开讲，不好吗？"

尤丽莲和黄瑛却微笑着谈她们的。克家给高其达一嚷，不便再说下去。恰巧侍者送上账来，他就从腰袋里掏出一卷法币，数了三张，交给侍者说道：

"不必找了，多下的给你们吧！"

侍者谢了一声而去。高其达遂说：

"我们走吧！"

于是大家披上大衣，走出菜社。朔风扑面，天气很是寒冷，但他们都很高兴，一些也不觉寒意。大家走到大新公司去参观书画。他们都是外行，四壁书画，满目琳琅，如入山阴道上，目不暇接，也看不出什么好坏。克家却花了二十块钱，买了四张山水尺页，总算没有空手而还。黄莺和尤丽莲不喜欢看这个，一看手表，说道：

"时候快到了，我们上大光明去吧！"

大家遂又走出，到得大光明门前，高其达抢去买了五张楼厅的座券，进去坐定。他们怎样坐法呢？黄莺的左首是小杨，右首是尤丽莲。尤丽莲的右首便是克家，克家的右首才是高其达，这样尤黄二人便被他们拥护在中间了。小杨买了五杯纸杯冰淇淋请众人吃。大家是青年，在这大冷天不怕吃这东西。小杨和黄瑛相偎相依，有说有笑。克家贴近着尤丽莲，诸般献媚，以博美人青睐。银幕上的《空中美人》虽已映出，而克家的一颗心却全注意在尤丽莲身上。而从尤丽莲身上发出非兰非麝的一种香气，扑入克家的鼻管，更使他心旌摇摇，不知所可。唯有高其达却最沉闷了，他眼见着小杨和黄瑛、克家和尤丽莲，俨如两对情侣，而自己则孤单凄清，未免难堪，强忍而坐。暗想：他们都是醉翁之意不在酒，唯有自己是专观电影的，不是一个傻子吗？于是他又冥想着舞场中欢影，舞女袁梅儿的妖冶动人，更觉电影是没有意思了。电影映毕，他第一个先立起身来。克家等恨不得多坐一刻，只得相继起立，披上大衣，一齐走出电影院。这时候马路上电灯已明，车辆如织，人行道上的男男女女肩摩踵接。小杨回头向克家问道：

"现在我们到什么地方去玩玩？"

克家道：

"你说吧！"

高其达接口道：

"玩了这许多时候还不够吗？今天晚上我们还有一个朋友请吃晚饭，我们不能失约的。克家你怎么忘怀了？"

说着话随即向克家丢一个眼色。克家不明白高其达有何主见，只得对小杨说道：

"不错，我们今晚还要赴一处宴会，不能再奉陪了。明天你们在什么地方？我准来拜候。"

说了这话，向尤丽莲紧瞧一眼。尤丽莲含情凝睇，脉脉无语。小杨道：

"你们明天上午到我家里来。我请吃午饭。密司黄、密司尤也要来的，继续欢聚好不好？"

克家点点头道：

"很好，但不知两位密司有暇吗？"

尤丽莲微笑道：

"密斯脱杨请客，我们准到的。"

小杨又笑了一笑，正要和高其达讲话。高其达却一拉克家的手臂，对小杨笑说道：

"我们明天会吧！"

小杨笑道：

"你们莫不是跳舞瘾发，要上舞场溜达溜达吗？休要骗人。"

克家道：

"没有这回事。"

遂和尤黄二人打着英语，说一声愿密司晚安，再会。两人回转身向西走去。小杨也陪着尤丽莲、黄瑛沿着人行道向新世界那边走去了。克家和高其达一路走着，便问高其达你做什么托词赴宴，要和他们分开呢？高其达大声说道：

"你们都是一对儿，独有我踽踽无伴，何以为情？你们真是自私自利的，老高怎跟着你们做侍从？还不如上舞场去寻我的梅儿，得到一些快乐了。你若是舍不得他们的，那么他们走得不远，你不妨快些追上去还来得及。让我一个人去也好。"

克家微笑道：

"原来如此，你不要发急，我庄克家并不是一世没有见过女人的。朋友要有义气，我准陪你去百乐门消磨整个的黄昏。"

高其达笑道：

"李绮正等候着你呢。"

于是二人又到一家茶室里去用过点心，然后坐着公共汽车，赶到百乐门舞厅去。华灯璀璨，倩影憧憧，二人刚才坐定，忽听莺声历历，唤一声："密斯脱庄，今天来得早啊！"

克家回头一看，正是李绮，披着银红色的舞衣，一跳一纵地走到他身前。克家便握着伊的玉手，拉伊在身边坐下。接着高其达所恋的舞女袁梅儿也来了，高其达顿时也兴奋起来。两人又如着了魔似的，挟着所欢，且舞且乐。这样狂欢了一夜，克家、其达又用去了不少钱。

李绮瞒着克家要在明天下午一同到先施公司去剪衣料。克家要表示阔绰，不能说不去。又想起明日要到小杨家中去吃午饭的，遂答应下午三时请李绮到大东旅社来会面。李绮知道迷汤已灌上，有了洋盘的拖车，自然欢喜无限。这夜二人回至旅社，已天明了。略睡一刻，克家有事在身，不敢贪恋被窝，只得打着精神起来。高其达却说要睡个酣畅，不愿意去赴宴。克家已知道他的意思，遂也不勉强。他早餐后，独自修饰一会儿。将近十二点钟了，遂雇一辆汽车坐着前去赴会。同时尤丽莲的倩影已浮现在他的脑海里，恍如目有所见了。

# 第六回

# 新歌一曲令人艳

上海人大多数欢迎小开而不欢迎老板，因为小开是席丰履厚，锦衣玉食，靠着父亲挣来的财产，不知艰难，往往任意挥霍，一掷千金无吝啬的。但是老板却知道创业艰难，成家不易，辛苦赚来的钱，怎肯随便用去呢？何况老板都是工心计的，小开哪里顾得到老头儿赚钱的不易呢？

那小杨便是小开，他名唤味安，自幼天资很聪颖，读书进步很快，父母甚是钟爱。但因他智识开得很早之故，十三四岁在小学六年级肄业时，居然爱上了同级里一个女同学姓万的，偷偷摸摸地写了情书，塞在万姓女生的书橱抽斗里，或是夹在书中。起初姓万的女生接到之后，含羞不肯声张，后来接一连二地写来，约伊去看电影，游公园，并向伊索小影。一个同学偷瞧着了，在旁说起他们的笑话，写了许多纸张，请同学吃喜酒，说小杨要和密司万结婚。姓万的女生恼羞成怒，便去告诉级任先生，把书信呈验。级任先生遂把小杨唤去质问。小杨却说男女社交公开，自由通信，并无过失，和先生斗嘴。先生大怒，遂要把他开除，写信给小杨的家长，谁知小杨的父亲永昌本是好色之辈，以为小杨也许天然有遗传性，故而如此的。所以他父亲接到学校的信，表

42

示不服，说小孩子胡乱写些信，不能据为罪状，至多加以训斥，谈不到开除。遂请现成的法律顾问写函给校长，为他的儿子辩护。那校长知道小杨的父亲是一位很有势力的富商，为息事宁人计，就答应小杨仍得留校读书，但那位级任先生却愤而辞职了。于是小杨的胆子愈大，渐渐和女生们兜搭。好在他有的是钱，买了许多美丽的西式信笺、信封、画片、玩具，以及化妆品、手帕之类，去赠送给女同学。那些情窦初开的小女儿，懂些什么？一个个和他交友，弄得他没有心思读书了，一天到晚只是在女人面上用功夫。

从那时候起，他的学问进步殊少，不及以前猛进。后来他年纪渐大，进了立人中学以后，也是喜欢结交女同学。但他是借着消遣的，朝三暮四，结合无常，并没有真正的恋爱，不过喜欢在人面前夸耀自己多朋友罢了。校中诸同学要算他和高其达、庄克家最为亲近，这也因两人都是富家子弟，大家有钱挥霍，喜欢奢华，物以类聚，自然投合。

直到去年，他经一友人的介绍，得识黄瑛，使他心田里生出了情根爱芽，对于黄瑛十分热恋，十分佩服。因为那黄瑛确实是一位时代之花，能奏钢琴，歌西方名曲，能拍网球，能游泳。电台里时常要请伊去播音，学校里开游艺会时，也有伊的表演。伊的家庭也很富有，父亲是开木行，由工商业微贱出身，积资成富，所以一切都听女儿自由，在黄瑛身上着实花去不少金钱呢。黄瑛对于小杨也觉很合心意，二人时常往来，结为腻友。至于尤丽莲是黄瑛的同学，经伊介绍而和小杨认识的。三人时常在一起遨游，小杨常送衣料和珍贵物品给她们。小杨的父母知道了，也不干涉，所以黄尤二人时时到小杨家里来玩的。小杨家住贝当路，是法租界极西的区域。好在他们家里有的是汽车，出外也不怕路远。小杨自己也有一辆小汽车，由他自己开驶的。因他已在工部局领有开车执照，很能应付，而黄瑛也时常从他学习，二人坐着小汽车，每每风驰电掣，往来于五都之市。小杨的家是一所很大的花园洋房，前后左右都有草地，背后又有花园，绿树成荫，珠实离离，好鸟嘤鸣，池鱼唼喋，在十丈尘嚣之中，可算大好所在了。

这天，小杨邀请克家等午宴，设宴在水榭之上。水边有十数株梅花，吐着红花绿萼，疏影幽香，大可人意。黄瑛、尤丽莲都在十时后姗姗来临，大家不客气地随意坐下。仆人献上来茶点和水果。隔了一会儿，克家方才赶来赴宴。小杨见克家今天格外修饰得整洁秀美，香气扑鼻，面上也敷着粉，颈里一条雪白的羊绒围巾也是新买的，脚上皮鞋也擦拭得十分光亮，不由向克家微微笑道：

"密斯脱庄，今天竟这般漂亮啊！"

克家呵呵笑道：

"昨天是个庄克家，今天也是个庄克家。我是天天如此的，没有孙悟空七十二变的本领。你不信时，请密司尤瞧瞧我这个人究竟有没有变？"

说着话，立刻走至尤丽莲面前一站，双手下垂着，做出毕恭毕敬的样子，好似预备受人家检查。尤丽莲果然对克家相了相，扑哧一声笑出来道：

"果然没有改变，只是嘴边多着一条粉痕罢了。"

于是大家都拍手大笑。克家不慌不忙，走到着衣镜面前照了一照，便将一块雪白的小手帕到嘴边揩了一下，回过身来，对尤丽莲一鞠躬道：

"多谢密司指教。"

于是大家在圆桌旁坐下。小杨问道：

"怎么高其达没有一起来呢?"

克家道：

"他贪睡，恐怕不来了，托我代谢。"

小杨道：

"不成，他在旅馆中吗？我打电话去叫他一定要来的。"

说着话，遂跑去打电话了。一会儿，走来说道：

"他被我请来了。我已打发汽车去接。他若不来，太不给我面子了。"

克家道：

"很好。"

隔得一会儿，果然高其达已至，一见面连声请原谅，且说道：

"我实在精神欠佳，否则岂有不来之理。"

克家对他笑笑，高其达坐下。克家又问小杨道：

"今天请多少客人?"

小杨摇摇头道：

"这不算请客，不过邀几个良朋小饮。只有你们几位，还有一位表兄，快要来了，此外没有别人了。"

克家道：

"很好，这样我们没拘束。你的表兄是不是姓王？好像去年我在大西洋遇过一面的。"

小杨点点头。又讲起学校的事，高其达道：

"我们到了上海，一天到晚只是玩，校里也没有去付费，听说今年膳宿费又增加了。"

克家道：

"这是会计和庶务想出赚钱的新花样，说什么限制宿舍的名额。我们不可以住校外宿舍较为自由吗？"

　　说话间，外面一声咳嗽，走进一个人来，年约三十左右，头上戴一顶高耸耸的獭皮帽子，身穿一件皮领的大衣，鼻架一副黑边眼镜，口衔雪茄，身子矮胖，很有些小官僚神气。嘴里操着北平话，向众人摇摇手道：

　　"诸位到得很早，恕我来迟一步了。"

　　小杨遂代众人介绍说道：

　　"这位是我的表兄王景余，一向住在北平，去年刚才来沪的。"

　　王景余吸着雪茄，吐出两口气，脱下大衣，让下人去挂好，拉过一张椅子，也在一旁坐下，双目却尽向黄尤二人打量着。克家碍着王景余的面，不好谈风月，大家胡乱谈些时事，以及上海的各种玩意儿。未几已至午刻，下人早摆上酒席，今天是小杨吩咐厨房在家里特地烹制各种精美的肴馔，用以敬客的，莫不别有风味。小杨提着酒壶，代各人斟酒。黄瑛不会喝酒的，喝了一二杯，脸上已红得如胭脂一般，尤丽莲却还可以。酒至半酣，小杨对他表兄说道：

　　"今天请你来一下好吗？因为密司黄渴欲一聆表兄的余派歌喉，务乞赏脸。"

　　王景余哈哈笑道：

　　"密司黄要听我的荒腔吗？那只有当众献丑了。"

　　黄瑛立刻微笑道：

　　"王先生不要客气。"

　　小杨遂向一个站在身边的俊仆说道：

　　"你到我书房里拿王少爷的京胡来。"

俊仆答应一声，飞步而去，一会儿已拿来，双手奉与王景余。这京胡本是他的爱物，因为他常常到小杨家里来盘桓，兴至时引吭高歌，自拉弦索，所以留在这里的。王景余将京胡接到手里，他是惯弹此调的，得心应手，略理弦丝，拉了两下，正所谓未成曲调先有情了。他带笑向黄瑛说道：

"请密司黄点吧！"

黄瑛连忙把手摇摇道：

"啊呀，这个我如何敢呢？况且我是不精此道的人。"

说着话把手一指尤丽莲道：

"丽莲懂的，请伊点吧！"

王景余道：

"原来尤小姐是顾曲周郎，失敬失敬。"

尤丽莲把手向黄瑛肩上一推道：

"黄，你怎么推诿到我身上来了？我又怎么好算懂得的人？"

黄瑛笑道：

"大家都是熟人，不要客气。"

王景余又说道：

"尤小姐赐教赐教。"

克家两眼尽视着尤丽莲，也带笑说道：

"密司尤，请！"

丽莲将头一扭道：

"我不来了。"

小杨道：

"我来说吧！叫我表兄唱一段《珠帘寨》，好不好？"

克家和高其达早拍起手来。王景余遂一拉弦索道：

"好，我就唱吧！"

在弦声响亮中，一拉嗓子，唱起《珠帘寨》中的"昔日有个三大贤……"一段来，果然有老余的韵味，三个哗啦啦嘹亮而松脆。克家、高其达等一齐鼓掌称好。唱完后，便对尤丽莲说道：

"请尤小姐指教。"

尤丽莲道：

"王先生唱得很好，我很佩服。"

王景余道：

"尤小姐唱老生，还是唱青衣？请你一试珠喉如何？"

尤丽莲还没有回答，黄瑛早说道：

"丽莲是唱青衣的。"

克家早拍起手来说道：

"密司尤来一个，以饱耳福。"

小杨也拍手催促。尤丽莲只得说道：

"我实在不会唱。你们既然必要我唱时，我唱几出《玉堂春》吧！"

大家拍起手来。于是尤丽莲将椅子向外一拖，背转身去坐着，轻启珠喉，唱起一段二六来。王景余小心翼翼地拉着京胡。京胡果然拉得好，而尤丽莲唱得如珠圆玉润，平稳美妙，耍几个腔更如珠走玉盘，别有新声。王景余连连点头。小杨把筷子在桌边击着节，身子一摇一摇地很是得意。而克家只是对高其达做眉做眼，惊奇尤丽莲的唱功着实不错。他们再也想不到伊小小年纪竟能有这种技艺，真是难得。黄瑛一手托着下腮，低垂双目静聆着歌声。尤丽莲唱过一段二六，接唱快板。但是唱至末一句时，忽然扑哧一声笑出来道：

"我不会唱了。"

戛然而止。克家却把双手拍得如爆竹一般响。王景余也停了

48

京胡，将右手大拇指一翘道：

"唱得真好，大有程砚秋气息，尤小姐的功夫已非寻常可比了。"

小杨道：

"再来一个《武家坡》。"

尤丽莲道：

"我不唱了。你今天来请我吃饭呢，还是唱戏?"

小杨道：

"当然请密司小酌，这是余兴。密司高兴时再奏一曲，我们洗耳恭听。"

克家也说道：

"此曲只应天上有，人间哪得几回闻，余音袅袅，不绝于耳呢。"

高其达也说道：

"如听仙乐耳暂明，快活之至!"

小杨笑道：

"你们居然掉起斯文来了，把校中文选里读到的句子，在这里应用，妙极妙极。我被你们说完了，恕我不会恭维。"

尤丽莲道：

"我是不会唱的，不用恭维。你们说我好时，我惭愧之至了。"

克家连忙拿过酒壶，代伊斟上一杯酒，说道：

"密司尤请饮此杯。"

王景余道：

"你敬尤小姐吗? 自己先要吃一杯。"

克家道：

"不错。"

立即在自己杯子里斟满了一杯，咕嘟嘟地一饮而尽。尤丽莲见克家喝了，也就将这杯酒喝下，高其达又对他扮个鬼脸。王景余遂又自己唱了一出《定军山》："师爷说话理太差。"下人端上猪油八宝鸭来，小杨道：

"这八宝鸭是我家厨子特煮的，和馆子里的其味不同，请大家尝尝。"

于是大家吃鸭，都啧啧称赞着。一道一道的肴馔接连送上来，共快朵颐。散席时已过二时了。克家和尤丽莲坐着闲谈，王景余先走了。小杨也陪着黄瑛在那边沙发上喁喁而谈。高其达却因便急，走到外边去小解，顺便在园子里散步走着，绕了一个圈子，回到水榭里时，见四个人仍是捉对儿谈着。他不由焦急似的，对克家说道：

"我们已叨扰小杨的一顿午餐，可以走了。你忘记昨天还约个朋友到旅馆里来吗？"

克家给他一句话提醒，想起昨夜还约着李绮去剪衣料的那回事，连忙立起身道：

"我倒忘怀了。密司尤，我明天请你去听荀慧生。你平剧的功夫很不错，我要拜你为师了。"

尤丽莲笑了一笑。克家又对小杨说："明天我请客，请你和密司黄一起来。"

小杨道：

"好的。你此刻有事吗？我叫汽车送你去。"

克家道：

"好！"

于是二人别了小杨和尤黄，走到外面，跳上小杨的汽车，回转旅社。走进自己房间时，茶房对二人说道：

"方才有二位女客来，因为你们不在此间，她们去了。"

高其达向克家把脚一顿道：

"你见了金山苹果，只是走不开，却不知忘了这边的事呢。"

克家瞪着眼睛，搔着头皮，一时说不出话来。

第七回

# 千金散尽还复来

此时二人各就沙发中坐定身躯，高其达点了一支纸烟，吸了两口，又对克家说道：

"我们这遭失了信用，累她们两人白跑这么一趟，以后她们更不相信我们的说话，要说我们既喜吹牛，又怕用钱，变作银样镶枪头了。你有了金山苹果做你的腻友，野心勃勃，当然你以后希望无穷，失之东隅，未尝不可收之桑榆，却只是苦了我也。"

克家把手拍着膝盖说道：

"只差一刻工夫，她们不肯等一会儿吗？你请放心，她们若然不来时，今晚我伴你往百乐门去，我自有话对付，绝不会做什么银样镶枪头的。"

二人说话时，忽听房门上笃笃地敲了两下，跟着已有人推门而进。二人回头，只喜得直跳起来，原来是李绮和袁梅儿一双丽姝到来。今天她们俩修饰得更是容光焕发，明艳动人。李绮一见面，即把纤手指着克家说道：

"你们到哪里去的？怎么约了人家，却不在这里等，险些使人白跑。"

克家道：

"有约在先，怎会不当话用的呢？只因午时我们到一个朋友家里去宴会，归来得稍晚了。岂肯故意和你们寻开心呢？"

袁梅儿带笑说道：

"我也知道你们俩不是这种人，方才找你不见，绮姐要想回去了，我说也许你们有事耽搁，所以到邻近一家店里去买了一些小物，再来看看你们，果然你们已回来了。"

高其达接着哈哈笑道：

"好，你倒很会体谅到人家。时候不早，我们就陪你去吧！"

于是高庄二人陪着这两个舞星，关了房门，一同走出旅馆来。有女同行，快何如之？走了十多步路，李绮回头问克家道：

"我们到哪一家去？"

克家笑笑道：

"先施、永安、新新都是近在咫尺，悉随尊意。"

李绮道：

"那么我们到永安去走走吧！"

大家便走进永安公司，先跑到绸缎部，李绮和袁梅儿各人拣了两件衣料，剪好后，克家立即拿出钞票来付去了账，又到化妆品部去买了几件香水、粉油以及几双袜子，高其达拿出钱来付去。二人欢欢喜喜地对克家说道：

"我们肚子有些饿了，你们请我们到冠生园去吃些点心，好不好？"

克家点点头道：

"点心当然要请你们吃的。"

于是大家走出永安公司，又到冠生园楼上去用点心。一边吃喝，一边有说有笑。李绮和克家谑浪欢笑，异常亲密。高其达也拉着袁梅儿的手，嬉戏不已。隔了一会儿，李绮说道：

"时候已不早啦，我们也要回去，略事休息，预备上舞场。今天你们二位可有空暇到百乐门来吗？"

克家正在着迷的时候，说道：

"准来准来。"

他又付去了钞，一同出了冠生园，李绮、袁梅儿二人带着物件，向二人道谢一声，告别而去。克家和高其达走回旅馆，大家脱去了外边的大衣和围巾，各自在沙发里坐定身躯。克家看了一看墙上的日历，从身边取出自己的皮夹子来，数了一数里面的纸币，便开口说道：

"高，我们这几天可说金迷纸醉，荒乎其唐，此间乐不思蜀了。但是衣袋的金钱也是用得非常之快，带来五百多元，差不多已消耗净尽，今天永安公司和冠生园两处我已拿出两百元有余了。"

高其达笑道：

"对不起，我只拿出了八十多元，照理我该找还你，平均分配，大家不吃亏。"

克家道：

"算了吧！五个指头伸出来总有长短，朋友之间，何必斤斤计较多少，我倒不在乎此的。不过大后天是学校里付费的最后一天，接着便要开学上课，我们不能再把学费赖着不付了，一定要去付的，那么我的经济问题就发生大大的恐慌了。这里的房金至少也要付去一二百元，今天又要到百乐门，明天要请小杨和尤丽莲等吃饭，无论如何身边的钱是不够了，你可有多少钱呢？"

高其达一摸他身边，答道：

"我也哪里有多少，只剩数十元了。"

克家道：

"那么我和你二人身上的钱凑起来，不到百元之数，今晚百乐门的用费尚够开销，可是明天请客的钱已没有了。计算起来，缺少得很多，这又是怎么办呢？"

高其达却不回答，从桌上纸烟匣里抽出一支烟，燃着了，衔在口里，只是猛吸，昂着头深沉不语。克家见他不响，又说道：

"高，你是智囊，可有什么法儿想想？"

高其达吐了一口烟气，微笑道：

"我又不是神仙，无点石成金之术，有什么法儿想呢？"

克家道：

"你不要如此。我们有福同享，有难同当，你素来会想计策的，无论如何，必要代我策划一下。"

高其达想了一想道：

"你肯听我的话吗？"

克家道：

"我既然向你请教，自肯听你的话。有何妙计？快快道来。"

高其达将头打了两个转说道：

"山人自有道理。你既向我请教，我就提出救急救缓的两条计策，以便你采用。"

克家脸上顿时露出笑容来，说道：

"好一个山人自有道理！我知道你能够代我设法的，所以请教为是，快快说了吧！什么是救急？什么是救缓？我都采用。"

高其达又吸了一口烟，把残余的半卷三炮台纸烟往旁边痰盂里一丢，然后做着手势说道：

"克家，你该知道今年你在沪需要花去的钱断不能和上学期相较了。第一，你既爱上了李绮，往后去你花去的钱必将更多。第二，你又结交了一位女友，也不能不用钱。你家里给你一些零

55

用的钱怎够用呢？你必须要想法得一笔较大的款项，方足供你一学期慢慢儿使用，否则你的温馨的绮梦绝不能长久。"

克家道：

"是啊，我也这般想。但我自己尚不能赚钱，除了向家里拿几个钱外，还有什么妙法呢？"

高其达笑道：

"你不要急，我自会教你想法的。听说你母亲手里很有私蓄，你那哥哥没有份儿的。你母亲既然最喜爱你，放着金库银库，不去拿了出来用用，岂不是呆鸟吗？"

克家道：

"我母亲虽然有钱，但是都握在伊手掌之中。我到上海来是读书，伊代我付了学费膳费，以及零用，至多隔了几时，再问伊要一些钱，哪里可以狮子大开口呢？"

高其达把足一顿道：

"所以我要说你是呆鸟了，除了死法有活法的。你明天晚上可以回苏州去，见了你的母亲，只说上海有一个姓杨的朋友和你是很知好的，不妨就把小杨做幌子，好在你母亲也没认识他的。你可以说得天花乱坠，把小杨的家道大大夸赞一番。再说姓杨的现方集合数位好友，出资创办一座药厂，规模宏大，资本雄厚，制造十数种名药，与舶来品竞美，将来一定可以获利倍蓰，所以姓杨的征求你合股，每股一千元，至少每人承认十股或五股，他日官利之外又有红利。你只要借着这个问题，在你母亲面前极力怂恿伊答应，且可以说为他日做事的一些基础。只要伊允诺后，你不必即向伊要钱，使伊益发相信你。隔一天爽爽气气地把金钱交给你。妇人女子十九是贪小利的，你说得伊动了心，况且你是伊亲生的儿子，绝没有不答应的道理。神而明之，存乎其人，其他的话你自己回去好好儿地说吧！这是救缓的良好办法，你懂得吗？"

克家听了高其达的一席话，恍然大悟道：

"安排金钩钓海鳌，你教我的这条计策果然很妙，我母亲说上海赚钱容易，最好将来在上海开设一家商店，或是分设我们的颜料行，可见伊很有心于经营沪上的商业了。这遭回去说时，十有八九可以稳取荆州的。只是学校里后天便要付费，这里的房饭钱也是眼前的问题，何况更有许多用处，这远水如何救得近火呢？"

高其达道：

"此我所以尚有救急的办法。"

克家点点头道：

"我倒要听听你说的救急的办法能行不能行？"

高其达道：

"一定能行。你须知我手里和你一样缺少金钱，当然不该要你一人去设法的。我的父亲在这里法租界蒲石路大恒典当里有大股份，当铺里的经理先生，我是十分熟悉的，缺少钱用时，常常向那边去挪取，过后即还，尚有信用。自信要去借取一千八百之数，绝无问题。所以你可以先回苏州去，学校里付费，我可以代你去付。大概宿舍学额一定很难得有，我决意今学期要住校外宿舍了，一切更可以自由。"

克家连连点头道：

"你说的办法很好，你可以说是我的顾问。明天我就回苏州去，校里付费的事一切托你代办，明天请客的款子也请你设法给我，以后我拿了钱再和你清算。"

高其达道：

"你放心吧！我有调度，不忧没钱用，只要你肯听我的说话就是了。金钱这样东西是很活的，不必看得过重。此次我与你来沪，二人身边的钱也有千金之数，可是在几天之内已用个罄净。但不必发急，只要略施小计，仍可源源而至，真合着李太白的诗'千金散尽还复来'了。"

克家连声叫好，立起来说道：

"计已妥定，我心里便觉安慰，我们快用了晚餐，预备往百乐门去吧，李绮和袁梅儿要在那边等候的。"

于是两人便在房间里喊了两客特别饭，匆匆地吃过晚膳，又上百乐门去狂舞了。这夜李绮和袁梅儿伴舞坐台子，更是俍傍亲热，极意绸缪。二人都是快乐的少年，只知寻欢作乐，迷恋色情，胡帝胡天，不知有他，只恨青春苦短呢。

到了次日，高其达起了一个早，跑到大恒典当里去挪移了八百块钱来。二人又是如鱼得水，欢欢喜喜地去请小杨、尤丽莲、黄瑛到梅园酒家去用午餐。大舞台日戏的官厅座位隔夜早已定好，大家又去观荀慧生的《钗头凤》。小杨要还请他们到大光明去看夜场的电影，但因克家急于返苏，所以婉辞回绝。大舞台出来后，二人回转客寓，坐着憩息。克家对高其达带笑说道：

"今天全仗你的筹划，使我不至失了颜面。今晚我一定坐特别快车回去了。百乐门那里只好牺牲一宵，你可要去吗？"

高其达笑道：

"当然要去，否则剩我一个人守在旅馆里，怎样消遣这黄昏呢？何况身边又有了血，岂耐枯坐？"

克家道：

"哦，我知道必要去的。那么你见了李绮之面，只推说我家里有事曾打长途电话来唤回去了，隔一天就要来的。"

58

高其达道：

"我自会代你说话，且绝不会豁你边的，你放心吧！"

克家不由哈哈地笑起来了。又坐得一歇，克家吃了一碗面，便辞别高其达，匆匆赶到火车站去，坐车回家，照计行事了。

这天晚上，高其达又到百乐门去跳舞，独自寻乐。次日他便至校里去付学费，且代克家付讫。校中的宿舍果然已告额满，好在二人的心思并不一定要住校，所以就想校外宿舍的办法。恰巧离开学校不到一条马路，有一座两上两下的楼房，是校中一位庶务员的住屋，特地把二楼一底腾出来租给学生居住。自己住了亭子间，且代办学生的膳食，当然可以沾润不少利益，可谓生财有道了。凡是向校中订不到宿舍的，都同他去接洽，往返既属便利，出入亦很自由。高其达便到那边去订好两张床铺的地方，付去一学期的膳宿费，一切妥定，然后回至旅舍里休息。晚上又去百乐门，和袁梅儿情话喁喁，消遣永夜。袁梅儿知道他们将要开学，更献殷勤，要他们开学后仍可常来。高其达自然答应。

又次日，高其达上午坐在旅舍里，想想克家回去后不知自己的锦囊妙计可能成功？倘然进行顺利时，克家今天必要来沪了。他正在默想，庄克家已推门而入。高其达一看克家脸上笑嘻嘻的，便知这事十有八九是成功了，连忙立起问道：

"克家，你这一趟跑得可有希望吗？"

克家一边脱大衣，一边对高其达说道：

"谢谢你的指教。果然马到成功，我母亲经我一番怂恿之后，已答允出五千元的股资，而且先交我一千元钱的现钞，不愁没有钱用了。你所挪移的大恒的款项，可以迟半个月归还吗？我已对母亲说过，再隔半个月必要把股资缴足。伊深信不疑，另外又给了我一百元。我哥哥都没有知道，好在那傻子什么事不用他管的，也不必去告诉他了。"

高其达道：

"很好，没有问题的，今后你的好梦可以做下去了。李绮、尤丽莲，鱼与熊掌，不可兼得，你也想一箭双雕，兼而有之吗？"

克家笑笑道，于是在这天晚上，二人又到舞场里去求欢。次日去访问小杨、黄瑛、尤丽莲等，一同快乐，忘记了一切。

直到学校已是上课，二人不得不去应卯，只得还去了房饭金，迁到宿舍里去住。从这个学期起，克家的一颗心完全不放在书本上，坐在教室里，总是一心以为有鸿鹄将至，想入非非，神情迷迷，一闭目间就有李绮和尤丽莲两个倩影显现在他的眼前。所以虽在校中读书，而每天晚上却是时常出外，流连忘返，前后好似换了一个人。他的母亲却哪里知道她的儿子正趋向堕落之途呢？

# 第八回

## 春愁黯黯独成眠

克家一边在校读书，一边在外寻乐，今晚李绮，明天尤丽莲，出入绮罗丛中，脂粉堆里，大做其粉红色的春梦，好在他已向秦氏撒下一个大谎。

隔了半个月，认定的股资即须一齐缴清，叫他母亲火速汇款至沪，至于股票保留在他身边，待春假时带回，秦氏当然立刻将款托人汇上。克家得到了四千块钱，把一千块钱交与高其达，付去了向大恒典当里借的钱。还有三千元存在银行里，立了一个活期存款的折子，居然开起支票簿子来，任他挥霍。至于他对李绮的目的也被他达到，花去了五百多块钱，在旅舍里一度春风，享受那温柔滋味，还是他出世以来第一遭尝到的。两人海誓山盟，轻怜蜜爱，一个情愿娶李绮为妇，一个情愿认克家为婿。可是克家得陇望蜀，野心勃勃，对于尤丽莲却丝毫不肯放松，依旧紧紧追求着呢。那尤丽莲自经小杨介绍之后，也曾单独到克家宿舍里访问过克家，二人常常双双出游，咖啡馆、电影院，时有他们的足迹。

克家有一次也到过尤丽莲家中去，日子稍多，他才知道尤丽莲的家庭不比黄瑛，因伊是小家碧玉，父亲尤瑟是一个梨园落伍的扫边老生，夫妇二人两管烟枪，一榻横陈，都是芙蓉城里的不叛之臣。家中一切都没有秩序，日用开支都仗丽莲的一位姊姊担任。丽莲的姊姊名唤丽蓉，以前在北平做过坤伶，也曾一度红过，不久便嫁给一个贵人之子，名唤张五公子的为姜，现居青岛，每月寄钱来贴给伊父母过用的。尤丽莲既然出生在这种家庭，无怪伊知音能歌了。尤瑟对于伊女儿在外交友，一向取放任主义。

伊起初认识小杨，尤瑟知道小杨是小财神，十二分地愿意巴结他。小杨曾和黄瑛到他们家中去吃饭，尤瑟夫妇倍献殷勤，唯恐他们的女儿不得王孙公子的青睐。后来知道小杨的对象并非他们的女儿而是黄瑛，他们便感到失望，以为他们的女儿没有结识阔少爷的本领呢。后来克家被尤丽莲牵引到伊家里，克家送了许多礼物。尤瑟知道克家是苏州的世家子弟，有钱的少年，所以每逢克家到来，必要堆着笑脸欢迎。克家见尤丽莲的父母对他竭诚欢迎，所以更喜欢到伊家中去。李绮已被他达到了目的，他的好奇之心，有增无减，目的也移转在尤丽莲身上了。尤丽莲情窦初开，搔首弄姿，自和克家交友以后，柔情如水，灌输到克家身上，而伊的心坎里也早存着克家的一个影子了。黄瑛知道伊的心事，没有旁人的时候常和伊嬉笑，说愿代他们二人做媒，使良缘早谐，自己也可吃一杯喜酒。尤丽莲要拧伊的嘴，说黄瑛不该轻薄，还是自己早去和小杨成其好事吧！其词若有憾焉，其实乃深喜之。

有一天，尤丽莲约克家到她家里去用午餐，餐后一同去游兆丰花园，要叫克家带一只照相镜匣，代自己摄几张小影，因为克家对于此道亦擅长的。克家已允前去。隔夜尤丽莲向伊的父母说了，尤瑟和他老妻也高高兴兴地等候这位贵客光临。尤瑟的妻子特地起了一个早，到小菜场去买了好几样鲜的菜回家来，切的切，煮的煮，炒的炒，忙了一个早晨。尤丽莲自己去买了几只花旗橘子回来做橘子水，又把伊所睡的一间房子收拾干净，专待克家到来。谁知到了十二点钟，仍不见克家驾临，伊不觉狐疑起来，暗想：克家近来和自己很亲密，没有失过信。前天之约也是一半出于他的授意，他欣然应允，必要前来，怎样今天忽然失约呢？万万不会的啊。又守候了一个钟头，望穿秋水，依然不见克家走来，方知今天克家一定不来了，一团高兴化为乌有。伊父母也很奇讶，以为女儿没有约定。尤丽莲连呼冤枉，心里大大不快活，连忙吃了午饭，妆饰了一会儿，自己出门去找克家，向他兴问罪之师，要查明白他为了何事而失约不来。于是伊独自一人坐了车子，赶到克家寄宿舍里去，一瞧究竟。

克家住的校外宿舍是楼上的统厢房，左右排了三十只卧榻，可住三十个学生，这也是庶务员龚先生的一种经济计划。他们的卧榻是双层的，一个睡在上层，一个便睡在下层，所以安插得下这许多人。因为每一学生的宿费是十元一月，这样每月可以收到三百元钱的房金。在那时候，一间统厢房谁肯出三百元的租金呢？而且一学期都是先收的。间壁客堂楼也有二十个铺位。下面厢房因连后厢房，铺位更多，约有四十个。三间屋子排了九十个铺位，供给九十个学生住宿，无异轮船上的铺位了。单以房金而论，每月收入已有九百元之数。他自己一起的租金连巡捐、自来水、电灯，也不过一百二三十元，岂不是占尽便宜吗？可是三间屋子住九十学生，其热闹情形也无以过之，一天到晚，喧嚣的声音不绝于耳。后门口出出进进，人口兴旺，好似客栈，这也是龚先生家里特有的景象，与众不同的。起初在春天的时候，大家还可受得住，但一到天气热时，恐怕大家便要觉到难受了。

当尤丽莲走上楼头时，里面京胡的声音拉得很响，有人在那里唱《八大锤》，尤丽莲是到过的，尽管直闯不用通报。伊一脚踏进房门时，左边床上坐着二三个学生在那里唱戏，没有留心。正中一张桌子上四边围满了不少人，不知在那里做什么。尤丽莲看不清楚里面可有克家，悄悄地走近看时，左边一个人手中拿起两张牌来一看，连忙扑地向桌上一放，高声喝道：

"至尊来了。这一遭我是赢定，快些配钱吧！"

方知他们正在赌牌九。尤丽莲仔细看时，内中并没有伊的意中人儿。正在踌躇之际，对面一个姓章的学生，别号小胖子的，和克家是同级生，曾经克家介绍而认得尤丽莲。此刻他猛抬头瞧见了尤丽莲的亭亭倩影，立在桌子后面，连忙立起身来，向伊点点头道：

"密司尤，可是来找克家兄吗？"

尤丽莲道：

"正是，克家在哪里？可是他已出去了？"

小胖子将手向他背后窗边一指道：

"没有没有。他睡在那里。密司来了，正好。"

这时候桌子旁的人一齐回过头来，视线集中于伊人。他们的工作也为之暂时停顿。有几个闪开去，让出一条狭狭的路来。尤丽莲侧着娇躯走过去，才见那边下层床口仰卧的正是庄克家。伊不明白克家为什么白昼睡眠，难道他竟被二竖所侵吗？叽咯叽咯地走到他床头。此时克家也已回头瞧见了尤丽莲，连忙撑起身子，靠在床栏杆上，一只手伸了出来，向伊打个招呼道：

"丽莲，今天我真对不起了。本来要想造府的，无奈昨夜发了一个寒热，今天还没有退凉，所以只好失约了，抱歉得很，盛情容后图报吧！"

尤丽莲蛾眉一皱，说道：

"怪不得你没有来舍。我们今天略备几样你喜欢吃的小菜，等候你来用饭，谁知守到一点钟，不见你的踪迹。我非常惦念，知道你无端不会失约的，所以前来看看你。果然你有贵恙了。不要动，我们是不客气的。"

伊一边说，一边脱下伊身上外面披着的一件春季大衣。又说道：

"今天天气很和暖，这间屋子里更觉热烘烘的。"

小胖子早走过来，接住伊的大衣，要想去挂时，只有靠东墙壁上有两只挂衣的架子钉着，其他没有可挂的地方了。而上面已挂着几顶帽子和大衣，实在不能再挂上去。小胖子却不问情由，将那些大衣取下来，向旁边一张床上抛了个满，然后把尤丽莲的大衣好好儿地挂上去。尤丽莲谢了一声，又问克家道：

"前天我见你还是很好的，怎么病了？有什么不适呢？可曾请医诊视？"

克家把手搔着头皮答道：

"大约是因为前两天天时不正，受了一些感冒所致。今天我已服了一片阿司匹林，如果明日再不好时，自然不得不请教医生了。多谢你来探望。"

克家说话时，小胖子躲在尤丽莲背后，正和他扮鬼脸。克家几乎笑出来，勉强忍住，原来他和尤丽莲说的多是谎话。

昨天夜里他受了一场惊恐，所以今天害起病来的啊。因为他既和李绮发生了肉体上的恋爱关系，李绮就想嫁给伊，屡次向他表示，催他进行婚事。然而克家和李绮的恋爱是出于一时情欲的冲动，年少不更事，糊糊涂涂地成了好事，并非有心要纳李绮为妇的。何况他尚有一个尤丽莲做他的目标呢？自然他和李绮只想敷衍着过去就算了。李绮却不这样，伊眼见舞国姐妹行中很有几个嫁了富家子弟去做少奶奶或是姨太太的，不是胜于夜夜做这种搂抱的生涯吗？伊知道克家年纪轻轻，是个富家子弟，而且又没有和人家订过婚。若是嫁给了他，岂非可以稳稳地做一位少奶奶吗？最好在上海买了一座小洋房，做起新家庭来，就是自己的幸福了。因此伊催促克家早早实现这事。但克家究竟在上海读书，自己荒唐的事，家里的母亲完全没有知道。若然要和李绮同居，那么非有万金之数不办。告诉了他母亲，当然万不能得他母亲的允许，也要给亲戚说笑他不长进，去娶一个舞女为正妻，自己如何说得上口呢？倘要瞒过了他的母亲而去进行这事，自己一时向哪里去拿钱呢？上回向他母亲谎骗的股资，只因挥霍过度，也不满六百元了。所以言语支吾，一味搪塞。李绮见他态度不明，心里就老大不高兴起来，以为自己上了克家的当。而李绮的母亲也有些知道自己女儿和克家的事，起初自然也愿意二人亲密，将来可以填满伊的欲壑。及见克家言语之间，很有回避的意思，伊心里自然更不满意。伊本看李绮为摇钱树，将来靠伊身上要发一笔财的。现在自己女儿太随便了，以致吃人家的亏，这口气叫伊如何咽得下？虽然克家和李绮仍是常有来往，尚无厌弃的行为，然而李绮的母亲已对他恚怒。伊的丈夫早死，现在家中也有一个临时非正式的丈夫和伊同居，姓王名福生，别号小棺材，是一个在帮的弟兄，常常在外边吃白食，捞外快，无恶不作。李绮和克家的事情给他听在耳里，便说这小子太没良心，非得向他交涉不可。所以前天晚上王福生候在学校外边，等克家出校时，把他拦住，硬逼他一同到一家茶馆里去吃茶。克家究竟是个学生，对于这种白相人丝毫没有办法，勉强跟了他去。

克家和王福生以前只见过一面，就是克家同李绮出外遨游时，在路上逢见的。李绮告诉克家说是伊家的同居，谁知今天王福生自称为李绮的义父，问他究竟要不要娶李绮，如有此意的，从速挽媒出来聘定，早早完姻。倘然有抛弃之意，那么李绮的贞操已被他玷污，非赔偿一万元的损失不可。克家在王福生面前当然不肯说自己无意和李绮正式结婚的话，只是含糊地敷衍。然而王福生怎肯让他模棱两可？给他一星期的限期，要克家决定了，马上实行一切。克家心里虽不赞同，而口里却不敢说，恐怕要吃眼前亏，遂说容自己立即去向家长疏通后再行答复。王福生听他如此说了，方才让他回去。临别时再对他说道：

"你要识相些。不要说李绮母女不肯给你白占便宜，就是我小棺材也不肯放过你的，快快去想定办法吧！"

克家明知这件事是一个很大的难问题。回到宿舍后，呆呆思想，寝食俱废，不知怎样办好。恰巧高其达在这几天家中祖母故世，回苏州去了，自己没有商量，心中一发急，竟会生起病来，连尤丽莲处的约会也不能去践了。懒洋洋地，似病非病，睡在宿舍里，双眉紧锁，充满着一肚皮的不快活。这件事又不便轻易向人宣布，闹出来与自己名誉有关的。偏逢着多情的尤丽莲，来此做不速之客，殷殷问疾，却又怎好老实奉告？只得说是感冒了。尤丽莲很亲热地伸出纤手在他额上一摸，说道：

"寒热不高，只消出一些汗，明天便会好的，你还是好好儿静养。"

克家道：

"谢谢你，请坐吧！"

克家虽然说了一声请坐，可是这间占满三十只铺位的屋子，中间又有一桌赌牌九的人，竟没有隙地可坐了。尤丽莲便向克家床上一坐，不料上层还有一个学生躺着看小说，要想下床出恭。但是双脚刚要向下伸时，一见下面坐着一位摩登女学生，慌忙缩住脚，不好意思下来。尤丽莲没有觉察到，这就苦了那个学生了。众人依然在那里赌牌九，唱戏的也在那里唱得起劲，一屋子里闹得乌烟瘴气。尤丽莲对克家道：

"这屋里闹得很，不生病的人也会头痛，你觉得怎样呢？"

克家微笑道：

"我是惯的了。这里一天到晚如此。你是难得来的，瞧见了不要奇怪吗？今日我也觉得吃不消呢！"

两人说着话，小胖子不知从哪里倒来一杯茶，敬与尤丽莲。尤丽莲谢了一声，拿在手中一看，这茶杯怪腻的，不愿意喝，要想放下时，却又没处放。克家懂得她的意思，便回头对小胖子说道：

"对你不起，代我到弄堂口小张的摊上拿两盒白雪公主来。我知道丽莲是爱吃这东西的，今天很暖热，更可以吃了。"

小胖子答应一声，立刻走出室去。一会儿拿了两盒白雪公主回来，请尤丽莲吃。尤丽莲果然喜欢吃这东西的，早把茶杯放在地上，接在手中，谢了便吃。克家道：

"春愁黯黯，睡倒了很是沉闷，难得你来看我，不嫌寂寞了。"

尤丽莲笑笑道：

"你这室里如此热闹，还会嫌寂寞吗？"

二人正说着话，小胖子早陪了那两个拉京胡唱戏的同学走过来，带着笑对尤丽莲说道：

"听得密司尤擅歌平剧，造诣很深。我们这两位同学一位姓蔡，一位姓徐，都是戏迷。恰逢密司到此，渴欲一聆佳音，以便就正有道。万望密司赏个脸，不要推却。"

　　说了这话，三个人站在尤丽莲面前，笑嘻嘻地静候伊的回答。

# 第九回

## 赖有智囊作鲁连

尤丽莲听了小胖子的话，对克家一笑道：

"他们怎会知道我能唱这个？一定是你告诉的了，在这里我又怎能唱呢？"

克家笑了一笑，把手搔搔头，口里咄了一声。小胖子又向尤丽莲鞠了一个躬，再三请求。尤丽莲已吃完了白雪公主，觉得却不过情，没有拒绝。克家也说道：

"你果然唱得很好，难得唱一出指导指导他们也好。"

克家说了这话，小胖子等三人早鼓起掌来。姓蔡的早在对面床上一坐，理理京胡的弦索。姓徐的说道：

"密司尤唱一支《玉堂春》，好不好？"

尤丽莲摇摇头道：

"这个很吃力，还不如唱几声《凤还巢》吧！"

克家说道：

"你们不要强人所难，丽莲要唱《凤还巢》也好的。"

姓蔡的笑笑道：

"幸亏这个我也会拉的，不然的话，要被人家拆穿斤两了。"

姓徐的道：

"闲话少说，你快拉吧！"

于是姓蔡的拉着京胡，咿咿呀呀地响起来。尤丽莲立起身来，背转了脸，向壁站着，等到一个过门拉完，尤丽莲便张着樱桃小口，唱起剧词来。果然珠喉朗润，莺声婉转，唱得非常动听，大有程砚秋气息。那些赌牌九的学生，一被这歌声搅乱了他们的赌兴，引起了他们对于这方面的注意，一齐停了手，挤过来站着听戏，宛似面前列着一座肉屏风。大家的目光都注视在尤丽莲身上手上脚上，看了个饱，露出惊异之色。有几个早知是庄克家的腻友，想不到如此多才多能，不觉又生了羡慕之心。尤丽莲唱罢一曲，余音袅袅，犹在耳际，早有一个旁观的学生喊起一声好来。大家回过头去看时，那学生早溜下楼去了。尤丽莲听了这一声喝彩，回过脸向这边众人紧瞧一眼，脸上似乎露出不高兴的样子，仍在克家床沿上侧身坐下。克家连忙向伊打个招呼，说道：

"丽莲，你莫怪，这里的人都是捣乱，大惊小怪，不成其局的。"

姓蔡的也说道：

"请密司尤千万不要生嗔。我们这里一向是乱冲乱撞惯的，大家都是生着城砖一般厚的面皮，密司尤谅不以为忤的，请再和那位密司脱徐合唱一支《梅龙镇》或是《武家坡》可好？"

丽莲摇摇头道：

"我唱得很不好，恕不奉陪了。"

姓徐的带着笑说道：

"密司尤休要这般谦卑，你唱得珠圆玉润，端的和程砚秋仿佛。不是我说句恭维的话，密司尤若然登台氍毹弄时，红氍毹上必

71

然有声有色。不要说一班女子票友难望项背，便是那些薄负时誉的坤伶，也是瞠乎其后呢。"尤丽莲听他这样恭维着，只是把手连摇。姓徐的渴欲和伊合唱一曲，遂对克家说道：

"克家，你说一声吧，请你代我向密司尤要求伊合唱一支。你知道我是同学中间有名的戏迷，千万要赏个脸。"

克家听了这话，对尤丽莲瞧着微笑，没有说什么，他知道尤丽莲是不肯再唱的了。姓蔡的也将京胡转轴试声，说道：

"唱一支《梅龙镇》吧！"

小胖子拍起手来。尤丽莲说道：

"请你们原谅，今天我的嗓子不太佳，实在不能再唱，况我还有事情在身，和密司脱庄说了几句话就要走的，改日再唱吧，对不起得很。"

姓徐的、姓蔡的听尤丽莲说得甚是坚决，只得罢休，向尤丽莲说了一声打搅，走开去了。于是那些人牌九也不再赌，大家走下楼去，各去找目的地，寻他们的赏心乐事。尤丽莲便和克家絮絮地谈话，问问他学校里的课程。说也惭愧，克家平日对于课程总是不当一回事的，这学期他和李绮、尤丽莲二人厮缠不休，更没有心思去读书了。好在尤丽莲也不是什么有学问的高才生，伊不过随口问问而已。但克家今天有了心事，所以对于尤丽莲的问答，往往有些心不专属。尤丽莲还以为他有了病，所以如此，没有疑心到其他。这时小胖子也走开了，卧室中静得多，只有两三个学生坐在远远地看着小说和小报。尤丽莲和克家谈了好一刻，忽听克家头顶上有人在那里微微叹了一口气。原来克家的上层床中睡着的一个学生，本来要跳下来出恭去，只因尤丽莲坐在克家的床沿上，他不便从伊头上越过，惊动人家，勉强忍着。其后听尤丽莲唱平剧，他好忘记了所以然。直到众人下楼去。只剩尤丽莲和克家在床边滔滔不绝地谈话，他益发便急，忍无可忍，只恨尤丽莲为什么还不去，因此不知不觉地叹出了声。尤丽莲抬头望见了上面的人，初时也不明白此人为何叹气，却克家在下层喊道：

"汪，你做什么叹起气来了？你没有生病，躺着不起来做什么？"

尤丽莲是聪明的女儿，见此刻心里早已明白，连忙站起身来，走到窗边去，口里却说道：

"这一间房里排列着许多床，闷气得很。"

那姓汪的学生趁此机会，一溜烟地跳下床来，好似逢着大赦，立刻走到外边去了。尤丽莲回过来正要坐下时，室外革履之声橐橐，跳进一个少年来，口中喊道：

"克家没有出去吗？"

尤丽莲横波一看，来的乃是高其达，忙叫一声密司脱高。高其达见了尤莲丽，便道：

"咦！密司尤也在这里吗？"

尤丽莲道：

"我到此望望克家的病。"

高其达已走至克家床前，双眉一皱，问道：

"克家，你怎么病起来了？"

克家点头道：

"我恰有些小恙，多谢密司尤来探望，足慰寂寞。高，你刚从苏州回来吗？"

高其达道：

"不错，我父亲因为我不能久旷校课，所以叫我就回上海，等到我祖母开吊时再回去，我自然也没有这种心思坐在家中守孝的，立刻跑回上海来了。克家，你究竟生的什么病？可能起身吗？否则密司尤来了，我们应当陪伴伊出去玩玩。"

克家当着尤丽莲，有苦说不出，不能把自己的心事吐露，只得说道：

"今天我不能奉陪了，往后的日子正长，下次加倍补偿吧！"

尤丽莲带笑说道：

"谁要玩？你好好儿地睡着休养便了。"

又对高其达说道：

"今天我本请克家到我家里去用午餐，因不见他来，疑心他怎样失约，所以来此探望的。我已坐了好多时候，家中尚有他事，要回去了，密司脱高在此陪陪克家吧！"

高其达带着笑说道：

"克家要我陪吗？我们是老朋友，一天到晚聚在一块儿的。密司尤如无要事，何不在此多坐一会儿呢？"

克家换了平时，自不肯放尤丽莲去，但今天他有了心事，也没有精神去对付他的腻友，只懒洋洋地说了一声"你要回府吗？"也不坚决留伊。尤丽莲点点头道：

"我真的要回去了，你倘然好时，快写一封信来，或是打一个电话给我，还是写信的好，免得我盼念。你若不来信时，我有暇再来探望你。"

克家打了一声英语说道：

"谢谢你，我一定要写信给你的，幸勿垂念。"

尤丽莲便过去取了春季大衣，挽在臂弯上，又向二人说一声再会，微微笑了一笑，拔步便走。克家说道：

"丽莲，我今天实在对你不起，点心也没有请你吃。"

尤丽莲道：

"何必这样说法，改日我可吃你的。"

高其达在旁说道：

"克家不能送客，我来代你送吧！"

克家道：

"很好。"

高其达遂送尤丽莲下楼去。下面宿舍中正有几个学生打架，声势汹汹，冲出房来，高其达连忙抢上前，护住了尤丽莲。尤丽莲有些害怕，脚步带快，跑至门外。高其达问道：

"密司尤可是回府吗？"

尤丽莲道：

"不，我又想到黄瑛家里去看看伊。"

高其达道：

"这时候恐怕伊早和小杨出去了。"

尤丽莲道：

"不管他，我且去走一遭，也许他们在家里的。"

高其达遂代伊雇了一辆人力车，付去了车钱，送走尤丽莲后，他回到楼上，对克家道：

"好端端的发起什么瘟病来的？今晚我本想和你上舞场去一舒数日的积闷，真是不巧。"

克家叹了一声道：

"你可知道我怎样生病的吗？"

高其达对他面上相了一相，冷笑道：

"我瞧你精神还好，生什么病呢？难道生相思病吗？李绮、尤丽莲，鱼与熊掌，兼而有之，左右逢源，任意快乐，何思之有？莫非又生的金钱病？"

庄克家把手搔着自己的头皮，说道：

"被你猜着了一半。"

高其达在他对面的床上一屁股坐下，从他怀中摸出一支卷烟盒来，取了一支卷烟，划上火柴，衔在口里，一边吸，一边问道：

"怎么叫猜着了一半？"

克家遂将自己给李绮那边的王福生逼得无可奈何的事情，详细告诉了高其达，又说道：

"那王福生十分凶悍，说得出，做得到，这事尴尬了。我万万不能娶李绮的，一则家中母亲和亲戚都要反对，二则我还有一个尤丽莲究竟是女学生，比较李绮好了，我如何可以答应他们的要求呢？但若拒绝吧，王福生一定要敲诈我一万块钱，七天的限期是十分短促的，我又从何处张罗到这巨款呢？你是我的军师，也是我的顾问，恰巧你回苏州去了，叫我和谁商量呢？所以这样一着急，就恹恹地生起病来了。"

高其达听了，点点头说道：

"一夕欢娱，弄出许多烦恼，我总怪你不会对付，以致闹出这种尴尬的事情。如何可以允许他们这巨款呢？你变成了瘟生和洋盘了！"

克家道：

"不做瘟生、洋盘又怎么样？那断命的王福生好似七煞瘟神一般，我有什么力量去对付他呢？"

高其达道：

"你这个人真是胆小如鼠，不要理会他便了。"

克家摇摇头道：

"不成功，他们岂肯甘休？那天被他拉到茶馆里，我就心虚胆怯。我们究竟是公子哥儿，和这种流氓总是缠不过的，只得自认晦气，吃了些亏算数吧！你是智囊，快快代我想个方法，和平对付过去，就是了。"

高其达鼻子里吐着烟气，仰起了头，想了一想道：

"你既然怕事，那么只好吃亏一些，也是你追求欢乐的代价。"

克家皱着眉头做苦笑道：

"怎么办呢？"

高其达道：

"一万元是他提出的要求，我们不好讨价还价吗？待我明天去找王福生，和他好好儿商量，务求少吃亏一些，割断了这事。"

克家点点头道：

"有你代我去折冲樽俎，这是最好的事了。请代我善为说辞，使我稍吃亏一些，那么此后我和李绮断绝之后，便可一心一意追求尤丽莲去了。"

高其达笑道：

"人家说男子惯会弃旧怜新，不料你就是这种典型的人。"

克家笑笑道：

"你和我不是五十步与百步之间吗？不要笑我了，快快代我去应付吧！"

高其达道：

"我明天准去，你放心吧！"

两人又谈了一刻话，诸同学毕集，他们也不便多讲，高其达便出外去游玩了。这天晚上高其达仍到百乐门去和袁梅儿跳舞为乐，但他见了李绮，却假装着不知情，绝不提起克家，李绮也没有问他什么。

次日，高其达在放学后，和克家说了，跑到李家去找王福生说话。克家恐怕尤丽莲要惦念，写了一封信去，仍旧躲在校外寄宿舍里，似病非病地瞧着，等候高其达交涉回来后的报告。

第十回

# 最是可怜阿母心

克家守候良久，迟迟不见高其达回来，心里十分忐忑，晚饭也无心吃，直至晚上八点钟过后，方见高其达走回宿舍。这时候宿舍里已有许多学生，坐的立的，吃食物的，看书的，唱平剧的，开无线电的，说笑话的，闹得乌烟瘴气。高其达走至克家榻前，克家一骨碌坐起身来说道：

"累你辛苦了。这事谈得有些眉目吗？"

高其达一看身边都是人，尤其对面床上的小胖子一双眼睛挤紧着，尽对他们注视，叫自己怎样开口讲这话呢？眉头一皱，向克家说道：

"克家，你能不能到外边去？"

克家明白他的意思，点点头道：

"我还勉强可以走走。"

高其达道：

"那么我们外面去谈吧，你快起来。"

克家立即起身下床，挟上了一件长夹衫，取过一个木梳，将头发朝后略略梳理了几下，然后戴上一顶呢帽说道：

"我随你去。"

小胖子在对面向他们瞅了两眼，口里叽咕着说道：

"鬼鬼祟祟，真不够朋友。"

二人也不去理他，走出房门下了楼，来到校门口，克家问道：

"高，我们到哪里去坐坐？你有没有吃晚饭？"

高其达道：

"吃过了，我和你就到那边马路口一家粥店里去坐谈吧！这里没有茶室和咖啡馆的。况且时候不早了，你也不能远处去。"

克家道：

"很好，我肚子里也有些饿了，晚饭没吃，喝两碗粥吧！"

于是二人匆匆走到那边马路转角之处一家粥店里去。这时候粥店里已无客人，正要打烊，一见二人进来，伙计便上前招呼。二人拣一个靠里的座位坐下。店堂虽小，座位尚是清洁。克家知道这店里的鸡粥是著名的，问高其达要不要再吃一碗。高其达本有兼人的食量，常要吃夜点心，多喝一碗粥当然肚子里加得进的，点点头说声好。克家遂吩咐来两碗鸡粥。两人一边吃粥，一边谈话。克家很迫切地问道：

"高，你此次去和王福生见过面吗？谈判得怎样？"

高其达笑了一笑，答道：

"总算不辱使命。"

克家听了这句话，心头稍觉宽松，啃着一块鸡骨头，又问道：

"那么你又如何和他谈妥的呢？快说快说。"

高其达道：

"你不要性急，待我告诉你吧！方才我到李绮家中去，经李绮的母亲介绍，和王福生见过面。我就告诉他说，我是代表姓庄

80

的来和你们谈判的。王福生点头说好。我遂邀他到一家酒店去喝酒谈判。李绮的母亲也跟了同行。幸亏我们三个人坐在一小间里谈话，没有被熟人窃听之虞。我和王福生喝了两杯酒，开始谈判这事。当然在讨价还价的当儿，王福生常常显露出强硬的态度，而李绮的母亲更在旁边絮絮滔滔，说伊女儿的损失太大，要求赔偿。我用不卑不亢的手段和他们谈判了良久，方由一万元而减至九千元、八千元、七千元，结果我答应他们由你出六千元了事。"

克家不待他说完，立刻问道：

"讲妥六千元吗？

高其达道：

"是的，你嫌此数太大吗？"

克家道：

"我不能说大了。这件事当然是我自己不好，幸亏你代我出去折冲樽俎，能够了事最好了，谁高兴和这种人纠缠不清？"

高其达道：

"对，所以我已答应王福生明天将六千块钱交给他，由他出一收条，双方和平解决，永绝纠葛，以后你也不要再和李绮去招呼了。"

克家道：

"我当然避之唯恐不及，恐怕百乐门也不高兴再去了。"

高其达道：

"这又有什么相干？尽可前去和别人跳舞，只不要和李绮认识罢了。"

克家点点头，又道：

"高，你已答应王福生明天交给他六千元吗？"

高其达道：

"是啊，说了就要干的。"

克家把筷子向桌子重重地一搁道：

"高，你不是给我一个难问题吗？你知道我身边没有钱，我明天如何拿出去呢？"

高其达道：

"这个当然要再商量的。我不能不答应他们，否则这件事又谈不成了。"

克家已把一碗粥吃毕，粥店伙计拧上手巾，克家揩了一揩嘴，又说道：

"我不得不请教你这智囊了。你再代我策划一下如何？"

高其达也已喝完粥，揩过嘴，说道：

"我早已代你想好了。你不是有银行支票簿的吗？明天先开一张空头支票给他们，日期太远是不成功的，即以十天为期。"

克家道：

"十天的期限很近，我仍是没有钱如何是好？"

高其达道：

"这个你只得仍去同你老母商量。"

克家道：

"以前我已拿过一笔钱，现在又用什么名义去向我母亲要钱呢？"

高其达道：

"你这个人只会用钱，却不会想法，真是公子哥儿，换句话却是个饭桶。"

克家道：

"呸！什么饭桶粥桶，由你奚落。请你代我想法吧！"

高其达回顾左右无人，店伙们站得远远地在门外收拾，他就对克家低声说道：

"你明天赶快回苏州去，向你母亲说，药厂生意发达，添制要药，又向外洋订购机器，故须扩大资本，各股东再要增加股份。你派着一万块钱，须于一星期中交出，不能不答应的。催紧你的母亲去代你想法了。"

克家道：

"一万块钱，此数太大了。上次我要了伊的钱，股票没有交给伊，叫伊如何再相信我的话呢？"

高其达道：

"一不做，二不休，好在你母亲是个女流，明天我们早上赶快去买了数份股单，叫刻字店赶刻图章，假造了股票，给你带回去。你母亲见了，自然相信，肯拿出钱来了。"

克家笑道：

"股票可以伪造吗？不怕吃官司吗？"

高其达道：

"横竖造给你的母亲，还怕伊肯让爱子对簿公庭吗？你放心好了。"

克家道：

"一切听你智囊安排，我照计行事。来沪后谢你一千块钱，好不好？"

高其达道：

"我也不要你的谢仪，只要你请我多吃几回西菜，多看几次戏好了。今晚我请王福生吃饭，花去二十块钱，这个你要还我的。"

克家道：

"好，一切遵命。"

二人又谈了一歇，克家付去粥资，一同回至宿舍，大家睡到床上去。克家心里的一块大石此时总算减轻了许多重量。

到了明天，克家一清早起身，偷偷地取出支票簿来，签了一张六千元的空头支票，交给高其达。又拖了他出去吃早点，买了股票簿，去刻字店里限时限刻地刻了数方圆章，都是高其达代他伪造的。那个药厂名唤光明制药厂，设在小沙渡路一千五百七十九号。小杨算是经理，就刻了他大名杨昧安的圆章，又伪造了几个股东的姓名，到午时把五千元的股票填好了。好在这时候宿舍里是没有人的，大家都去上课，仅他们二人去干。午饭后，高其达怀中揣了那一纸空头支票，跑到王福生那边去交代。克家要紧坐六点钟的车回苏州去，和他的母亲商量。在他动身之前，写了一封信给尤丽莲，吩咐茶房送到尤家去。告诉尤丽莲说，自己身子已好，因家有要事，今晚返苏，一二日即将来沪，请伊勿念，这样免得伊来探望而生疑了。又去校中请了假，方才赶至火车站，坐车返苏，到家中时已有九点钟了。

秦氏正在楼上听无线电中弹词，忽见伊的儿子突然回来，心中惊异。便问克家：

"你好好儿在沪读书，怎么忽然赶回家来，有何要事？"

克家笑嘻嘻地说道：

"我有一件事情要和母亲商量，所以赶回来的。"

秦氏听了，不由一怔，忙问道：

"你又有什么事呢？"

克家遂从他的皮包里取出伪造的股票交与他母亲，说道：

"这就是我们前次认的光明制药厂的股票，请母亲收藏吧！"

秦氏接在手中，略一展现，伊究竟不懂什么的，况又深信自己的儿子，所以很快慰地说道：

"好，我代你收藏吧！将来还是你的，只望这药厂生意兴隆，不要亏空。"

克家道：

"这药厂现正力谋发展，向外洋订购机器，要制造几种特效的新药，因此小杨前天在南华酒家宴请股东，且在厂中开股东会议，要求各股东加股。大家因为有希望，所以踊跃加股，我自然也不得不应允了。"

秦氏道：

"那么你又认多少呢？"

克家道：

"一万元。"

秦氏一惊道：

"一万元吗？你没有得到我的允许，怎样可以先答应人家呢？"

克家道：

"人家都是三万五万地认股，一万元是最低限度。我在别人面前要顾面子，怎么可以不答应？母亲，你请放心，这事业一定发达，我们的钱绝不会空弃，将来自有十倍的收获呢。"

秦氏道：

"只是现在又要一万块钱，叫我一时怎拿得出呢？你在上海读书的，我并不要你去做生意。将来毕业之后，你再可以……"

克家不待他母亲说完，早把手摇摇道：

"母亲不必多说了，这也是一个机会。我一时高兴为了面子关系，答应了人家，你若拿不出时，我也没有面目再到上海去读书了。哼！我不相信你一万块钱也拿不出的。"

说罢，向旁边椅子里一坐，噘起了嘴，做出十分生气的样子。秦氏最怕伊儿子生气，想了一想，又对克家说道：

"你不要这样恼恨我。既然你已答应了人家，好在这也不是空虚的，我就代你想法付出去便了。我有一个一万五千元的定期储蓄存单，恰巧在后天满期，我去取出来，即交银行转汇到上海，可好吗？可是以后你不要轻易答应人家什么股份了。一万元的数目说大不大，说小不小呢。"

克家见他母亲业已答应，埋怨两声，也不打紧，还说道：

"以后我也不高兴再去答应人家了。那么我就在家中多留一天，等这笔款子汇出后再走吧！"

秦氏道：

"也好，你在家盘桓一二天再去，我也有一件事要和你商量呢。"

克家道：

"母亲有什么事？"

秦氏带笑说道：

"我又有什么事？仍旧是为的你啊。上次我同你讲起的卢家小姐，你究竟心里如何？做媒人的来催过数次了。我探听得这位小姐容貌学问都好，真是一位大家闺秀。难得他们肯配给我们商人的子弟，这机会岂可失之交臂呢？你若没有别的问题时，我一准答应他们，早日代你交定了。"

克家一听到这件事，心里便大不以为然。他正在海上荒唐，李绮、尤丽莲都是醉人心魂的女子，尤其是最近他和尤丽莲的情苗与日俱苗，以为尤丽莲是他最好的对象，大做其粉红色的梦。至于那卢家小姐虽是大户人家的女儿，然而和她从未见过一面，素无感情，自然他岂有轻易听他母亲的说话而贸然应许呢。他就对秦氏说道：

"母亲，多谢你的美意。但恕我不能听从你老人家的话。一则我尚在求学时代，不要什么妻室，分去我的心思。二则今世崇尚婚姻自由，我和那位卢家小姐并不认识，毫无情爱，不能即订婚约，还是请母亲稍缓吧！"

秦氏听克家这样说，也只好暂搁了，又絮絮地问问他上海求学的情形。克家胡乱回答，都是谎言。秦氏十分相信。次日秦氏吩咐厨房里特煮几样菜给克家吃。克家见了他哥哥克绳，淡淡地也没说什么话。克绳也不知道克家回来做什么，不便问询。午后克家到观前去游了一会儿，觉得无味，怎及上海百乐门里靡靡之乐、翩翩之舞呢？

到第三日上午，秦氏便和克家到银行里去取出那笔定期存款，把一万元汇划到克家在上海存款的银行里去，此时克家的一颗心方才大大安定。所以他一回到家里，就要坐下午五点钟的火车到上海去了。秦氏要叫他明天早晨动身，他说又要缺课一天了，今日必要赶回上海的。秦氏当然也不愿意伊的儿子多缺校课，只好答应，又给了他一百块钱。克家挟了皮箧，欢欢喜喜地动身。当他走到店里时，忽见店外停了两辆人力车，车上走下来一男一女，带了网篮、手提箱大包小包的很多，知是有客人来了。克家定睛一看，正是他的表兄郑绍远和他夫人。这位表兄，是他祖父的妹妹嫁到上海去生了表叔叔养下的儿子，所以虽和他是表兄弟，已隔了一代，平日往返并不密切的。郑绍远一见克家，便握着他手说道：

"好，表弟你不是在上海读书吗？怎不到我们家里来？现在到哪里去？"

克家道：

"我正往上海。实在功课忙得很，有暇必到你们府上来拜访的。我母亲正在里面。表兄来了，多住数天吧！恕不奉陪了。"

克家说毕，马上往外边一走。克绳已从店堂里出来招呼，请郑绍远夫妇到里面去坐。秦氏见老姑太太的孙少爷来了，忙竭诚招接。坐谈后，方知他们夫妇俩是到苏州来扫墓的，因和庄家好久不通信，所以顺便探访，送了不少东西。秦氏特地叫了几样菜，招待他们吃晚饭，便在庄家下榻。晚餐后，秦氏陪着郑绍远夫妇在楼上房间里闲谈，克绳在外面店里，不在身边。郑绍远和秦氏谈起克绳、克家弟兄来，秦氏当然夸赞自己儿子的好。说得高兴时，便将克家在沪和友人合股开设光明制药厂的一回事告诉郑绍远听。恰巧郑绍远在西药行中做捎客的，他家又住在西摩路，和小沙渡路很近。便说也倒没有听得有这一家药厂开幕。秦氏恐他不信，马上去取出克家交给伊的股票与他看。郑绍远接在手里，细细一看时，不由微微一笑，对秦氏说道：

"哎呀，你上了克家的当了！"

秦氏不由大大地一怔，忙问"怎的，怎的"。

第十一回

# 疑神疑鬼有阴谋

郑绍远是直爽性子的人，他一见这股票是伪造的，马上就要对秦氏说破。秦氏既然问他，他就老实说道：

"舅母，我说破了时你不要气恼。我在上海就吃的西药饭，大大小小的厂哪一处不去接洽过生意？从来没有听见过这个光明制药厂，况且我们的家在西摩路，常常出进小沙渡路，假使有这样一个大规模的药厂，我绝不会不知道的。这明明是空中楼阁，表弟哄骗你老人家罢了。"

秦氏听了这话，将信将疑地说道：

"那么这股票从何而来呢？"

郑绍远又笑笑道：

"这是伪造的呀！空白的股票是书店里购得到的，只要填上几个姓名和数目，印上几个圆章就算了。"

秦氏指着郑绍远手里拿着的股票又问道：

"难道圆章也有假的吗？"

郑绍远道：

"这股票既然是假的，圆章当然也是假造。横竖这不过骗骗自己人，倘然哄骗了外人，那就要变成刑事犯，吃官司了。"

他一边说，一边将这股票交回秦氏。秦氏有气没力地接了过去，向旁边一放，呆瞪着双眼，只是不开口。郑绍远吸着雪茄烟。他夫人在旁边对他白了两眼，意思是怪伊丈夫多事，不该在秦氏面前揭穿克家的秘密。郑绍远吐了一口烟气，又对秦氏说道：

"克家表弟在上海读书，不知在外边可交有什么女朋友？还有上海跳舞风气大盛，舞场开设得不计其数，跳舞明星的头衔，什么张宝宝、王玲玲，在报上登得和从前梅兰芳的大名一样大，真是破天荒的。听说一班大学生、中学生课余之暇，逛跳舞场的很多很多。他们年青的人岂有不爱慕女色之理？一到了那种金迷纸醉、花天酒地的场所，一颗心便会摇动起来。受了女色的诱惑，金钱便会浪费，学业也要荒废了。大概表弟在外也犯了这个病，喜欢上这个玩意儿，自然会用金钱，而向舅母行使这种欺骗的勾当了。舅母可知表弟在沪的事吗？"

秦氏摇摇头道：

"你表弟在上海，我在苏州，哪里会知道他的事情呢？"

郑绍远道：

"这也难怪舅母的，我总以为表弟有很大的嫌疑。舅母以后须特别注意他才好。我是自家人，喜欢直言，谅舅母不至责怪的吧！"

秦氏面上一红道：

"你说哪里话。经你说穿了以后，我不再上他的当，多谢你的好意。这小畜生不该欺骗母亲。我要拜托你，回沪后细细地打听一下呢。"

郑绍远点点头道：

"这个我自当照办，探得什么消息，一定报告与舅母知道。"

郑绍远夫人在旁听了多时，忍不住插嘴道：

"我要说一句话了。舅母倘然放表弟在沪读书，这是很危险的事。因为他有他的自由，舅母不在他身边，没有他人能够管束。少年的心是活跃的，还不如读完了这个学期不要再放他到上海去读书。在苏州，中学校也很多的，何必要舍近而取远呢？再要请舅母考虑的，最好代表弟早早订下一头亲事，代他娶了妻子，成了家室。只要他有了妻子，身心便可收束。况且新娘子自可管住伊的丈夫，不怕他再在外边荒唐了。"

说到这里，又指一指郑绍远，带笑说道：

"绍远年纪虽然比较大了一些，他也是喜欢拈花惹草的，经我一步不放松地严密地监视着，究竟好得多了。舅母你想是不是？"

郑绍远在旁听了，对伊微微一笑。秦氏双手一拍，笑了一笑道：

"甥媳妇的话真是对极了！我也是这样想。无奈你表弟口口声声说要自由结婚，使我奈何他不得。本来有人为媒，介绍本城卢家小姐，照片也在这里。我因不得他的同意，不便硬做主，免得将来他们夫妇之间意见不合。"

郑绍远的夫人又说道：

"照片在哪里？"

秦氏道：

"我去拿给你们看看也好。"

遂拿了那张伪造的股票，回身到房中去，又拿了卢家小姐的照片出来给二人看。郑绍远夫人接在手里，郑绍远凑过身子来一同观看。二人同声赞美道：

"好一位摩登的小姐！表弟为什么不要呢？"

秦氏道：

"我给他看照片，他不要，我不好强逼，换了前十年时，哪一个不是父母做主的呢？媒人已来催过两回了，因我不舍得辞去，所以延宕着。"

郑绍远道：

"如此说来，大约克家表弟在上海一定有恋人了，否则像这样绮年玉貌的小姐为什么偏偏不要呢？"

秦氏道：

"我现在也有些疑心了，要切实拜托你代我探听。下学期绝不让他再到上海去读书了。"

郑绍远的夫人道：

"舅母，你最好要想法使表弟怎样和这位卢家小姐见见面，交个朋友，也许表弟会爱上伊的，那么婚姻可成了。"

秦氏道：

"我决定要想办法唤这小畜生回来再说了。现在股票的事以及他在校的情况，要托你们回到上海后代我极力探听明白才好。"

郑绍远道：

"舅母的嘱托，我绝计遵办。"

三人又谈了一刻话，时候已是不早，秦氏请郑绍远到客房中去安睡，把他夫人让到自己房中小床上去睡，且叮嘱郑绍远对于股票的事在克绳面前休要提起，因为这钱是伊把自己的私房拿出去的。郑绍远也知秦氏心有偏私，溺爱自己的儿子，把克绳看作眼中钉的，自然答应不去夹什么嘴舌。

次日，郑绍远和他夫人到乡下去扫墓，顺便游山。晚上，回来时遇见克绳，略谈数语，秦氏已请他们到楼上去坐了。

过了一夜，夫妇俩又至观前去游远一趟，买些食物，住了二三天，辞别秦氏，遄返上海。秦氏又把儿子的事托他们细细探听。伊一颗心本来渴望着克家，所以克家说什么便依什么的。却不料克家对伊撒了这样一个大谎，心中未免有些难过。但克家究竟是自己的亲生儿子，总希望这事未必真成事实，且待郑绍远来信报告后再作道理。

约莫过了一星期，果然郑绍远的信来了，是一封挂号信。秦氏接到后，在房中拆读，信笺很多，写了四五张。大意是说他们回沪后，即去小沙渡路按着门牌，再去细细查勘，所谓一千五百七十九号乃是一家打铁铺，左右间壁以及附近四处都走遍，绝没有什么光明制药厂。自己又向新药业公会探问，也没有这一家新设的药厂，可知这是确实出于伪造了。又在星期六的下午，他们夫妇二人曾到克家学校中去访问，恰巧克家没有课，不在校中。又至校外寄宿舍中去寻找，只见克家正和一个很摩登的女学生在宿舍里坐着谈话，状殊狎昵。一见他们前去，大为疑异，勉强招呼。询问之下，方知那女学生姓尤，是克家的女友，她是爱群女校的学生。他们坐了一会儿便告辞的。因为不能得到什么详细的底蕴，所以又辗转托人向克家的同学探询，始知克家和一个苏州的同学高其达，交谊最密，二人常常到舞场里去玩的。女朋友也很多，举止豪华，行为不检，学业常常旷废，曾被校中训育主任警告，记过一次。别的事却不知道了。总之克家年少好玩，上海的环境处处都是陷阱，而住在校外寄宿舍亦非佳妙。那地方他们已见过了，怎好读什么书，以后还是在苏州读书较为合宜。姓高的朋友也要叫克家少与亲近为妙，所谓近朱者赤，近墨者黑，这一点也要注意的。又说克家婚姻之事如能在苏办早早文定，未尝不是挽救他在外面野游的一法，望早酌裁云云。

秦氏把这封书信读了好几遍，宛似兜头浇了一勺凉水。伊知道这股票明明是伪造的了。克家在外面又有了女朋友，在外浪费金钱，若然再让他在上海读书，一定愈变愈坏，无人管束，这又如何是好呢？郑绍远信上主张要使克家在苏读书，这件事却要待到下学期再说。唯有婚姻的事却不可不早早进行。最好能使克家有了允意，早日文定了卢家小姐，便好得多了。这天晚上伊睡在床上，辗转反侧，想了不少念头。因为还有一层困难的问题，就是克绳长子尚未有订婚，自己先代克家订婚，难免不贻人口实，要说后母的心究竟是歧异的，人家哪里知道自己的苦心呢？况且克家在沪所做的事，也断乎不能给克绳知道，惹他讪笑，说我自己生的儿子不争气。总要想个法儿，怎样能够堂而皇之，不给人家把柄才是。伊最后想得一些方法，但尚没有决定。

到了次日，秦氏回到母家去，和伊的哥哥秦有华商量，怎样可使克家返苏。秦有华比较他妹妹会转念头，横在烟榻上，吞云吐雾，细细思索，到底被他决定了办法，告诉秦氏，叫伊去依计行事，便可使克家回来，文定亲事，而绝不贻人口实。

这天秦氏回至家中，次日便睡在床上装病，一连三天，恹恹地不起身。克绳不知秦氏故弄玄虚，别有用心。他以为母氏有病，自己却不能不管，因克家不在这里，自己虽非秦氏亲生之子，责任也不能不尽，他就到秦氏房中来问候，要请医生代秦氏诊治。秦氏告诉他说，这一遭的病，病得奇怪，因为前次夜里在灯下似乎见克绳、克家的父亲在床前一现阴魂，翌日，自己便病了。这病也不觉沉重，只觉茶饭恹恹，梦寐难安，精神惝恍，莫非家宅不安。故不必请什么医生，还是请一个女巫来看看的好。克绳是诚实的人，不知秦氏的用意。他虽然不赞成迷信，但因秦氏心里要这样做也不便反对，便问到哪里去请女巫。秦氏又说伊以前在母家时，伊哥哥有了重病，曾请一个姓刁的女巫来看香头。那女巫说得句句都对，后来照了女巫的话去办，果然伊哥哥的病霍然而愈了。那女巫住在葑门城外，伊哥哥知道女巫的详细住址的，所以想托伊哥哥去请。自己已差下人去告诉伊哥哥了，也许今日家里有人来的。克绳听秦氏这样说，也就不说什么。本来克绳也做不动主的，自然秦氏说什么就做什么。

克绳坐了一歇，忽听楼下莺声燕语，乃是素文、素贞姐妹俩来了。她们算是听了下人的通知而来问病的。克绳连忙退出去，让她们进来谈话。他在这几天，心里正也有些忐忑不定，原因是为他常常到同居唐家去闲谈，永朴对于他的感情很是不恶，永朴的母亲也待他很好，赏识他诚朴好学。永朴时时劝他要到外边去做些事业，将来方有出头的日子。倘然一辈子厮守在家里，像他这样坐在店堂中记账，恐怕没有什么出息。所以永朴要想写信给伊的父亲，介绍伊到广东去谋个职业，将来可以自立基础，脱颖而出，不必要依赖家产，在后母手里过腌臜的日子。倘然克绳能够赞同而有志离乡出外，伊可以立即写信前去玉成其事。克绳知道这是永朴的美意，自己若欲求将来前程的扩展，当然是这样的好，一时鼓起了勇气，答应永朴自己愿意听从伊的忠告，到外面去尝试一下。永朴听克绳肯如此决志，当然欢欢喜喜地写信给伊的父亲了。克绳虽然答应了永朴，然而是一时的勇气，后来想想自己生长江南，足不出户，难得往别地方去的。现在若要千里迢迢地到广东去，恐怕水土不服，人地生疏，自己难免不惯，因此他的心中踌躇起来了。他既不好和秦氏讲，又不好再和永朴去说，只好闷在自己一个人的肚里。真是母亲有母亲的心事，儿子也有儿子的心事，竟不能彼此直告，在这种家庭里黑影重重，非外人所知了。

克绳在晚上又走到唐家去闲谈，说起秦氏患病，大家都很诧异，永朴的母亲对他说笑话道：

"大概你的亡父在地下知道你的后母溺爱克家，把你虐待，所以他显灵给他的妻子，警告一声呢。"

克绳叹道：

"倘有这样灵的阴魂，那就好了！恐怕我后母一时眼花，或是伊自己虚心罢了，看伊明天请了女巫来说什么。"

永朴的母亲道：

"我倒要听听女巫怎样说，你必要告诉我的。"

永朴笑道：

"女巫的话胡说八道，岂可相信？俗语说，请了巫者便有鬼，这句话是不错的。"

永朴的母亲道：

"鬼神之事也不可不信。你们读了新法书的人，就不相信。"

永朴和克绳看着笑笑，仁官也在旁笑起来了。

到得明天，秦氏的哥哥有华和素文、素贞姐妹，陪着那个女巫一同光临。克绳不敢怠慢，招接入内。秦氏睡在床上。女巫到床边去看病，四处望望，运用着伊的一双灰白的眸子，装出疑神疑鬼的样子。停一刻点了三支香，坐在一边，凝视有顷，伊口里就喃喃地说，伊见到一个男子，形貌年龄说得和克绳的亡父庄少云一样，自然大家听得有些汗毛凛凛。又说那男子吩咐次子今年在外要交桃花运，若不赶紧代他娶妻，必将在外胡闹，切嘱秦氏要负这个责任。又说要在家中做一天佛事，使阴宅平安，那么阳宅也安了。其他却没有别的话说，那女巫就算看过了。秦氏谢了伊十块钱，令下人唤一辆人力车送伊回去。从此秦氏得到了题目，便好做文章。叫克绳立刻写一封快信去唤克家返苏。又请伊哥哥去唤西园戒幢寺的僧人来做佛事，一切都要照女巫嘴里说的话办，也就是遵照伊亡夫的主意，求阳宅阴宅的平安。大家自然遵命。

晚上克绳又去告诉唐家母女知道。永朴冷笑一声道：

"这不知你后母又在那里捣什么鬼。我是猜到伊的心中去的，明明伊要代克家早日授室，恐怕人家要说闲话，不代长子订婚，先为自己儿子娶室，免不了后母的心有偏见，所以借此一着来掩饰罢了。否则伊生了病，为什么不先请医生而反请什么女巫呢？"

克绳被伊一句话提醒了，心里也觉得秦氏是在那里捣鬼，不由悠悠地叹了一口气。永朴的母亲道：

"你们以为伊捣鬼吗？我却有些不信，难道伊的哥哥和那女巫都串通一气吗？"

永朴道：

"他们兄妹俩为什么不可秘密行事？那女巫又是他们请来的，当然是授意而行的了。"

永朴说得很愤慨，克绳的心中也觉有些闷闷不乐。

到第三天早晨，西园戒幢寺的僧人便来庄家大厅上做佛事。秦氏母家诸人都来了。秦氏睡在床上，眼巴巴地期望伊的儿子归来。果然在下午三四点钟时，克家挟了一个手提皮箧，翩然而归。素文、素贞以及克绳等都在厅上。克家见了佛事，很是疑奇。他只和克绳略一点头，也不说什么。就由素文、素贞姐妹俩跟着克家，一同走到楼上去见秦氏。

第十二回

# 一片深深舐犊情

克家走至楼上，秦氏在床上听得革履声，便知伊的儿子回来了，心中不知是喜是恨，精神兴奋了一些，半倚半睡地靠在床栏杆上。一见克家穿着簇新的西装，丰神腴美，和素文、素贞走进房来，真是个好青年，心里便不忍去责备他。克家见了他母亲，立定在床前，叫一声："母亲，你怎么样会生病的？"秦氏叫他坐了，把克家父亲阴灵显示，以及女巫之言告诉他一遍。克家怎肯相信，摇摇头道：

"有这种事吗？我倒难以相信。"

秦氏道：

"你不信吗？我岂有哄骗之理。"

素文也在旁边说道：

"鬼神之事，不可不信，不可全信。二弟你休要读了科学，便说鬼神没有。现在世界上研究灵魂学的人也很多呢。"

素贞也道：

"宁可这样做过了，大家心中安宁。"

克家不响，却在房中低着头，踱来踱去。秦氏问他道：

"你在上海可用功读书吗？不要去结交了损友，在外面去荒唐。你亡父忽然显灵，一定是有些关系的。我心里惴惴然，引以为忧，忧心蕴结，遂生起病来了。你务要记得你亡父创业的维艰，而要好好儿地努力向上啊。"

克家听了这话，点点头道：

"我自然努力的，母亲你不必管我。"

秦氏哼了一声道：

"怎么说不管？我停会儿再和你谈吧！"

克家对他的母亲看了一眼，说道：

"我以为你生了什么急病，所以立刻赶回来的。现在看你的精神还好呢。"

秦氏道：

"你要你母亲真的不灵了吗？那你也没有便宜占的。"

克家把手搔搔头，似乎厌听他母亲的说话。素贞却说：

"二弟，我们到楼下去打高尔夫球吧！"

克家很无聊似的，勉强答应一声。秦氏也说道：

"很好，你们去玩玩吧，让我睡一歇。"

于是素文、素贞姐妹俩又伴着克家下楼去打高尔夫球了。秦家既没有球场，如何玩这种西洋球戏呢？原来去年克家一时高兴，从上海买了一个高尔夫球的球盘回来，共有二十粒小球，玩的人拿一杆小木棒将一粒粒小球从一定的地方打出去，那球如珠走玉盘似的回环滚动，滚在球形的凹陷小孔内，便得若干分数，把二十粒小球打完了，计算分数谁最多，便算谁是胜利的。这本是儿童的玩物，可是克家童心未除，倒喜欢玩这个。素文姊妹来的时候，就和她们一起玩，而素贞更是喜欢，每次来时常常要玩这球戏的。不过近来克家在沪荒唐惯了，跳舞成了瘾，陶陶然地正做着粉红色的梦，不再高兴玩这东西了。今天给素贞嬲着，便到书房里去取出那高尔夫球盘来，和她们玩。素贞兴致最高，拿了纸笔，记着三人的分数，轮流着打球。克家叫人去买了可可糖和许多水果来给素文姊妹吃，自己只是把糖送在口里。恰见克绳走到书房门口来望望，他是来招呼素文、素贞用点心的。克家和克绳只是彼此点点头，也不说话。今天秦家厨下特地煮的素面，用冬菇、笋片、京冬菜做浇头，因为有佛事的缘故，所以大家吃素。克绳请素文姊妹到餐室中去吃。素贞打得有趣，不肯走开，叫仆人端到书房里来吃。克绳遂去吩咐仆人送上三碗冬菇汤面，浇头特别多，只只都是厚大的冬菇。克家却板着面孔说道：

"素面我不要吃，代我去唤一盘虾仁炒面来吧！"

仆人听二少爷吩咐，便不敢怠慢，答应一声，立即出外到点心店去唤面了。

晚上，佛事做毕，素文姊妹等也都回去。克家坐在他母亲秦氏的房里。秦氏见四下无人，便唤克家到伊床前，对他说道：

"这几天我精神很不好。你父亲阴灵显现，一定为了家中有不安的事，所以他的心也不安起来，而向我显灵了。今天做佛事，也是为了消灾求福安阴佑阳起见。我想照现在的情况，家中尚属平安，店里生意也还好，他老人家何以要显现呢？莫非为了你在上海有荒唐的地方吗？"

克家连忙说道：

"母亲不要疑心。我在上海好好儿读书，有什么荒唐之故？这也许是母亲思念我亡父，精神恍惚，方才有此。我从来不信鬼神的，否则为什么父亲不向我显灵呢？这须得我自己亲眼瞧见，方能相信。"

秦氏道：

"你不要这般嘴硬，早晚也许要有这么一回事的。你亡父阴魂有知，他什么事都要晓得。一个人做的事，若欲人不知，除非己莫为。你以为你在上海做的事情无人知道吗？所以忍心欺骗我上你的当。岂知我都知道了。"

克家听了这话，突然一怔，便问道：

"母亲知道些什么？"

秦氏叹了一口气道：

"我自你父亲故世后，别的没有希望了，只望你用心读书，将来出人头地，争一口气，免得给他人讪笑。所以你总要比那傻子好一些，我方才面上有光彩，否则颠倒给那傻子笑我太宠爱你而害了你了。"

克家道：

"什么话？母亲不是为了有病而唤我回来的吗？怎么教训起我来了。"

秦氏道：

"你是我的儿子，难道我不好教训你吗？你前番说的什么光明药厂的股单，完全是子虚乌有，把来哄骗我女人家的。你以为我不知情吗？自然有人报告给我知道的。你拿了我的许多钱去用在什么地方？快快告诉我吧！"

克家听他母亲如此说，知道股款的事业已被秦氏识破秘密，再不能胡乱欺诳了。这必是表兄郑绍远揭破我的。他就咬紧了牙齿说道：

"我哪里会骗你？母亲不要听信人家的闲话是非，将来包你有官利红利拿到手。是真是假，你不要去管他便了。"

秦氏道：

"这是我拿出的私房钱，怎么说不用管？况且我已托人在上海探听，根本没有这个药厂，还有什么官利红利呢？好孩子，不

101

是我做娘的要教训你。一个人总要规规矩矩，老老实实。大概你在上海交了什么不良的朋友，以至于此。你老实说吧！"

克家知道这件事图赖不得了，自恃平日给他母亲宠爱惯的，至多给他母亲唠唠地多说几句话罢了。钱已用去，终究奈何自己不得呢。所以他噘起了嘴，一声儿也不响。秦氏见克家不答，以为伊的儿子此时也许有悔心了，只要他以后再不要如此荒唐，那么过去的事也不愿过于追究，免得真的给克绳知道了，在外边多一句话，惹他说笑。遂又对克家说道：

"好儿子，你自己可知道懊悔吗？那么我这笔钱也不要了。你也不要再欺骗我。"

克家不防自己哄骗了母亲，用去了许多金钱，竟这样轻易地一句话说过了事。他的嘴也就不再噘起了，在床前走了几步，心里又在惦念尤丽莲。他回来的时候隔夜曾同尤丽莲在大光明影戏院看西片《铸情》，看到情不自禁的当儿，黑暗中私自在尤丽莲樱唇上接了一个吻，伊也不以为忤，可见伊对于自己很有意思了。今天回苏州的时候，没有去看伊，只留下一信，叫人送去，说明自己返苏，探望母疾，三天后必要重至上海的。我答应送伊一件旗袍料和一双皮鞋，前天在先施公司鞋子部已代伊定了一双，却还没有去取。像尤丽莲这班女子，真是可爱，我怎样可以娶伊为妇呢？恐怕我和母亲说明了，我母亲便要不许吧！他这样自思自想，听秦氏又说道：

"那卢家小姐名唤秀芝，前天我和素文到观前街乾泰祥绸缎店里去剪些衣料，恰逢伊也来剪料，素文指与我看，方被我瞧得清清楚楚，果然十分摩登，容貌不恶，又和你差不多长短，身材苗条，若和你配合，倒是很好的一对儿。况且伊是官家之女，也是女学生，和我家门当户对。昨天媒人又来催过，要讨确实的回音。若然我家再无坚定的答复，卢家便认为无诚意，取消此议了。我恐怕失去这个良好机会，将来就难得了，遂约媒人一星期中决定。今天你回家，我必要和你商量商量，得一解决了。"

克家把头大摇而特摇地说道：

"什么？卢家小姐的照片还没有还去吗？牵丝扳藤，这样的不爽快。我早已和母亲说过，要婚姻自由的。母亲不必多费这神思，将来我有一天决定了，自然要请母亲吃喜酒的。卢家小姐我不要。"

秦氏听了克家这几句话，不由心头陡地一气，气得脸上颜色都变了。儿子请母吃喜酒，这样说来，自己一切都可不管了，只等克家结婚的日子和客人一般喝一杯喜酒。哼！倒说得这般轻松，我偏要管这事呢？秦氏心里这样想着，口里又说道：

"你说什么话？古人说得好，父母之命、媒妁之言。你这样年纪轻轻，怎可以自己做主？莫要上人的当。你只好欺骗你母亲，遇了他人，便难免要受他人之愚了。你在上海读书，一定在外荒唐。听说近来上海的跳舞场开得更多，一班学生都去玩跳舞，我想你就是其中的一个，所以用去了许多钱，还不及早觉悟吗？我唤你回来，虽然一半是为了我生病，一半也是为了你的婚姻问题。你若不答应卢家这头亲事，那么你向我拿去的钱还给我吧！"

克家道：

"将来我有了钱自然要还你的，一个钱也不短少。母亲怎能以此为要挟呢？婚姻不可强逼的，我不能为父母而牺牲。"

秦氏听伊儿子说得如此倔强，气上加气，不觉流下泪来道：

"我白白地生了你出来，竟一些主也不能做了吗？你现在年纪尚轻，就不听我的话。将来你到外边去看中了什么烂污货的女子，娶了回来，那我颠倒要吃你们的苦头了。岂有此理？你把光明药厂的股款还了我，我自己拿了我的钱，到庵中修行，不管你们庄家的事了。"

克家见伊母亲真的发怒了，他就不说什么，倚在妆台前，取了一根牙签，只是放在口里剔牙齿。秦氏又道：

"你向我要什么，我样样事都答应你的，我没有什么对不起你的地方。这件事我却一定要你答应的。"

克家道：

"这事怎可以强逼人家的呢？"

秦氏道：

"你要明白，这是我爱你而代你深谋远虑，早早娶个媳妇，好使我早抱孙儿。我最大的希望就是此事。你若不能答应我时，我的希望完全粉碎了，做人我再没有趣味了，所以我要去修行了。"

克家听了，冷笑一声，依然不说什么。母子俩僵持着说不通话。克家却不顾什么，走到他自己卧室中去睡眠了。

次日，秦氏依旧卧床未起，一清早便打发下人去请伊的哥哥秦有华来。这时克家却到观前街去吃点心，逛玄妙观了。克绳依然坐在外面店堂里，自顾读他的功课，兼理店事。秦有华来时，克绳只向他叫应了一声，说了两三句话，面子上敷衍一会儿。秦有华马上跑到他妹妹秦氏房中，坐在床边，和秦氏谈了两小时的话。

将近午时，克家从观前回来了，听说母舅在楼上，便上楼来相见。秦有华问问他学校里求学的状况，克家胡乱回答数语。秦氏也不同儿子提起婚事。闲谈了一刻，女仆上楼来请吃午饭，克家便陪着秦有华下楼，到餐室中，舅甥二人对坐着用饭。克绳仍在外边店堂里吃，素来如此的，他们弟兄俩除掉吃年夜，以及家中有事，方才同桌，其余的时候都是分桌而食的。当然秦氏为了宠爱少子之故，对于克家所吃的菜肴，特别丰富而精美，与众不同呢。今天也是菜肴放满了一桌子。

舅甥二人吃罢午饭，到书房里去休息。下人送上香茗。秦有华喝了一口茶，立起身来，走到门口，看看室外无人，便把洋门关上了，回身和克家对坐着，咳嗽了一声说道：

"克家，你年纪说大不大，说小不小，该知道你母亲怎样地期待着你了。你父亲故世后，你母亲眼巴巴指望你，守节抚孤，只等你成家立业，使伊早日抱个孙儿，这就是伊唯一的安慰了。况且你还有一个哥哥，是你父亲前妻养的人，虽愚钝无用，却也没有什么过咎。至于你呢，大家说你很是聪明的。你母亲自然更是大有属望于你，总想你的将来务要胜过克绳，方不被人家讥笑。你母亲怎样地疼爱你？不惜金钱地栽培你，所以你该善体萱堂之意，一心一意地读书，以底于成。万万不可效纨绔子弟的行为，去和一班儇薄者流，酒食征逐，声色欢娱，荒废了学业，聪明反被聪明误，自己走到堕落的途径。"

秦有华说到这里，一阵咳嗽，吐去了一口痰，从桌上纸烟罐里取了一枚三炮台的纸烟，燃着了，凑到唇边，吸了两口。克家听他舅舅这样说，无异教训他，忍住着气，听秦有华讲毕，面上却已现出极不自然的容色来。秦有华知道他外甥的脾气的，遂又说道：

"克家，不是我倚老卖老，向你劝诫。实在为了你和你母亲这一次讲不通了，你母亲今天特地派人请我来向我商量，把你在上海的行为以及你母亲代你配亲而遭你拒绝的事，详细告诉我听。伊十分痛心，竟要出家修行去了。这事当然万万使不得。假如让伊实行，你的颜面置于何地？不要受人唾骂吗？我劝之再三，和你母亲商量了长久，才来向你进一忠告。我们都是希望你好的，绝不会使你上当。你可能听我舅舅的说话吗？"

克家听了秦有华的话，脸上又微微有些红，嗫嚅着说道：

"舅舅的话我怎敢不听？只是婚姻也须自由。母亲虽然爱我，但伊须知道这是为我而择相当的配偶，并不是为伊自己娶媳妇。倘然只为了我母亲的，那么随便伊拣选一个中意的人也算了。若是为我的，那自然要合我的意思才对，我母亲怎可强逼做儿子的呢？何以我不同意时，母亲就要修行去，这太压迫我了。舅舅，你公正地说一句话吧！"

秦有华吸了一口烟，把头点点又说道：

"你说的话也不错，不过你母亲对于你期望甚切，你不能听伊，所以伊有此气话。我也劝过伊一番了。你要明白，你母亲所以早要代你定亲，也为的是你，并非为的是伊。少年时候血气方刚，戒之在色。伊恐怕你在上海求学，那边引诱很多，少年意志不坚，往往容易陷身爱河，自堕绮障，到后来摆脱不得，为终身之害，故不如及早配得一头好亲，可以使你心绪安定，努力求学，而不致有他了。这样你可体谅你母亲的用心了。我要问你的，你在上海可有什么对象吗？老实同我说也好。"

克家当着舅舅的面，不好意思说出尤丽莲来，却摇摇头道：

"没有。"

秦有华道：

"没有吗？这却最好了。现在你母亲要代你定亲的，就是严衙前卢世荣的女儿。卢世荣这人，你可知道吗？"

克家摇摇头。秦有华又道：

"卢世荣是本地有名的乡绅，当过数年盐务稽核所所长，家

106

道殷富，门第高尚。他的七小姐秀芝，是某某教会学校的高才生，不愧名门淑女。听说你已见过秀芝小姐的照片了，不是很美丽的吗？难得卢家肯将爱女许配于你，这是天赐良缘。我代你想想，万万不可失此机会，无怪你母亲急于要代你决定了。你再想想看，你在外边可能自己配得着这种好亲吗？"

克家道：

"那卢小姐虽然是香闺名媛、富室千金，可是我和伊彼此本是陌生，不相认识，毫无爱情，如何可以联姻呢？"

秦有华听克家如此说，便哈哈笑道：

"俗语说得好，一遭生，两遭熟。你以为你和卢小姐不熟悉而不能订婚吗？那也容易。现在的婚姻当然不比从前了，先要使双方的本人见一见面，让你们自己去决定，庶无后悔。所以你若答应你母亲的说话，我们就可托媒人去向卢家约定卢小姐在什么花园里会面，你们俩彼此见见。倘然合意的，趁此机会，定下了亲，万一不合的，也可使你母亲死了这一条心，将来另寻门当户对的择配。你以为如何？且你母亲又有一件事允许你，倘然你能听她的说话，伊可以提出二万块钱预备你结婚，二万块钱给你另外做做生意。否则伊要把这笔钱充作善举，而自己去出家了。权衡轻重利害，请你仔细想一想吧！"

克家听了，暗想：母亲此次这般坚持到底，还是自己有生以来第一次遇见。换了别件事，无论如何，母亲总是拗不过自己的。此番伊请了舅舅来说话，又许我四万金的婚费和经商资金，我若再不答应，人家都要派我的错。我不如含糊允诺，等到和卢秀芝见过一面后，再作道理。我以后可以借题发挥，推托过去，一样仍可到上海去和尤丽莲恋爱的。我为什么要和母亲相持不下呢？遂点点头说道：

"舅舅的话尚是有理，我总听从的，那么请你早早设法使我和那位卢小姐见见，因我就要回到上海去，不能多旷学业的。"

秦有华见他甥儿已是回心转意，心中大喜，忙说道：

"到底甥儿具有大智慧，能听我的说话，这是你们母子的幸事，我自然立刻去说。听得那位大媒是十梓街的郁三太太，我和郁家也是世交，郁家和卢家有葭莩之谊，郁三太太又和你母亲很好的，所以做此媒妁，将来还缺少一位大媒时，你母亲或许要请我出来呢。我同你去说便了。"

秦有华立即喜滋滋地跑上楼去，向秦氏复命。秦氏听儿子已允诺了，十分欢喜，心头一块大石立时移去，精神愉快了好多。立刻派人去请郁三太太前来，托伊去向卢家约定明天下午三时在城外留园荷花厅上双方见见，若然合意的，可以进行婚约，不合意的不妨就此作罢。郁三太太因为这事延搁已久，正苦没有交代，自然赞成这话的，允许明天早上回复。谈到天晚始去。郁三太太是一个女胖子，身躯十分臃肿，年纪已有五十多岁，却装饰得很时髦，短袖露臂，搽脂抹粉，一味学着少女派头，人家都称伊老妖怪。克家和伊相见时，不由暗暗好笑。郁三太太见了克家，却啧啧称美，当着秦氏的面恭维几句。秦氏自然更觉欢喜了。

次日，秦氏起床了，临镜梳妆，预备要和克家到留园去相亲，伊本来没有生什么真的病，不过生的儿子病罢了，儿子业已依从，病也立刻没有了，照常饮食。郁三太太差人来回报卢家已答应一见。秦氏更是欢喜，吃过午饭，略坐一会儿，看看时候已近两点钟了，伊换着新制的旗袍，略事修饰，便和克家出门。克家穿了西装，头发梳得光光的，大有徐公之美。秦氏看着伊儿子，笑嘻嘻地忘记了克家在沪荒唐的行为和欺骗的不德。克绳坐

108

在店堂里，见秦氏的病忽然好了，居然同他兄弟出外去了，自然心里有些奇怪。想起永朴之言，一些儿也不错的。他去问问下人，始知母子俩是到留园去的，为的是二少爷婚事，他自然也明白了，后母的心果然是偏私的，一样是个儿子，对于他却不给他读书，要让自己不发达，淡然漠然，如秦越相视，而对于克家却是不惜把许多金钱去浇灌，容许他到上海去读书，现在又代他去论婚，厚此薄彼，显而易见，所以他心里更是闷闷不乐。

但是克家和他的母亲却欣欣然地坐着马车到留园，付资而入。这留园是吴中著名的大园林，风景清幽，陈设富丽，楼阁亭榭，花木池沼，在在都足引人入胜，游人也很多。母子俩走至荷花厅，郁三太太和卢家小姐等尚没有来，克家便选得一个清洁的座位，陪他母亲坐下。侍役送上两壶香茗，摆上数碟西瓜子、南瓜子之类。秦氏吩咐都不要，却留四个空碟子，把伊带来的可可糖、松子糖、黄埭瓜子、盐水杏仁等食物，从纸袋里掏将出来，放在盘中，预备请卢家小姐等吃的。克家又去买了不少花旗蜜橘和洋苹果来。二人坐着等候，等了一会儿，还不见卢小姐来。克家是好动不好静的，坐不住了，立起身来，走到荷花池前，往来徘徊。园中游人，穿梭般地往来不绝。克家正凝神注视着池里的一双鸳鸯，忽听对面有妇人声音唤他道：

"庄家二少爷，你先来了吗?"

他抬起头来一看，只见对面九曲桥上，紫藤棚下花花绿绿地立着数位妇女，正向这边瞧着。一位胖胖的正是郁三太太，在伊身旁还立着三个女人，其中一个，他认得就是照片上的人卢秀芝小姐，眼前不觉陡地一亮。

# 第十三回

## 初下卢家玉镜台

所谓伊人，在水一方，两手扶着朱栏，正在那里向他观望。云发烫得如波浪一般，飘拂两肩，圆圆的脸儿，眼波眉黛，颇有数分秀丽。绛唇如丹，远望过去如朱樱一点。身上穿一件苹果绿软绸单旗袍，外罩着白色的绒线小马甲，四周缘着红边，短袖齐至腋下，露出雪白粉嫩的两条手臂，手腕上盘着一枚白金手表，臂弯里下垂着一个绿色皮夹，脚踏白鹿皮高跟革履，手中还拿着一柄花洋伞。在伊身侧站着一个年近花信的少妇，却穿着淡红色的绸旗袍，相映着华如桃李。又有一个年逾三旬的妇人，也是浓妆艳抹，十分风骚，正指着他和郁三太太带笑讲话。克家究竟是年轻，不由脸上微微红了一红，向郁三太太招招手道：

"郁家伯母，我们早在这里等候了，请过来吧！"

郁三太太点点头，上前将卢小姐的玉臂一拉，四个人遂从桥的北头，踏着假山石，绕道走将过来了。克家忙回到荷花厅中，告诉秦氏说，郁三太太伴着卢小姐等一行人来了。秦氏站起身来，听得郁三太太的笑声，她们已来到厅前。郁三太太首先踏进荷花厅，背后便是卢秀芝小姐等三人鱼贯而入。秦氏含笑欢迎，郁三太太便说：

"你们母子俩先到了，我们来迟一步，抱歉抱歉。你们尚没有见过，待我来介绍一下吧！"

遂先指着卢小姐对秦氏母子说道：

"这一位就是秀芝小姐，也是伊学校里的校花，多么美丽。"

又指穿淡红旗袍的少妇说道：

"这位就是秀芝小姐的姊姊秀英小姐，也可说是钱家大少奶，因为去年已出阁了。"

又指着那三十多岁的少妇道：

"这位就是卢小姐父亲的三姨太太，今天一同前来会会的。"

郁三太太介绍过卢家一边的人，又代克家母子俩向卢小姐等介绍一过，然后大家入座。秦氏把水果茶点敬给卢小姐等吃。大家说了数句客套。克家只是把双目对卢小姐全身上下紧瞧。他觉得卢秀芝虽是女学生，却充满着大家女儿的气派，比较尤丽莲富丽得多。至于活泼的地方竟是半斤八两，不相上下。卢小姐也时时向克家睇视。郁三太太边说边笑道：

"你们二位都是学生，郎才女貌，大好匹偶，我代你们介绍后，不妨彼此交个好朋友吧！"

说着话哈哈地笑起来。座中有了郁三太太便觉诙谐百出，热闹得多了。一会儿，克家便和秀芝谈谈学校中的状况，竟是一见如故，彼此很熟了。郁三太太又在中间凑趣地代他们拉拢，少年人自然更是容易投合。秀芝的姊姊和三姨太太在旁边微笑地注视着二人。秦氏此行本来一半怀着鬼胎，恐怕伊儿子见了卢小姐的面，也许不中意，那么自己的前功尽弃，仍不能羁绊住伊儿子了。现在见克家与卢小姐谈得入港，心中暗暗欢喜，以为此事已有数分希望了。渐渐日影移西，秦氏要在园中喊点心来吃。克家却嫌园中的点心不甚精美，故要陪他们上阊门馆子里去吃。于是

111

由秦氏付去了茶资，大家又往园中散步。秦氏和郁三太太且行且谈，克家却陪着秀芝并肩而行，秀英和三姨太太跟在秀芝后面。走至小蓬莱，克家在假山石上左足的皮鞋一滑，身子向前直扑，除些儿跌将下去，幸亏秀芝伸手将他拉住。克家连忙道谢，且对秀芝说道：

"这里青苔很多，最易滑跌，我口里讲了话，脚下没有留神，多谢你扶助，但是密司也请当心。"

秀芝点头微笑。那时有个摄影的人跟在旁边，招揽生意。秀芝忽然要想拍照，和摄影的人说了，摄影的人立刻去掮了镜箱前来。先让秀芝一人独立，在一株樱花下，手攀柔条，侧身玉立，左足尖跂着，姿势甚美，摄了一张六寸的小影。克家跟着也站在秀芝立过的地方摄了一影。秀芝又和伊的姊姊秀英合摄一影。摄影之资早由克家抢着付去，当然取照的券也给克家收藏。他对秀芝说道：

"舍间在城外，到此甚近，缓日待我家取了，再行送上。"

秀芝道：

"多谢你了。"

众人走了一个圈子，来到园外，秦氏已走得气喘吁吁了，遂分坐着两辆马车，秦氏和郁三太太、三姨太太合坐一车，克家却和秀芝姐妹合坐一车。到得阊门大庆楼下，马车停住，大家走下车来。也由克家付了车钱，陪着卢小姐等一行人上楼，拣了一个房间，团团坐下。克家是吃惯馆子的，他要秀芝点几样菜。秀芝客气不肯点。他遂向堂倌要了几个冷盘，又喊三盘虾仁炒面和六客鸡肉饺子，四两白玫瑰来。大家随意吃着冷盘，谈谈家中的情况，直到天黑，方才告别。这一些酒食之资当然由克家付去。大家出了馆子门，克家又代秀芝等雇了四辆人力车，送秀芝回家，且约以后再行晤教。秦氏也约郁三太太明天到伊家中去谈话。母子俩欢欢喜喜地走回家中，克家想着秀芝的风姿，和尤丽莲相较，又有不同，一个是苏派，一个是海派，一个是大家闺秀，一个是小家碧玉，究竟谁的好呢？此时他倒有些忐忑起来。

晚饭后，秦氏把克家唤至房中，叫他坐了，对他说道：

"今天你见了那位卢小姐，以为何如？你大概总相信我不给你上当的了。我哪里是为自己娶媳妇，实在全为你打算。眼前有着这样家道好、容貌姣的千金小姐，难得伊家肯许给你，岂可失此机会呢？你舅舅已和你讲得清清楚楚了。你若有意的，那么我就代你定下这头亲事，早日成婚。另给你两万块钱做做生意，买进卖出，我并不要问你拿一个钱，这完全是我爱你而肯如此的。试看你的哥哥便没有这种福气和机会了。所以你也要在你哥哥面前争一口气，方才不负我做娘的心了。明天我已约定郁三太太前来，事不宜迟，及早要定。你的心里到底怎么样？能不能依我的话呢？"

克家道：

"母亲何以这样性急？不好慢慢再定的吗？"

秦氏听克家这样说，又觉不妙，心中十分焦躁，把手搔搔头道：

"你为什么如此不爽快？像卢小姐这种摩登女子，你还有不满意之处吗？今天我见你和伊讲话甚多，总能合意的了。你不觉不能决定吗？究竟你在上海有了怎样好的女朋友，竟是这样狐疑不决呢？"

此时克家的脑海中并印着两个倩影，一个是尤丽莲，一个是卢秀芝，美丽活泼，铢锱悉称，一时决不下何去何从。而鱼与熊掌，不可兼得，心中真是大为踌躇，所以低倒了头不响。秦氏又

113

对他说道：

"我并不是一味怂恿你，将那位卢家小姐配与你时，这是你的幸运，除非傻子会失去这种机会。你若然没有其他的女朋友，怎有不愿之理？"

克家笑道：

"卢小姐虽然生得样子很好，口才也不错，可是我自有我的打算，容我细细考虑后再回答，可好吗？"

秦氏道：

"你横说考虑，竖说考虑，使我心里不安宁了。我以为这头亲事万万不可错过的。你有此艳妻，何用考虑，你若娶了卢小姐，我立刻将两万块钱给你，将来卢小姐倘会当家的，我也愿将财政权交与伊，横竖家将来总是你们的，只不要给克绳多得一些去罢了。"

克家一听到有两万块钱，耳朵里又觉热辣辣的。暗想：自己和尤丽莲虽然两情缱绻，可是并无婚约，他日能够成为夫妇与否，也尚在不可知之数。尤家的家世当然哪里及得上卢家，而卢小姐的美丽活泼也不输于尤丽莲。此番我倘然坚决拒绝这一头亲事，自然更使母亲烦闷不乐，母子的感情从此或许要变成恶劣。我母亲失望之下，什么修行做尼姑的事也许要做出来的。而我若和尤丽莲订婚，非钱不行，而且这笔钱一定不小的。我自己年轻，又不会赚钱，设使我母亲不肯答应的，那么我的企图仍不能达到成功之果，恐尤丽莲仍不能归我，那我又如何是好呢？现在将卢秀芝和尤丽莲相提并论，好似江东二乔，一样妍丽，无分轩轾。天下多美妇人，何必是？那么我也不必恋恋于尤丽莲，姑且听了我母亲的说话吧！况我欺骗了母亲，而母亲察觉之后，并不怎样责备我，总是便宜。我现在听从了伊，将来还可以想法金钱呢。克家这样想着，秦氏又在旁催促道：

"怎样啦？你念头转定了吗？我和舅舅的话绝不会错的。人也看见了，还是这般犹豫吗？"

克家将手搔搔头道：

"我本来想暂缓再定。母亲既然这样性急，也只好随便母亲做主吧！"

秦氏听了克家随便母亲做主的一句话，好像听到了纶音响，十分欢喜，说道：

"好了，你的一方面侥幸没有问题，但等彼方面了。"

于是秦氏取了水烟袋吸烟，心头宁静了许多，和克家闲谈家中的事。伊告诉他说：

"克绳近来天天晚上必到同居唐家去盘桓，把自己的家庭竟视作旅舍一般。那唐家的永朴小姐和他一块儿研究英文算学，十分亲密，也许克绳要想和唐家去联姻呢。我是不去管他的账，将来他若然有什么要求，我是很随便的。要想请你舅舅出来，代我说话，给他一万或是八千块钱，分出了事，这店让你独自顶了下去为妙。近来颜料生意甚好，步步上涨，我们存货充足，坐定赚钱，这样好的利益为什么要分给他呢？"

克家点点头道：

"此事由母亲做主，我不便说话。我和克绳如外边人一样，他不以我为弟，我不以他为兄。他是个书呆子，竟会和人家谈恋说爱吗？那唐永朴我也见过一次的，这种人给我做使女，我也不要了。这就叫作柳对柳，花对花，破簸箕相对缺扫帚，也是情人眼里出西施，真令人好笑。"

他们母子俩在房中讲克绳，而克绳也在这时候在唐家谈起克家母子呢。秦氏和克家到留园去会见卢小姐，虽然在克绳面前完全没有提起。而克绳从下人口中探问出来，知道秦氏正代他弟弟要紧和卢家联姻。但他还没有知克家在沪荒唐行为，耗去秦氏积下的私资呢。永朴的母亲听说秦氏为克家论婚，便说：

"这又是秦氏大大的私心。按理应当先代长子论婚，然后再可挨及次子。现在秦氏丢了克绳不管，而代克家与人联姻，这是在理性上讲不过去的，真是后母总有着后母的心，兄弟二人爱憎大不同了。"

永朴冷笑一声道：

"这般狭狭的心肠、溺爱的行为，爱之适以害之。伊以为自己的儿子怎样好，给他读书，娶媳妇，谁知你越是宠爱儿子，做儿子的越是骄奢淫逸，无异下的鸩毒，将来怎会有好的收成呢？你们如不信时，请拭目以观吧！至于克绳兄虽受后母冷酷的待遇，境况甚是艰厄，然因此而自己越发奋勉淬砺，安知他日没有发展的机会？椿荫的庇护岂足长恃呢？"

克绳点头道：

"永朴妹妹说的话，真是不错。所以我更不敢荒废我的自修时间，别的地方绝迹得不去，只有这里虽是同居，却比我的家里还要好。我后母把我当作外边人看待，而外边人竟反胜过自己人呢。"

永朴的母亲道：

"我们都代你怜惜，代你不平。换了我做了你家的长辈时，一定要代你出头，把家产平分，各自去干各自的事业，免得他日给克家一个人去败个精光。"

克绳道：

"克家人尚聪明，可惜被他母亲宠爱太过，以致渐渐骄奢起来。我料他在上海读书，一定没有什么进步的，反而造成他种种

116

浪漫的行为罢了。"

永朴的母亲道：

"这也是一种报应吧！克绳少爷，我总希望你将来争气。"

克绳瞧着永朴说道：

"我承伯母和妹妹等看得起我，将来总不敢有负期望的。"

克绳在唐家谈了多时，始回自己家中去。那时秦氏和克家也正在高谈卢家的亲事呢。

次日近午时，郁三太太前来，回报说：

"卢秀芝小姐见了克家少爷，心中十分满意。卢小姐本已没有母亲了，家中的事卢世荣也马马虎虎不甚管账的，大部分事由三姨太太做主。还有秀芝小姐的姊姊秀英，虽已出阁，而也很有几分主可做。现在此两人昨天见了克家少爷，也是称赞不已，当然没有其他问题了。我已亲自向卢小姐问过，要喝伊的喜酒。伊对我带笑带说地叫我不必闹玩笑，将来一定请我吃喜酒。且叫我向伊的父亲去说，自然伊已答应了。只要这里克家少爷没有什么问题，我就可以去向卢世荣说项，包管早日文定。"

秦氏听了，大喜道：

"我们这边也无不满意之处，看来这也是天缘吧！克家这小孩子起初还是推托，要婚姻自由。现在见卢小姐人品好，他的心也软下来了。事不宜迟，便请你快去和卢世荣说定一切，择日文定。只要他们没有什么苛刻条件，我总可以答应的。"

郁三太太道：

"卢世荣为人很是慷爽，并不计较。有没有问题，完全在卢小姐自己。他们前次嫁女儿，也不受聘金的。卢世荣说过的，每个女儿出嫁准贴三万块钱。庄太太你放心吧！他们这种人家绝不会沾你的光的。"

秦氏道：

"不错不错，将来我总要谢谢你这个大媒，都是你一人之力。至于我哥哥不过临时出来做个现成媒人罢了。"

郁三太太道：

"当然你们要谢谢大媒的，少不了把十八只蹄子来孝敬我。"

秦氏道：

"可以可以，不过你已胖得这么样了，再要多吃蹄子时，不要更胖吗?"

郁三太太道：

"你不要管这个，胖也要吃，不胖也要吃。"

二人正说笑着，女仆上楼来请用午餐。秦氏便吩咐开到楼上来吃吧，二少爷也叫他上来。女仆答应而去。秦氏对郁三太太带笑说道：

"你要紧吃蹄子，今天我已命厨下烧好一只走油蹄子，先浇你的媒羹。"

郁三太太笑道：

"媒羹可浇，媒酱却不可打的啊。"

一会儿，女仆已将午饭开在楼中间，请二人出房去用饭。秦氏陪着郁三太太上坐，自己和克家坐在下首相陪。菜肴摆满了一桌子，中间除了一大碗红烧走油蹄子外，更有白汤鸭、火腿炖鲫鱼、腰片炒虾仁、糖醋排骨、咖喱鸡、火腿蛋、笋烧蚕豆、麻菇竹荀汤、炒三冬等许多荤素肴馔。郁三太太道：

"你们预备得太丰富了，我哪里吃得下这许多?"

秦氏拍着伊的厚而多肉的肩膀道：

"这些家常小菜，请你不要客气，以后当用上等的酒菜款待你这位大媒。"

克家只是看着郁三太太好笑。他倒并非为了自己的亲事而快乐，实在见郁三太太臃肿的状态而忍俊不禁。郁三太太果然爱吃蹄子的，夹了几块皮吃下去。午饭用毕，郁三太太便向秦氏告辞，坐着车子到卢家去了。

　　此次克家和卢家小姐的亲事全赖郁三太太在中间奔走，居然讲定了。卢世荣听了三姨太太和大女儿的话，一口应承。当然不要什么聘礼，自愿置奁陪嫁。但卢秀芝却要求庄家在文定之时先送一枚钻戒和宝石戒指，其余却随便。秦氏喜欢老派，仍要送盘。茶叶瓶啦，果子啦，求字帖子啦，各种东西应有尽有。除答应先送钻戒及宝石戒外，再送一只金如意和两只银锭，这叫作一定如意，讨个吉祥口彩，秦氏这边既然要这样做，那么卢家自然也要对答如礼了。秦氏为要早成此事，便择定本月十五日送盘，请郁三太太去复命。并要克家写信到校中去请假三星期。克家虽然本想早日返沪，现在给他母亲羁绊住，又放着一个活泼泼的卢秀芝在眼前，返沪之意倒也懈怠下来了，遂徇从秦氏之意，写信到校中去请假。又分头写信给高其达和尤丽莲，伪言母疾未愈，短时期内不能来申等情。希望能在二人面前搪塞一会儿，以后再作道理。自己在家没事做，天天出去吃馆子。又做了一套新的西装。等到在留园所摄的照片取来时，一见卢秀芝摄得姿势非常明媚、灵活，画里逼真，令人可爱。情不自禁在伊照片上题了一首新体诗，留下了一帧。又在一张自己的照片上签上了字，预备送给卢秀芝。马上写了一封信去，约卢秀芝于星期六下午在十梓街郁三太太家里会面。

　　到了这天，克家装饰得十分俊美，真像富贵人家的公子哥儿一样，跑到郁家去。恰巧卢秀芝同时赶到，大家叫应。卢秀芝见了克家绝无腼腆之态，有说有笑。郁三太太更在中间代他们拉拉扯扯，打趣数语。克家先拿出卢秀芝的玉影，交与伊。且说自己已留下了一张，以便朝夕思念时，作羹墙之对。又取出自己那张签好字的照片，送与卢秀芝道：

"这是我的丑陋不堪的小影，敬赠卢小姐，以为李报。但贱名虽已签上，而上款尚没有写，我不知道该怎样写法，所以我要请教了卢小姐再写呢。"

克家一边说，一边从他西装口袋里掏出一支派克自来水笔，对着卢秀芝笑笑。郁三太太在旁插嘴道：

"你们以后便是未婚夫妇了，不用客气，兄妹相称也好，或是学西国人的称呼，亦无不可。"

卢秀芝笑笑。克家道：

"既然郁伯母如此说，我便斗胆写上了。"

遂横着自来水笔在照相左边沙沙地写上"秀芝吾爱惠存"六字，双手呈给秀芝，且说道：

"冒昧之至。"

秀芝微微一笑，说声谢谢你，接了过去，可知伊人之心并不以为忤了。

这天，克家便和秀芝到公园里去散步游玩，十分亲热，虽订婚之期未至，而彼此已亲密得如同婚后一般了。青年人结合如此容易，真令一班人出于意料之外呢。从此克家和卢秀芝差不多天天相见，只不过大家都不上门，约在他处晤面罢了，看电影、吃馆子，视为家常便饭，克家正是喜欢声色繁华的人，而卢秀芝又是交际惯的，自然更合得来。两人彼此早已约好到暑假之时要一同到上海，或者杭州去畅游一回呢。

秦氏在这时期中，却是十分忙碌，预备伊儿子订婚时应用的物件务求富丽。因伊以为自己儿子配得一头好亲，卢家又是阀阅之家，更要力求体面，一切富丽堂皇，方不致被卢家轻视。所以一至十五日那天，庄家悬灯结彩，堂上悬起和合喜轴，燃着一双绛蜡，桌椅上都披绣花椅衣，铺排得如大喜一般。店中大小职员都知道二少爷送盘，齐来道贺，停止营业一天。克绳一个人却反觉得踽踽凉凉，侧身众人中间，几如外宾一般。克家却穿着新制西装，修饰得如吴谚所谓新官人一样，走出走进，招待来宾。他的舅舅秦有华是坤宅大媒，一家人都来贺喜。素文、素贞姐妹俩也都妆饰得如花一般，会同卫又玠夫妇一起来向秦氏道贺。今天秦氏可说是自从伊夫故世以后最欢乐的一日了，穿着一件新制的咖啡色哗叽单旗袍，头上特地插起一朵红绒花，脚上也踏着绣花鞋子，下楼来受客人的道贺，心头的快乐真是不可形容。那郁三太太是乾宅的大媒，上午十时左右驱车而至。伊今日更是特别妆饰得美丽，人家看伊年龄轻了十岁。伊向秦氏祝贺几句好话。见礼物都已备齐，便和秦有华一齐坐着包车，领盘到卢家去。四名家人挑着条箱，条箱里面满满地陈列着聘礼，璀璨夺目，香气触鼻。至于卢家那边当然也是大排场，卢秀芝小姐穿着一身新装，笑嘻嘻地招待来客以及伊的同学。秦有华到时，自有人招待他去花厅上坐茶，摆起十六会盘，吃莲子汤。秦有华见卢家很是富丽堂皇，女宾也锦簇花团地到得不少，暗暗为他甥儿庆幸，配得这头好亲，果不辱没了庄家。

近午时，秦有华又和郁三太太领着坤宅的还盘，回至庄家。大家都来围观，争取四角糕，传说老年人吃了这种糕不会头昏的。秦氏和郁三太太都拿了一块。还有一百盒蜜糕是稻香村的，俗例乾宅送菜叶瓶，坤宅送蜜糕，彼此相对，都是预备分赠亲友的。秦氏自己也向叶受和定了一百盒把来遍赠戚友大家喜喜。秦氏又向义昌福定下三桌上等酒席宴请诸亲友，且谢大媒。

这天，男的一桌上，秦有华独居上座，女的一桌郁三太太独居上坐。他们二人都是大媒，所以当之无愧了。还有一桌是开在店堂里，给职员们吃的。克绳因为习惯上关系，竟坐到店堂中去，见众人兴高采烈，他的心里更觉得没精打采，说不出的苦闷。克家陪着他舅舅和卫又玠等在厅上举杯痛饮。正在欢喜的时候，外面忽然跑进一个不速之客来，大声向克家说道：

"好！这几时不见你面，却瞒着人躲在家中甜甜蜜蜜地和人定亲。请问你怎生对得起你的朋友呢？"

众人听着都不由大为奇怪。

第十四回

# 欣识吴门交际花

这位不速之客是谁呢，穿着西装，也是一个很时髦的少年。大家瞧着他有些奇异，唯有克家却站起身来，迎上前，和他一握手道：

"其达兄来得正好，请你吃一杯喜酒。"

在他的旁边本空着一个座位，便请高其达坐下斟上了酒。高其达把一块紫手帕揩着额上的汗，又带着笑对克家说道：

"这番你回家来不是对我说两三天就要返沪的吗？后来我接到你的信，知道你为了令堂有恙未能离去。但是一隔这许多日子，使我盼望得不得了。不知你究竟在府上干些什么？所以我告了两天假，特地赶回来望望你。哪里知道你竟在家里干喜事？独乐乐。你和谁家小姐订婚？为什么在老朋友面前守秘密？我岂非要向你责问吗？"

克家笑道：

"我哪里想瞒你呢？实在我没有工夫写信。本想回到上海来时，也要请你们喝酒的，你不要就责备我。"

高其达点点头笑道：

"很好，你这几天大概和未婚妻唱酬忙，所以连写信都没有

123

工夫了。朋友都忘记，还要说什么好听的话。只要我去上海一宣布，你总不能老是躲在家里了。"

克家对高其达赔个礼道：

"休要取笑，停会儿我再同你细讲。"

高其达道：

"也可以，只是你的未婚妻是哪一个，你先告诉我一声，未必见得也姓尤吧！"

克家连忙说道：

"姓卢，名唤秀芝，是某教会女学生，今年也不过高中一年呢，请勿见笑。"

高其达道：

"容貌美不美？你快给我照片一看。"

于是克家遂去取了卢秀芝在留园所摄的小影给高其达一看。高其达啧啧称赞道：

"果然美丽，比较尤丽莲并不减色。你怎样认得的呢？我从来没有听你讲起。"

克家道：

"这是有媒妁之言的，堂堂正正，停一刻我可以原原本本地告诉你，现在你且喝酒吃菜，大家欢乐。"

高其达虽然嘴上没有胡须，却把手向自己嘴边一抹，说道：

"嘿，大家欢乐吗？你可……"

高其达的话没有说完，克家早剪住他道：

"今天要讲吉利话，你的口是没遮拦的，可是今天却不准你胡说八道。"

高其达笑道：

"克家，你放心，我不说便了。"

克家便代他和秦有华、卫又珍等介绍。众人才知他是克家的同学，凑巧来吃一杯喜酒的。这时恰巧送上一道大菜来，克家立起身提壶敬酒，大家举杯道谢。克家又和高其达谈谈上海学校里情形。高其达当着众人之面，也不好讲别的，随意谈些没紧要的事。席散后，高其达便要拉克家出去到观前吴苑吃茶。可是克家因为家中有客，今天又是自己的事，如何可以跑开？遂留高其达小坐。素文、素贞却和女戚打牌，秦有华回去抽大烟，郁三太太和秦氏讲话。高其达坐不住了，立刻要走。明天是星期六，他遂约克家到吴苑话雨楼去吃早茶谈天。克家一口答应。高其达方才别去。

这天庄家热闹到晚上始散，上下众人无不快活。秦氏检点秦家还盘中的各物，有两件裤缎，以及允字帖子等，都收藏好。克家已把卢秀芝照片配了镜框，悬在自己室中，瞧着这貌美的未婚妻，心里也觉温馨。唯有克绳却是愀然不乐，他一肚皮的气话，无处可泄，只有向唐家吐露一二。记得前次永朴许他代向伊的父亲商量，可能在外谋一枝之栖，出去进展鹏程。倘然永朴的父亲有心肯帮自己的忙，那么自己倒有一条出路可以走走了。克绳的希望不过如此，而克家的希望却在美色和金钱上。

次日早上克家便到吴苑话雨楼去会见高其达。却见高其达已踞坐窗边一个雅座上，正在吃面。坐定后，高其达且吃且说道：

"现在已是九点钟了，你怎么来得这般迟慢？我早在此守候了半个钟头，肚子里饿得很，只好先吃点心。你这样姗姗来迟，令人不耐。若是结婚以后，那么恐怕你非十二点钟不出门了。"

克家把手摇摇道：

"你休取笑，我起身后就来的。须知从南濠到此路程很远，坐在人力车上也有二十分钟的工夫。苏州尚没有汽车，不比上

125

海啊。"

高其达吃完了面，把筷子一放，说道：

"好了，算我错怪你了。你用过点心吗？"

克家摇摇头道：

"没有，我恐耽搁时候，所以点心也没有在家中吃。"

高其达道：

"老丹凤的三虾面，虾仁大，虾脑多，虾子新鲜，上海地方是吃不到的。我刚才吃的就是。你可要吃一碗？"

克家道：

"也好。"

这时堂倌送上面巾来，高其达便吩咐他再去上丹凤喊一碗三虾面来。堂倌答应一声去了。克家端起茶杯来喝了一口，带笑问道：

"其达兄，你怎知我在昨天送盘而跑到我家来呢？"

高其达道：

"我又不是仙人，怎会知道？不过因你一去不归，同学们都很惦念，还有那位密司尤常常跑来，向我探问你的行径，问你为什么不到上海来读书，躲在家中作甚？我虽知你为了令堂大人病体不愈，所以不来上海，但想到你是活泼惯的人，绝不肯因为令堂病了，你也株守在家中的，心里有些疑惑。密司尤异常挂念，屡次催我到苏州来一探你的究竟，因此我就返苏一行了。天下事真巧，想不到我跑上大门，恰巧你请我喝送盘酒，我的口福也不小呢！恭喜恭喜，你配的这位卢小姐，果然艳福不浅。昨晚我向人打听过，知道那位卢小姐是某女校的高才生，也是吴下的交际之花，确乎不错。"

克家听高其达如此称誉，不觉色飞眉舞，连连点头。高其达接着道：

"然而你对于那位上海的腻友尤丽莲，往后去怎样对待呢？难道从此抛弃伊吗？那么难免要被伊骂男子们十九是薄幸负心的了。"

克家道：

"我也不忍抛弃伊的。我本爱丽莲，不过丽莲的家世我是熟悉的，伊父亲的嗜好太深，欲壑太大，我若要和伊成婚，也不是件容易的事呢。此番我和卢小姐订婚，都是我母亲的主动，而我是被动。我尚不知道其中经过呢。"

遂将他母亲识破他假造股票、诳骗款项的事，以及强要他和卢秀芝小姐订婚，许以两万元等缘由，一一告诉高其达听。又说到在留园和卢小姐会见。高其达笑笑道：

"你贪金钱呢，还是贪人？你为什么自己没有主张而必要听你母亲的支配呢？现在幸亏卢小姐这个人尚是不错，否则你竟为你母亲而牺牲自己终身幸福吗？若给尤丽莲听到了，岂不要笑掉牙齿？"

克家道：

"你莫要笑我，我虽然不及你有智谋，但也并非漫无主意的人。我起初也是姑妄应之。后见卢小姐的人品容貌也很可人意的，一见如故，彼此爱慕，所以我的心也就软化了。否则我也只好让我母亲出去修行做尼姑，在所不惜。"

高其达道：

"你也会打算，这样可以现现成成地做新郎了。不知几时可以请人家喝喜酒？"

克家道：

"我母亲是急性的人，伊现在和我舅舅商酌此事呢。大概日期是不远的。"

这时候堂倌端着一碗三虾面来，克家立即挑着面吃了。高其达见克家吃面，慢慢地对克家说道：

"这样看来，你是不会再到上海去读书的。"

克家吃了一口面，抬起头来说道：

"怎样见得？"

高其达把头颠晃着说道：

"你是又被卢小姐的美色所诱引了。我是旁观者清，听你讲了前后的经过，便知道你母亲的用心了。你母亲是为了识破你的秘密，恐你再要到上海去耗费金钱，所以有意要速成这头姻缘，可以羁绊住你的身体，你今后休想再到上海去读书了。"

克家默然无语，一边吃面，一边沉思。等到面吃完，将筷子唰的一声，向桌上一丢道：

"其达，你料得也不错。不过我要到上海去，我母亲也管不住我的。"

高其达哈哈笑道：

"你母亲虽然管你不住，可是到了那时自有人来管你了。"

克家笑道：

"老友，你别打趣，任何人管不了我的，你瞧吧！"

高其达道：

"闲话少说，我是明天就要坐夜车回沪的，今天下午我们到什么地方去逛？苏州不比上海，跳舞场一家也没有，所以我虽是苏州人，而对于故乡并无恋恋之意，一天也住不牢的。"

克家皱着眉头说道：

"今天下午我另有他约，恕不能奉陪，明天我准陪你玩。"

高其达冷笑一声道：

"你和谁约的？苏州有什么好朋友，连我都不肯奉陪了吗？好，大概你要奉陪那位卢女士了。是不是？在老朋友面前何妨直言相告。"

克家笑了一笑说道：

"不错，被你料着了。今天星期六，伊校里下午放假的，有约在先，不能不去。"

高其达道：

"当然你去奉陪你的未婚妻为妙，老朋友丢开一边便了。就是那位密司尤，你也不在心上，何况区区高其达呢。"

说着话，举起茶杯喝了一口茶。克家连忙提起茶壶，代他倾个满，带笑说道：

"其达，你不要发牢骚，朋友总是朋友，我绝不会忘记的。便是丽莲，我也何尝忘记伊。我绝不愿意抛弃那位腻友，这不是李绮可比啊。"

高其达道：

"只见新人笑，不闻旧人哭。密司尤对你一片深情，谁料你对伊如此？痴心女子负心汉，古人的话说得不错。我虽是个男子，却也要代女子们扼腕呢。"

克家道：

"请原谅，这也是我不得已而如此的。你此次回转上海，请求你在尤丽莲面前千万不要提起我和卢秀芝的婚事。"

高其达一瞪眼说道：

"怎么？你已和人家堂堂正正地订了婚，难道还要瞒过他人吗？尤丽莲面前你也不可含糊过去的啊。"

克家道：

"我想还是不提起的好，否则伊不要怪怨我吗？且待我结婚后再说。"

高其达点点头道：

"你要我不说，我也可以答应，只是这事早晚总要大白的。密司尤既非聋子，又非呆人，不见得给你欺骗一生的吧！"

克家默默不语。高其达又说道：

"卢小姐是交际之花，当然很大方的，不怕见陌生人。我有个要求，就是你今天下午前去会伊的时候，能不能给我介绍一下，使我快睹玉容呢？"

克家沉吟良久道：

"也好，今天我同伊在公园晤面，下午两点钟你到公园来，只算撞见的，我可代你介绍了。"

高其达道：

"很好，你现在也不必出城去了，我们停会儿到青平会餐宝去吃西菜，然后你先到公园去，我随后再来。"于是二人约定后，在话雨楼上闲谈到将近午时，高其达付去茶费和点心钱，一同走下楼来，出得吴苑，打从宫巷走至观前。在观前街上兜了一个圈子，然后回到北局青年会的食堂用西菜，是克家付的钞。餐后，克家一看手表已是一点半钟了，遂对高其达说道：

"我要先去，你停会儿自己来吧！"

高其达道：

"很好，你先去吧，别要迟到了，累玉人久待。我在此间看打一会儿弹子，也要来了。"

克家整整领结，迈步走出青年会去了。

高其达在里面看他人打了一会儿弹子，看看时候已过两点钟，他遂慢慢踱到公园来。苏州的公园是以前王废基一片荒地建筑的，从青年会前去，只要走完一条宫巷，转个弯，越过干将坊到公园路便到了，路是很近的。高其达到了园中，忘记和克家约定在哪一处相见，只得漫无目的地打圈子。好在公园并不过大，总能遇见的。他渐渐走到公园图书馆前，见馆左花径旁有一对青年男女并肩移步而来。他一见这套淡灰哗叽的新式西装，便知是克家。立即迎上去，双目很留神地察看那和克家同行的女子，身材长短和克家仿佛，似乎女的丰盈一些。身子穿着绯色软绸的夹旗袍，外罩着白色的短大衣，手里挟着一个大皮夹，脚踏漆皮高跟鞋，姿态甚是秀丽。他不由暗暗点头。这时他已走近克家身边了，彼此是有心的，所以他瞧见了克家，而克家也已瞧见了高其达。大家一举手说声"哈喽"！立定身子，又点点头。克家便问高其达从哪里来。高其达道：

"我从上海回来，你怎么不到学校？这一密司是谁？"

高其达说着，把手向卢秀芝一指。又道：

"请介绍一下可好？"

克家对秀芝脸上望了望，秀芝微微一笑。克家便答道：

"这位就是卢秀芝女士，最近和我订婚的。"

高其达说：

"恭喜恭喜，我希望你们早些请我喝一杯喜酒。"

克家又对卢秀芝说道：

"这位是我的同学高其达兄。"

秀芝很自然地叫一声密司脱高，慌得高其达连连鞠躬。于是三人走在一起，又绕了一个圈子，走至东斋，这是一个啜茗憩坐的所在。三人遂拣一雅洁座位一同坐下。堂倌泡上三壶香茗。克家吩咐拿三瓶橘子水来。那时候金牛牌橘子水最初在苏流行，时髦的女士多喜欢吃这个。堂倌遂去开了三瓶橘子水，用三根麦柴管插在瓶内，请三人吃。大家喝着橘子水，闲谈一切。他们谈的都是些娱乐之事，卢秀芝对于外国电影明星尤其熟悉，连他们的家世也都讲得出来。因为伊对于一切西片无不一一观看，又喜读各种影讯和电影日报，自然熟得如数家珍了。高其达也是个有电影癖的人，三人在一块儿很谈得来。将近吃点心的时候，克家又喊了两盘虾仁炒面。用点心后，卢秀芝要去看电影，克家问高其达可要同去一观。高其达因为自己和卢秀芝究竟有一些客气，不比尤丽莲，况且他们俩是未婚夫妇，双双俪影，自己何必掺入其中，彼此均有不便呢？遂起身告辞，约定克家明天早晨到克家府上去谈天。

高其达去后，克家付去了茶资，便和卢秀芝同上大光明电影院去看西片《仲夏夜之梦》。两人在这个时候，正如磁石引铁、琥珀拾芥一般，非常投契，爱好方浓，一些儿也没有什么意见龃龉之处，情切切，意绵绵，正向爱河中左之右之，追求乐趣。这晚克家和卢秀芝在松鹤楼用晚膳，谈谈昨天订婚送盘时两家的热闹情景，直至黄昏，方才握手而别。

次日高其达跑到庄家，和克家坐在书房中晤谈。克家很得意地问道：

"其达兄，你瞧秀芝怎么样？及得上尤丽莲吗？"

高其达点点头道：

"闻名不如见面，见面胜如闻名。密司卢比尤更是大方了，无怪你要改弦易辙，变更宗旨。但是你以后总不是能再在上海读书了，你能设法到上海来会一会众朋友吗？况且尤丽莲那方面也不可没有交代的。"

克家笑笑道："我何尝能忘记那金迷纸醉的上海呢？隔几天我一定再要到上海来。这几天你和袁梅儿怎样了？"

高其达微笑道："我是目中有妓、心中无妓的，岂若你迷汤

132

一灌，就要昏迷的呢。那些舞女生张熟魏，暮四朝三，她们为的是什么？我们上火山去，也是借此消遣有涯之生，所以何必认真呢？我绝不会像你那样受人之愚，遭到无名的损失的。"

克家道：

"请你不要说笑我吧！你本是足智多谋者流，不得便宜不甘休的，我哪里及得到你呢？请你教教我吧！假使我母亲不赞成我再到上海求学时，我怎样去对付伊？我是念念不忘于上海的。"

高其达道：

"我料你母亲急于要代你成婚的，未必让你读完了高中再结婚，所以此后你能不能再到上海游游，这问题侧重在你的新夫人身上了。这是很明白的。倘然你们大喜后，你夫人住在苏州，那么你想再到上海去，这是一件很渺茫的事了。也许你到了那时，自然沉浸在温柔乡里，乐不思蜀。所以你以后能不能再到上海，关键全在新夫人身上。你只要设法使你新夫人也想到上海组织小家庭，那么你自然可以到上海了。"

克家听了高其达的话，将手向膝上一拍道：

"妙哉妙哉！你说的话正对，我以后当慢慢策动我的新夫人，不怕母亲顽固不化了。"

二人谈了一刻，克家陪其达出去，骑了驴子上虎邱去玩，直到下午才回。高其达别了克家独自回上海去了。

克家本来意马心猿，留不住在家的，现在总算有了卢秀芝小姐常要约他出去游玩，在一块儿谈天，所以克家暂时在家中住下。可是他和高其达已有成约，心里头对于尤丽莲也不无念念，很想趁机重往上海。有一天晚上，他就对秦氏说道：

"我自母亲患病，请假回家以来，经过订婚送盘之事，转瞬已将匝月，校中大考快要到临，我缺课过多，学分上大有关系，所以我要回到上海去继续求学，免得下学期有留级的困难，老是守在家中是很不宜的。"

秦氏听了伊儿子的话，知道伊儿子的心兀自不能忘记上海。他在上海荒唐，用去许多钱，都是自己对于他太放任了，太包涵了。好容易设法唤了他回来，和人家订婚，满拟将他的一颗野心渐渐收住。谁知他仍旧心不死，这又岂能允许他的呢？遂皱皱眉头说道：

"我想你旷课已久，不必再到上海去读书了。本城东吴大学也是很好的，你何必舍近而图远呢？况且上海不是好地方，你何必要再去？我已代你费了许多心思，和卢小姐订了婚，也使你的心可以安定一些。现在你若要再去，你就不但对不住我，也要对不住卢小姐了。"

克家冷笑一声道：

"有什么对得住对不住？我刚到上海去，不见得就会变坏，母亲也太神经过敏了。母亲如要我在苏读书，那么这一学期的书也当让我在上海读完了再说。"

秦氏道：

"你缺了这许多天的课，倒还愿意再去考试吗？我昨天已和你舅舅商定了，要趁暑假的当儿，在阴历六月中，代你们结婚。现在吉期已请牛角浜的符铁口去拣选了。郁三太太那边已请伊往卢家谈起这事了。大约他们是很开通的人家，一定答应的。有钱不消用时备，现在的时候不比从前，女孩儿们出嫁，一切都可从店肆中去采办，不必亲手绣制了，所以一定来得及。你听见了这个消息，快活不快活？可知我为你煞费心思了。"

克家当然觉得快活，一则自己快要做新郎，二则又有二万块钱到手，这种便宜的事从何而得。他遂点点头说道：

"母亲竟然这样性急吗？也好，我准依从母亲之命。但是上海方面还有许多未了之事，我一定要在此时再到上海去一趟，也请母亲答应我。你若不许时，我便不与卢小姐结婚。"

　　秦氏听了这话，又好气，又好笑，不由叹了一声说道：

　　"你这孩子真会淘气，须知结婚是你的事，不是我的事，怎么颠倒说转来呢？我为了你而忙，你反不感激吗？"

　　克家把嘴一噘道：

　　"我只知道我要到上海去一次，你不答应我时，就是你不喜欢我，我也不要结婚了。"

　　秦氏被克家嬲不过时，只得说道：

　　"你年纪渐渐大了，快要结婚，还是这样讲不明白吗？好，我就答应你一遭，限你三天工夫，早去早来。"

　　克家只要秦氏允诺，至于三天之期倒也不在心上。自己到了上海，七天八天后回家，谅母亲也没奈何我的。便道：

　　"很好，我要在后天动身，学校里有几位同学要和他们话别，还有宿舍里一些东西，我也要搬回来了。"

　　秦氏道：

　　"你此去一齐带回家来吧，以后你不到上海去读书了。"

　　克家含糊答应了一声，便向他母亲要钱。秦氏给他一百块钱，他嫌此数太少，不够开销，和秦氏要求三百块钱。结果秦氏又应许给他二百四十元，克家勉强满足了她的心。

　　次日他打一个电话给卢秀芝，约伊在放学后大家到郁三太太家里去谈话。四点钟后克家进城，跑到郁家，见秀芝已在那边和郁三太太坐待了，相见后，克家遂把自己要到上海去的事告诉秀芝听，且说下学期准至东吴读书，不到上海去了。郁三太太知道秦氏为了不欲克家赴沪求学，故急急代克家订婚，而向卢家要求早日结婚的，所以伊带笑对克家道：

"你母亲的意思，叫你不必再到上海去求学了，下半年在苏州读书不好吗？况且我要报个喜信给你二位听，就是你们俩也要在六月里结婚了。虽然昔时很少在六月中举行喜事的，现在凡是在教育界服务，或是学生子，大都利用这个长长的假期而结婚了。你们大概总是赞成的吧？我是大媒，也要紧吃喜酒了。"

克家不置可否，只是对着秀芝笑。秀芝也以为克家在苏州读书比较合宜，只是对于克家不去校中考试，却有些不敢赞同。克家心里虽怕考，而意中很欲借此在上海可以多混数天，无奈他母亲不肯同意。现在听了秀芝的话，又有些活动了。秀芝便托克家向永安公司购买一些化妆品，又在时和首饰公司镶一只嵌宝戒指，取出一粒红宝和法币交与克家。克家哪里要拿伊的钱，只取了伊的宝石，说道：

"回来后再说吧！"

郁三太太也托他买几样小东西，克家一概不拿她们的钱。郁三太太又请二人在家中吃晚饭，直至九时余方始握别。

克家回去后，告诉他母亲说，卢小姐和郁三太太托他去购物，自己不好意思去拿她们的钱，可是本来所要的钱却嫌不够了。秦氏听说，只得再给他二百六十块钱，凑满五百元之数，且叫他买一件衣料赠送与卢小姐。克家自然很高兴地拿了他母亲的钱，预备到上海去使用。秦氏却谆谆地要叫伊儿子早去早回，莫要在上海逗留。克家自然唯唯答应。

次日，克家遂坐第二班火车重至上海，这一去又似离樊之鸟，海阔天空般再到这五都之市来透换一些空气。

## 第十五回

# 落花时节又逢君

克家一至上海，先跑到校外寄宿舍来，正近十二点钟，同学们三三两两都从学校里跑回来用午餐。众人一见克家，有些和他比较亲近些的都走到他身边来，和他寒暄数语。有些人问他为何去了这许多日子，有些人已知他在苏订婚的事，向他索取蜜糕吃。克家胡乱答应着。一会儿见高其达也来了，握着克家的手说道：

"克家，你到今天才来吗？"

克家道：

"何如？我说要到上海来就来了。"

高其达道：

"你得到你母亲的允许呢，还是得到新大人的许可？"

克家笑道：

"你不要打趣。有什么许可不许可？我想着要来就来了。"

高其达道：

"好，我同你到外边去用饭吧，这个下午我也不高兴去上课了。"

克家点点头道：

"固所愿也。"

于是高其达也换上一身西装，两人离了寄宿舍，走到外边来，坐着公共汽车到大马路一家西菜馆里用午餐。二人且吃且谈，高其达对克家说道：

"你这次到上海来是暂时游玩呢，还是继续求学？"

克家道：

"我母亲很坚持地不应许我再到上海来读书，毛病出在股票伪制的发现，都是我那促狭鬼的表兄揭破我的东窗，以至于此。此番我是结束而来的。伊老人家还要急急代我在六月里结婚呢。老友，你想我还有工夫求学吗？"

高其达手里切着炙桂鱼，口里冷笑一声说道：

"老友，你要结婚，恭喜恭喜，从今以后你就可以天天在闺房之内享受温柔艳福，画眉举案，外面的朋友都可以忘记了，还要到上海来读书做什么呢？"

克家道：

"你不要冤枉我。我这个人怎么忘记朋友？我的身体虽在苏州，而我的一颗心却常系在上海，所以极力想法要到上海来走一遭。又有你教授我的锦囊妙计，以后我一定也要办到的，然后你方知我庄克家为何如人了。"

高其达道：

"你有这样的苦心吗？我高其达总是认得你们老朋友的。但是现在有一位眼巴巴望你来沪的多情女郎，你却预备怎样去对付伊呢？"

克家听了这话，顿时一怔，拿起酒杯要喝，又放了下去，微微叹了一口气，对高其达道：

"你提起丽莲吗？我本来要去找伊。你可知道伊的近状

138

如何？"

高其达吃了一口鱼，鼻子里对克家哼了一声道：

"你一去这许多时日，直到今天方才要找伊吗？可知伊到这里来寻你好几次了。你怎样一封信也不写给伊呢？我只好代你包荒，虚言搪塞过去了。唉！丽莲的满腔幽怨，你怎样去对付伊，安慰伊呢？倘伊知道了你和卢小姐订婚的事，伊就要不知怎样的灰心呢。"

克家低着头说道：

"我内心自疚，实在觉得有些对不起伊。今天午后我同你先去望望伊可好？你有口才，也许可以相助我辩护数语呢。"

高其达道：

"你有用得着我之处，我自当奉陪。可是百乐门你也必须要伴我去那里乐一回的。"

克家听高其达提到百乐门，不由怃然说道：

"我回到苏州后，在家里规规矩矩地老早就上床睡眠，好久没有跳舞了。此次出来，我也要畅快地舞上数夜呢，百乐门的东道，准由我出便了。"

高其达道：

"很好，我自然希望你能在上海多玩几天。"

克家道：

"玩几天总是过不上瘾的，以后我必须要达到目的，方才畅快而自由呢。"

两人用罢西菜，高其达抢着付去酒钞。两人遂又在马路上闲步了一会儿。克家先到时和公司去代卢秀芝镶戒指，又到永安公司去买了一些食物，方和高其达雇了两辆人力车，坐着到尤丽莲家里来。看看时候已过四点钟，料想尤丽莲在此时也可放学了。

139

两人到得尤家，走上楼，却见尤丽莲的母亲正横在床上，代伊的丈夫装大烟。二人上前叫应，把食物放在桌子上。尤丽莲的母亲见了克家，连忙起身招接，带笑说道：

"庄少爷，你回苏州去的吗？怎么去了许多时候方出来？我家阿莲挂念得了不得。"

克家道：

"我家里老太太生病，很是沉重，延医奉药，聊尽人子之职，所以耽搁了这许多时候。丽莲在哪里？没有回来吗？"

尤丽莲的母亲答道：

"你们二位来得不巧，阿莲回家来得不到一刻钟，有一个同学来约伊出去买些东西，刚才出去了。"

克家脸上露出失望之色，说道：

"真是不巧了。"

尤丽莲的父亲抽好一筒烟，盘膝坐起，招呼二人上坐，问问苏州情形，算是敷衍他们。尤丽莲的母亲又去送上香茗和纸烟。二人不愿意和这二老多谈，说得没几句话，克家早立起来说道：

"我们还要去拜访一位朋友，明天下午是星期六，丽莲没有课的，请伊在家守候，我一定再来拜望。"

尤丽莲的母亲带笑说道：

"不敢当的。明天庄少爷请到这里吃便饭，我可吩咐阿莲别地方不要去，专候你们二位驾临。"

克家道：

"很好。"

又指着桌上的东西说道：

"这一些便物是我送给丽莲的，请收了吧！"

丽莲的母亲谢了一声，克家马上和高其达辞别二老，走下楼去了。克家道：

"倒霉，白跑一趟，我们到什么地方去吃点心呢?"

高其达道：

"到绿杨村去吃了点心，然后上百乐门，晚饭吃大菜，要叨扰你的了。"

克家笑道：

"理当会钞。"

于是二人去用了点心，再上百乐门。这天晚上二人在舞场里胡帝胡天，载歌载舞，享受他们现实的快乐。高其达和袁梅儿搂着同舞，且叫伊坐台子。克家自从和李绮解除桃色纠纷以后，本来已没有一定的舞侣，况又回去长久，更没有目标。随意选择了一个姓戴名红玲的，尚觉娇小轻盈，烟视媚行，令人可爱。这晚二人直舞至三点钟后方才回转宿舍。好在这宿舍门上装有暗锁，夜间要出外的学生身边都藏有钥匙，随时可以开门入内的。二人摸索到自己床边，横下去睡眠了。

次日同舍众人都起身到校去上课，独有克家和高其达尚卧未起。直至将近十二点钟时，大家回来吃饭，他们二人方才起身洗脸，早点也不用吃了，跟着就用午餐。餐后，二人又在宿舍中床上横了一会儿。克家一看手表已有一点半了，遂对高其达说道：

"我们可以去了，免得丽莲盼望。"

高其达说声是，二人遂又梳了一会儿头发，披上外褂，戴上草帽，走出宿舍，又坐着车子赶到尤丽莲家里来。尤丽莲早已靓装而待，一见二人，便说昨天失迎，对不起得很。尤丽莲的父亲出外去了。伊的母亲帮着女儿招待，送上两大盘茶点，是可可糖和奶油蛋糕，这是尤丽莲知道克家爱吃这东西，上午特地去霞飞路上西式糖果店里买来的。坐定后，尤丽莲对克家脸上望着，却不开口，眉峰之间似有无限幽怨，一手掠着发边的云发。克家神明内疚，对着尤丽莲，觉得开不出口来。高其达在旁说道：

"你们俩好久不见面了。我知道密司尤十分挂念克家兄，曾有好几次到宿舍里来探望，所以昨天克家兄刚回上海，我就告诉他，立刻和他一同来拜望密司的。"

尤丽莲微微一笑道：

"谢谢密司脱高的美意。这些时候克家不知怀的什么心肠，一回苏州，朋友也不要了，忙得连写信的工夫都没有，我真不明白。"

克家听尤丽莲冷言责备，不得不分辩了，遂也微笑一下道：

"丽莲，你责备我吗？我当然是俯首无辞，一百二十分对不起你的。实在因家母病得很重，请医生，配药水，还要陪陪探疾的亲友。迎神问卜，终朝繁忙，心绪烦乱，什么念头都忘去了。请密司原谅为幸。"

克家说的都是遁词，心中不免有些愧怍，所以双目下垂，不敢向丽莲做刘桢之平视。高其达在旁代为解围道：

"密司尤请你原谅克家兄吧！他母亲真是病得厉害，他忙得很，所以我处也没有一信。他本是懒笔头朋友，现在忙了一些，自然信都不想写了。他一到上海就问起你。我叫他特来负荆请罪，请密司尤怎样罚他一下吧！"

克家道：

"不错，我是情愿受罚的。"

尤丽莲本来对于克家满怀怨气，现听二人说得这样柔顺和悦，心里便回嗔作喜，又笑了一笑道：

"我怎敢罚他？只要他自己知罪，对我怎样弥盖前愆便了。"

高其达道：

"将功赎罪，克家兄好自为之，不要有负了密司尤。"

克家连连点头。尤丽莲立起来，拈了几块可可糖，塞到克家手里。又拈了数块给高其达，不再责问此事，和二人随意闲谈娱乐之事。二人吃着糖，随便谈谈。克家知道难关已过，没有问题了，便抬起了头说道：

"我们坐已多时，大好光阴莫要辜负，我们出去先到法国公园走走，然后去吃夜饭，再看电影可好吗？"

高其达道：

"好好。"

克家又请尤丽莲同意。尤丽莲笑了一笑，站起娇躯，走到房中去，换了一件旗袍，披上白色的短大衣，又换了一双紫色的革履，手里挟了大皮夹，向伊母亲交代了一声，便和克家、高其达到法国公园去。

三人既至园中，散步一回，日光下微觉有些燠热，遂到一处卖茶的所在，在绿树下占得一个佳座，面临荷池，视线宽畅。吩咐茶房送三瓶绿宝橘汁来，又唤了两盘虾仁炒面，大家且吃且谈，消磨这个夕阳时间。

天黑时，三人又至大马路散步。走过一家钟表店，尤丽莲立在橱窗外边，睇视良久。二人跟着同看。尤丽莲指着一只很小而十分新式的手表，对克家说道：

"这一只手表很令人可爱。"

克家点点头，一看尤丽莲腕上的手表样子已稍旧了，刚要开口，高其达早带笑说道：

"克家兄，补过之道在于此矣。"

克家如何不明白，一看表上系的码子是七十五元，还不算贵，便道：

"丽莲，你如爱戴这手表，我代你买了，赠送与你，做个纪念可好？"

尤丽莲轻轻地假说不要。克家却和高其达早将伊推着，走进钟表店。伙计上前招呼时，克家把手向橱窗里一指，叫他把这表取出来。伙计看了一看，点点头，便到里面去拿了一只出来，递给克家。克家立即交与尤丽莲说道：

"你试系一下子看。"

尤丽莲把手腕上的旧手表松了下来，将这新手表系上。克家在旁瞧着，说声很好，便从身边皮夹里取出七十五元法币，付给伙计。伙计便去开出一张发票。恰巧钟鸣六下，克家道：

"我们去吃夜饭吧，我肚子又饿了。"

尤丽莲把旧手表放到皮夹子里，跟着二人走出店外，一同到味雅酒楼去用晚餐。餐毕，三人又到大光明影戏院去看电影。今宵二人陪着尤丽莲，舞场里都不好去了。次日小杨和黄瑛也来看他们，邀了尤丽莲同出游玩。他们所到的地方都是金迷纸醉的所在，也是消耗金钱的场合，花天酒地，陶陶然别有世界。克家到了上海，尽日狂游，一些事也没干，连高其达也请了假陪他。

忽然家里有了来信，乃是他母亲秦氏托人代写的，催他即日回去。同时又接到他未婚妻卢秀芝的来函，殷殷问及归期。克家对于他母亲的函倒也不过如此。但是对于卢秀芝的函却踌躇着不便不复。他和高其达商量后，说了一个活落的关子，分头复去。自己仍旧在上海声色场中厮混。但是秦氏又有快信来催归了。这时克家身边的钱也用个精光，不能再向家中要钱，而自己回去时卢秀芝和郁三太太托带的东西却不可不购办的。他此时只得将赋归去。又向高其达商量，托他去挪借四五百块钱来应用，等到高其达返苏时奉赵。高其达知道他不久将有两万元到手，这样有

144

钱的借债人，岂有不肯代他划策之理？果然代他借了五百块钱来，克家方才能去买东西和开销一切。又在尤丽莲面前撒个谎，说他的母亲病情又重，叠连来了快函，不得不回去了。尤丽莲听了这个消息，心中十分不快。伊不明白克家的心思究竟是怎样，没奈何叮嘱克家时常和伊通函，有便再来上海。克家含糊答应。他不便和她明言一切，还说下学期再到上海来读书，以安尤丽莲的心。可怜尤丽莲怎知他在那里捣鬼呢？克家此去也不预备再到上海来读书了，所以把寄存校中的书籍和铺盖行李一股脑儿都带了走。

回到苏州以后，便打电话约好卢秀芝在郁三太太家里晤面，将所买的东西分赠二人。郁三太太请他们吃晚饭，且说：

"你们喜期渐近，大家应该快乐，他日早生贵子，白头偕老，一辈子幸福无穷，那么我这个媒人做得也光荣了。"

二人听着，个个会意似的微微一笑。卢秀芝喝了一些酒，玉颜微酡，更觉娇艳。克家心里自思我真是交了桃花运，到处都有美人伴我。前番玩了一个李绮不算数，现在上海有腻友尤丽莲，苏州有未婚妻卢秀芝，真可谓取之左右逢其源了。晚餐后又闲谈一刻，方才告别而归。

这几天秦氏大忙而特忙，因为吉期业已选定，洞房做在楼上西首，分内外二间，都有套房，十分宽敞。秦氏本想为节省起见，要把自己睡的红木大床让给伊儿子。可是克家决心反对，以为他母亲做了寡妇，这是大不吉利的，一定要另买一张新式的红木床。那时红木床虽贵，而物价尚未有今日的暴涨，所以秦氏徇克家之言，花了三四百块钱，买来一张最新式最头等的红木大床，装的都是车扁玻璃，磨工细致，式样新巧。唤裁缝来量了尺寸，制一顶湖色透空纱的帐子。又把要用的东西一样一样地自去采办。克家年少，虚荣心甚大，一心一意要把新房装饰得富丽堂皇，特别考究。他本来没事做，书已不读，全副精神放在这件事情上。喊了两个漆匠来家把新房里的墙壁重行髹漆一新。又唤电匠来装新式的电灯和壁灯，灯罩都用新式而美丽的。秦氏因伊儿子已答应了在家结婚，不到上海去读书，所以儿子要什么，伊也勉力听从的。

克绳在旁瞧着，知道克家快结婚了，他心里怎不受着刺激呢？满怀心事，无可与谁，他只有走到同居唐家去谈谈。永朴已接到伊父亲唐佩之从香港寄回的家书，遂告诉克绳说，父亲在香港已和当地一个将要创办的渔业公司里的经理王云程先生说过了，只待渔业公司将近正式开幕之时，再打电报来唤克绳前去供职，大约是会计之职。原来唐佩之本在美商轮船公司任职，常在香港、广州、汕头、福州以及南洋各地往返，兼营私人买卖，获利甚厚。因为永朴的母亲不惯住在海南，所以仍居苏州。他老人家最近也在广州娶了一位姨太太了。永朴的母亲知道是出于必然之势，倒也不过如此。好在每月家用总是如期寄来，不缺一文，丈夫对于自己也并无薄待之处，而自己手中也略有私下的积蓄，图己不愁衣食，伊的希望都在儿女身上了。当时克绳听到了这个消息，不由额手称幸。他守在家里，实在刺激太深，不堪忍受。况且一辈子总是不过如此，还不如到外边去自己奋斗一番，倒可扬眉吐气，一消胸中郁勃，遂破颜一笑，对永朴说道：

"他日我若有寸进，都是你和尊大人的恩赐了。"

永朴道：

"你说哪里话？一个人生在世间，各人有各人的前途，只要自己能够耐苦奋斗，何患无立足之地？倘然饱食暖衣，无所用心，终身受父母的荫庇，不知忧愁为何物，这些人即使他们侥幸一时，享受快活，也是个百无一用的寄生虫。一朝时移世变，情随事迁，他们的靠山一倒，怎能终身安乐呢？"

永朴这几句话明明是讽刺克家而发的。克绳连连点头说道：

"你真说得对了。一个人在世间，三十年为一世，我们都在少年，少时的苦乐算什么？少壮不努力，老大徒伤悲。我总要及时努力，方不负你的一番好意。"

永朴笑了一笑道：

"你能如此，这是最好的事了。"

当下谈谈克家结婚的事。永朴的母亲总是代克绳不平，而永朴却说这也是天之玉成克绳，为福者未必福，为祸者未必祸，用远大的目光去观察万事万物，方才心有定志，不忧不惧呢。克绳听永朴的话句句说入他的心坎，只是点头，这样他方得一吐胸中不平之气呢。

克家在家里忙了十多天，有时出去和卢秀芝一时游，觉得卢秀芝真是富家之女，很有些官家气派，自己也就跟着伊摆阔，缺少了钱便向他母亲要，秦氏也只得与他。恰因庄家送给卢家的六礼，中间有一样是钻镯，卢秀芝于是要叫克家拿了金刚钻到上海时和去镶。克家得到这个命令，如同圣旨一般，又可借题发挥，顺便往上海一游。秦氏无法，只得让克家到上海去，叫他不要多耽搁，一等钻镯镶好，立即回苏。把六粒金刚钻交给他，又给他五百块钱，叫他买几件纱的衣料，以便自己可制旗袍。克家暗暗喜欢，坐着火车又到上海。

其时暑假已在目前，校中方在大考，克家便到宿舍里去看高其达。这一回是出于意外的，所以见面之后，高其达很惊讶地问道：

"咦！克家，你怎会又到上海来的呢？"

克家很得意地笑了一笑道：

"你估料我不会到上海来吗？偏偏我又来了。"

高其达道：

"你来了也好，我们大家又可乐一下子，后天我就可以考毕，圆满功德。"

克家又将自己的婚期告知高其达。高其达道：

"很好，我有喜酒吃了，当约小杨来苏吃喜酒，顺便一游荷花荡，也是此乐不可多得的了。"

这天克家等到高其达考罢之后，便和他出去。先到时和首饰公司去镶钻镯，见有一只小翡翠戒指，色泽很好，镶得式样玲珑，标价二百元。克家立即买了来，放在皮夹里，预备回去给新娘添戴的。高其达笑他能够想得周到。晚间二人又去舞场里厮混。高其达功课也不预备，考得出考不出由他去休。克家就借住在宿舍里，好在他本来的床铺仍存在，天热了也不用多设被褥。高其达把自己的睡具分些出来，便可供用了。

次日高其达去校中考试，克家一人无聊，便跑到尤丽莲家中去。恰巧尤丽莲的校中业已放了暑假，伊正在家中没有出外。一见克家又来，不由喜欢说道：

"你母亲的病可好些吗？听说你们校中已在大考，你脱了许多课，怎么办呢？"

克家道：

"这真没办法。我母亲疾病缠绵，大约不会好了。若是真的不会痊愈时，还是快些早些，干去了丧事，所有的遗产我可以取在手中了。现在真不爽快。"

尤丽莲笑道：

"你说这话真不像人子了。母亲生了病，不望伊好，反咒伊死，亏你的。校中教授你的孝悌之道何在?"

克家道:

"谁教伊老人家挣紧了钱不给儿辈用呢?"

这时尤丽莲的母亲买了东西走上楼来，听得这话，走进房门，叫应了一声，马上哈哈笑道:

"庄少爷说得很对，做父母的有了金钱，应该给儿女享用一些，将来又不能带到棺材里去的。倘然挣紧了钱，不肯放松，徒给儿女怨恨，我是最想得穿的，将来也不是传给儿女的吗? 可惜我是没有钱的母亲，有心无力。但是今天因为阿莲爱吃鲫鱼，我就出去买了两条大鲫鱼，又买了一只猪脚爪来给伊吃，五块钱也没有用完呢。"

克家道:

"伯母真是疼爱儿女的。"

尤丽莲的母亲道:

"就可惜我没有钱啊。庄少爷，你今天在我们家中用午餐吧! 阿莲的父亲有事到南汇去了，要隔两天才回家。阿莲放了暑假没事做，你陪陪伊游玩也好。"

克家道:

"很好，我就老实不客气。你们不必添菜，有了鲫鱼和猪脚爪已够了。"

尤丽莲的母亲笑了一笑，立刻就去楼下料理菜肴之事了。这里尤丽莲陪着克家在楼上闲话一切，谈起下学期入学方针，尤丽莲仍在爱群女学修业，克家却说要投考圣约翰。尤丽莲很赞成此议。谁知道这是克家的防御言罢了。午时尤丽莲的母亲已将菜肴及饭煮成，叫丽莲帮着一样一样地拿上来，请克家用午膳。克家坐到桌子上一看，除红烧鲫鱼及白烧干贝、猪爪汤以外，尤丽莲的母亲又去添购了两样熟菜，乃是广东馆子里的腊肠和油鸡。克家道：

"何必如此破钞？"

尤丽莲的母亲道：

"难得庄少爷肯来此间吃饭，已是很赏光了，我们是怠慢的。"

克家道：

"伯母这样会说话，我更惭愧了。"

尤丽莲便请克家上坐，说道：

"我是不会客气了。"

于是母女俩陪着克家用午餐。餐后，克家要和尤丽莲出去看影戏。尤丽莲见天色突然阴霾像要下雨的样子，所以踌躇未允，伊的意思仍要克家在伊家中盘桓。可是克家怎坐得住这样很长的时间？一定要出去，说道：

"你怕下雨吗？怕什么？倘然行不得路，我可雇一辆汽车送你回府，绝不丢你一人在外的，你放心吧！"

于是尤丽莲到房里去换了一件旗袍，薄如蝉翼，色如黄云，里面衬着白绸长马夹，踏着白色革履，向伊的母亲回头一声，遂和克家走出去。

那时候上海的头轮影戏院少如凤毛麟角，南京、麦琪、国泰等都未开幕，还是要让大光明独称巨擘，所以二人又去大光明观电影。这天映的是一张香艳热情的西片，带有数分肉感。二人都在少年，看的时候自然怦怦心动，尤其是克家，情不自禁，伸出一只手去握尤丽莲的柔荑。尤丽莲却并不推拒，意绵绵若有所属。克家买了数杯纸杯冰淇淋，和尤丽莲且吃且观，暑意全消。等到影戏映毕，电炬重明，二人走出戏院门，却见乌天黑地，天

150

上满布着重重黑云。而在黑云里射出一丝丝的电光，炫耀入目，雷声殷殷，倾盆大雨将下，许多人纷纷疾趋，争先恐后。尤丽莲对克家说道：

"果然天要下大雨了，我们快到什么地方去避雨吧！"

克家道：

"你肚子大概饿了，我们不如到陶园酒家去吃点心，较为近便，快快走吧！"

二人提起脚步便走。可是走过新世界门首，天空中一个霹雳，豁刺刺一声响，眼前一团火光，吓得尤丽莲只往克家怀里钻。克家勉强镇定，说一声丽莲莫惊。上面已在沥雨点了。二人又走了十多步，雨越下越大，雨丝飞溅，耀射得人眼目难睁。二人急急赶路，竟跑过了对过的陶园大门，到得大东旅社门前。尤丽莲气喘吁吁地说道：

"我们走错了路，到哪里去？"

此时二人淋得满身尽湿，雨点越发粗了。克家不知是有意是无意，匆匆地向旅社大门跳了进去，一手拉着尤丽莲，所以尤丽莲只得跟了进去。旅社侍役以为二人是来开房间的，上前招呼。克家迷迷糊糊地和尤丽莲乘电梯而上，到三层楼走出来，早由侍者等引入六十三号一个精美的房间。二人走进房间，尤丽莲忽然说道：

"啊呀，我们怎么到了此地？"

克家道：

"大风雨中没处躲避，没奈何来此开一房间，暂时避过了这阵雨再说。"

这时二人满身湿透，克家的西装当然水渍淋漓，而尤丽莲一件黄纱旗袍已湿透了内外，肌肉尽显，烂作一团，不可蔽体。只得把旗袍先脱下来，挂在衣架上，张开着待干。里面的白纺绸马甲却不好再脱了。然已雪肤冰肌，差不多完全呈露。克家也把西装脱下，只留了一件衬衫和短裤。二人又把革履脱卸，各趿着拖鞋，身上稍觉松了一些。看看窗外的雨越发下得大了，檐溜飞瀑，声势甚大，雷声兀自隆隆震耳。尤丽莲道：

"好久没有下这般大雨了。今得上午燠热，下午天上云气涨漫，我知道要下雨的，所以不敢出外呢。"

克家道：

"不打紧，我们已到这里，一任老天尽下大雨，不怕了。我们在此可以休息休息，吃过晚餐，大概雨也要停止，我可以雇车送你回家。"

尤丽莲无可奈何，既来之则安之，也只好如此。克家又问伊肚中可饿吗？尤丽莲点点头。克家一按电铃，侍役进来伺候。克家吩咐拿一打奶油蛋糕和一打汽水来。侍役答应一声而去。一会儿拿了一张纸条进来，请克家签字。克家伪造了姓名，先付法币六十元。侍者拿去后，一会儿又送上来蛋糕和汽水。二人坐在沙发中吃蛋糕，喝汽水，忘记了外边的大风雨。渐渐天色冥暮，雨声未止。克家开了电灯，对尤丽莲说道：

"今天这雨怎么下个不停，马路上恐怕早成泽国了。我们在此吃了晚餐再说吧！"

尤丽莲蛾眉紧蹙，默然无语。隔了一会儿，侍役进来问要用什么菜。克家懒得点菜，便叫送两客六元的大菜。那时候六块钱一客的大菜已是很上等的了。但是天上的雨终是下个不止，等到二人晚餐用毕，雨势虽已稍杀，而尤丽莲的旗袍尚未吹干。尤丽莲恐伊母亲盼念，急欲归去。克家倒是无所谓的，于是唤了侍者进来，一问马路上积水没膝，行人敛迹。汽车也抛锚不进，出差

152

汽车当然喊不到了。雨虽小了一些，而风吹得越大。这是太平洋上的飓风过境，更兼浦江潮涨，倒灌陆地，各处阴沟都冒出水来，旅社门前已成河渠，行不得也哥哥了。克家道：

"天雨留客，这是无可奈何之事，我们在此歇宿一宵再说吧！"

侍者笑道：

"开了房间当然如此，有许多人房间还开不着呢。"

说罢，退了出去。尤丽莲只是频频搓手，无法可想。克家却以为这是一个千载一时的良好机会，他又想入非非起来了。

# 第十六回

## 问君底事总荒唐

　　天上的乌云尚有数片在空中迅速地推移，风势虽然稍杀，而人行道上的树兀自随着风一阵阵地东摇西摆。阳光从云缝中偶然露出一二回脸来，可是因为风刮得大，云推得多，所以日光仍旧阴霾。然而马路上的水已退了不少，只没到脚背以上了。这是大风雨的次日，飓风在昨夜十二点钟过了上海吹向黄海而去，真是给予上海人一个暴风雨的袭击。

　　清晨九时许，尤丽莲醒来，见克家正和自己并枕而睡，想起昨宵的事，不觉又羞又惊，连忙把克家的手推开，很快地坐起身来，披衣下床，坐到沙发上去。一个头仰后靠在沙发上，脸上露出颓废的样子。克家正做美梦，给伊惊醒了，也披衣起身，立到地板上。见了尤丽莲这个样子，对伊笑嘻嘻地说道：

　　"昨夜我真是对不起你，但这也是天意吧，暴风雨的降临是出人意外的，我和密司真是奇缘巧合，应该欢喜。"

　　尤丽莲沉着脸庞，听他如此说，几乎要哭出来，一手指着他说道：

　　"克家，你不该诱惑我。你若是有道德的青年，昨夜就不该糊涂地和我同睡。我上了你这样一个很大的当，如何是好？我现

154

在头脑清醒了，想想这实在是罪恶。我为什么没有坚决的心呢？现在叫我怎样回去对得住父母？"

克家道：

"丽莲，你不要害怕，须知这是恋爱的最后纯熟的结果，古今男女相爱，哪一个不是如此？你只要自问爱我吗？不必恐慌。"

丽莲道：

"爱你怎样，不爱你又怎样？"

克家走近两步道：

"我早已说过，这是爱的结果，当然必要演出的。你若爱我，那么绝无遗憾。但若不爱我的，恐也未必如此，是不是？你不要只责备我，也当责备自己。我本来不是坐怀不乱的鲁男子，所以昨宵的情景我实在抑制不住了，请你原谅。我二人的恋爱基础已筑上了，我将来绝不会忘记你，你要相信我的话。"

尤丽莲低倒蟠首，默默不语。克家忽然想着了什么似的，过去开了抽屉，取出他的皮夹，从皮夹里拿出他在时和公司里买来的一只翡翠戒指，双手送与尤丽莲道：

"这一枚翠戒是我前天从时和公司买来的，宝剑赠予烈士，红粉送与佳人，这东西戴在你纤指上是最合配了。"

一边说，一边走过来，把这戒指套在尤丽莲右手的无名指上。尤丽莲也不拒，也不谢，却只是呆呆地想。克家又俯身下去，在她残红半褪的朱唇上轻轻吻了一下，又说道：

"你不要发呆，这并没有什么大不了的事。你回家后在你父母面前也不必说起这事，我总不会忘记你。下学期我一定仍要设法到上海来读书，和你相聚一起，我终是爱你的。不过我的年纪轻一些，有许多地方要请你原谅。我想小杨和黄瑛这样相爱，常在一起，也许已有了肉体上的恋爱，亦未可知呢。你应该快活，不要放在心上。"

尤丽莲咬着自己嘴唇说道：

"你们做男子的玩了女性，目的达到后自然如此说法。我们做女子的却不是这样看法，女子以贞操为第一，你破坏了我的贞操，却这样轻易吗？显见得你简直不当一回事了。"

克家向伊鞠了两个躬，说道：

"冤枉呀冤枉！我现在只有顾怜你，爱护你。可爱的丽莲，你是属于我的了。"

尤丽莲叹了一口气说道：

"你说的话就显见你不明白了。什么我是属于你？我姓尤，你姓庄。我不是你的俘虏，也不是你私有的东西，怎可说属于你呢？"

克家笑了一笑道：

"丽莲别恼，你怎么今天总是给我碰钉子？想想昨宵的情景，就可以心平气和了。我们今后要快乐，不要怄气。我所以说你属于我，就是为了我已爱你，把你认作自己最亲爱的人了。你虽姓尤，将来自然也要姓庄，是不是？"

尤丽莲将头一扭道：

"你能够有真心要娶我吗？"

克家道：

"始乱之终弃之，非君子也。我必要达到这目的，迟早却说不定，或者等你毕了业后实行也好。"

尤丽莲听克家这样说，方才稍安其心，立起身来，到面汤台前去洗脸漱口。克家见尤丽莲已没得话说，自然心里宽松不少。二人相继盥洗以后，开了房门，一揿电铃，唤侍役进来，叫他送一份报，叫两碗火腿鸡肉面来。一会儿面已送来，报纸放在桌上，又冲好一壶热茶，克家和尤丽莲吃罢点心，看了一会儿报。尤丽莲见天上明亮了不少，摸摸挂在架上的旗袍也已干了，便对克家道：

"我要回家去了。"

克家道：

"马路上的水还没有退尽，我说还是再在此间住一天，我们俩畅叙畅叙不好吗？"

尤丽莲摇摇头道：

"一之为甚，其可再乎？昨夜我没有归去，抛下我母亲一人在家里，不知伊老人家要怎么样地盼望呢？今天再不归去，岂不要急煞了伊？"

克家道：

"尊大人总知道你寄宿在外边了。这样的大水，叫你怎能回去呢？"

尤丽莲道：

"所以我今天必要回去。方才听菜房说马路上的水已退下了不少，我不可以坐汽车回去吗？请你即刻送我回去吧！"

克家道：

"你必要回府吗？那我也未敢勉强。只是你回去后，倘然你母亲问起昨夜你住在什么地方，你怎样回答伊呢？"

尤丽莲仰起了头说道：

"哎呀！这个怎么好说实话？我同你一块儿出去的，一块儿回家，怎么说法才好呢？"

克家道：

"你只说到先施公司买物，下了大雨。马路积水成渠，不能回家，在公司中守了一夜，没有睡，所以回家睡觉。"

157

尤丽莲点点头道：

"这个话虽然好说，可是有什么凭据？"

克家道：

"容易容易，你快穿了旗袍，我和你先到先施食品部里去买些东西，带回去送给你母亲，这样岂不使伊更相信吗？你知道你母亲爱吃什么食物，不妨直说。"

尤丽莲答应一声，便去将这件旗袍取下来，在床上揿得平整一些，然后再穿上身去。口里却说道：

"可惜没有电汽熨斗，烫一下便好了。"

克家也把西装外挂穿上，系上领结，随即穿上皮鞋，然后二人一同走到先施食品部里去买了许多糖果茶食。克家又买了一匣香皂和一瓶牙粉、一打手帕，送给尤丽莲。共费去一百多元。回至房间里，又略坐一下，结去了旅社的账，然后再吩咐侍役去呼一辆银色汽车，二人一同坐着汽车回去。到得尤丽莲家门前，马路上积水也未退尽。克家和尤丽莲付去车资，携着食物，踏着水，很快地跑进屋子。幸亏只有几步路，但是尤丽莲的一双白皮鞋已溅得不成模样了。二人走到楼上，尤丽莲的母亲正在外房收拾烟榻。一见二人回来，便说：

"好了好了！你们若不再回家，把我几乎要急死了。昨天你们在哪儿遇雨的？一夜没有还家，住在哪一处呢？"

尤丽莲道：

"母亲，我们昨夜看了电影，又到先施公司去购物，不料起了大风雨，马路上开了河，汽车也雇不到，我们只得在公司里坐了一夜。今日幸水退了，方去吃了点心回来。"

尤丽莲的母亲听伊女儿这样说，向伊女儿脸上望望，又看了克家一眼，又瞧瞧桌子放着大包小包的东西，果然上面都是公司的包纸，遂说道：

"你们果然在先施公司里头吗？昨天近晚起了暴风雨，我十分担心，知道你不能回家了。但是住在哪处去呢？代你十分焦虑。你父亲又不在家，我一人独宿，听着那风雨声，不但有些胆怯，且想你不已，夜来也没有好眠呢。你们买的什么东西？"

尤丽莲道：

"都是克家买的。他知道母亲喜欢吃胡桃糖和果酥，还有花旗橘子、罐头煎鱼，买了不少，送给母亲吃的。"

尤丽莲的母亲道：

"啊呀！这如何敢当呢？"

克家道：

"些些小物，请伯母不要见笑。"

尤丽莲遂解开纸包，取出胡桃糖，给伊母亲吃了几块。又拿小洋刀切了花旗蜜橘，给克家吃。伊自己到房里去换了一件花花绿绿的麻纱旗袍，回出房来。伊母亲吃了两片花旗橘子，笑嘻嘻地对克家说道：

"庄少爷请你这里用午饭吧！今天大水，没有出去买小菜，可是前天有亲戚送得一只火腿在此，我可斩一块下来，和昨天买好的冬瓜同烧一碗汤，此外还用虾米炒几个蛋，请庄少爷将就些可好？"

克家道：

"甚谢甚谢，实不敢有劳伯母。"

尤丽莲的母亲笑了一笑道：

"不要客气。"

遂走下楼去了。尤丽莲步入房中，克家跟了进去，同伊一同坐着，谈谈学校里的事情和苏州的风景。尤丽莲很想于暑期内有机会时到吴下一游，克家含糊应许伊道：

"到时倘有机缘，我当来沪迎迓。"

二人谈了好多，饭熟菜香，尤丽莲的母亲搬上菜肴来，请克家用午饭。饭后天气晴朗，日光从云层中透出，积水大半退尽。尤丽莲十分疲倦，要想睡眠。克家便辞去，约定明日再来访伊。

克家独自坐了人力车回到宿舍，不见高其达，同学们也都出去游玩了。克家自己也觉有些疲乏，睡在床上休息一会儿，只是思想昨夜缠绵情事，真像楚襄王梦游巫山一样，荒乎其唐，津津然若有余味。

隔了一会儿，想到了自己将和卢秀芝结婚的事，便觉棘手难办。倘然此事给尤丽莲知道，伊怎肯和我甘休？若要瞒过伊吧，此事又不可以秘密进行。高其达、小杨等都要来吃我的喜酒的，若给小杨知道了，小杨必要告诉黄瑛，黄瑛必要在尤丽莲面前说出来的，那么这事便要尴尬了。

尤丽莲的家世虽然贫困，然非舞女李绮可比，绝不能以数千金了事的。一经张扬，卢秀芝知道后，又要向我兴问罪之师了。叫我怎样可以对付呢？他一想到这里，深以为自己已处于进退狼狈之境。昨夜的事不该一时糊涂做出来的，如今后悔无及。克家一想到种种难问题，良心谴责，即觉周身不安，睡在榻上如有针刺，实在想不出好计较，好像做了一个罪人，无处忏悔。

将近天晚时，高其达先回来了，一见克家，便将手指着他说道：

"好克家，你昨晚到哪儿去的？住在尤丽莲家中吗？我考完了书正要出外，却逢大风雨，只好牢守在宿舍里，和他们打扑克，输去了七十元，怎及舞场里开心呢？"

克家懒懒地不答。高其达走到他床前，相了他一下，然后

160

说道：

"咦！你怎么又带着一副尴尬面孔，躺在床上想心事吗？难道身边的血干了吗？横竖不久你有两万元到手，我可以再放款给你的。"

克家道：

"这倒不是血的问题。"

高其达道：

"既然不是血的问题，那么你这样疲惫无精神的做什么？哼！我姓高的眼睛确有离娄之明，能够洞隐烛微。你若没有心事，绝不会愁上眉梢的。究竟你昨夜在哪里？可是又有什么大尴尬的事吗？从实招来。"

高其达方要说话，早又有几个同学走来。克家就不便说了，对高其达说道：

"我与你到外边去吃夜饭，再告诉你一切吧！"

高其达道：

"很好，但外边有几处马路上的水尚未退尽，潮水又涨了起来。昨晚赌了钱，今晚精神有些不济事了。连日考试也很辛苦，所以今夜想好好儿休息，不出去寻欢作乐才走回来的。你要出去请我吃晚饭，不如到就近一家俄国大菜馆里去将就用一餐吧！那边人静，我们也好谈谈。"

克家点点头道：

"甚佳甚佳。"

遂一骨碌坐起身来，披上外挂，和高其达走出宿舍去了。二人到了那俄国大菜馆，只见里面只有几个西人在那里喝酒吃菜，中国人一个也没有。二人便拣一个西边雅静的座头，有屏风掩蔽的，面对面地坐了下去。侍者上来问菜时，都用英语的。高其达也操着英语，吩咐吃两客公司菜，面包多送几片来，汽水要两瓶，酒却不要。二人各喝着汽水，用白塔油涂着烘好的面包，慢慢儿吃，慢慢儿谈。高其达道：

"我瞧你心神很不定，究竟怀的什么鬼胎？告诉我老友，也许能够帮你的忙。"

克家道：

"你不要笑我，我又要请你代我设法了。"

便将昨晚和尤丽莲同宿于大东旅社的事告诉高其达听，且说：

"自己一时色情狂，犯了非礼。假使自己没和卢秀芝女士订婚而要结婚的话，这件事还可以原谅，将来可以徐徐设法补救，只要自己能和丽莲成为夫妇，也可没有别的枝节了。毋如自己结婚在即，虽然在苏州，确是秘密不来的。小杨必要来喝喜酒，他告诉了黄瑛，黄瑛一定也要去告知丽莲，那么这件事就变成糟糕了。非但丽莲不肯默尔而息，而又闹将出来，卢秀芝也要不答应的，岂非进退两难，陷于僵局吗？"

高其达听了他的话，点头说道：

"这事果然为难的，克家，我不料你竟会和密司尤如此如此，这般这般。嘿，像你可以说色胆包天了。上一次和李绮的桃花纠纷，尚是我代了去的。现在怎么重蹈覆辙呢？"

克家道：

"前次都亏你智囊代我想法，逃过难关，不胜感谢之至。希望你好人做到底，此番也代我想个好法儿，渡过这一重难关吧！"

高其达摇摇头道：

"并不是我搭架子。你现在的事情没有以前的简单，你也知道吗？"

克家皱着眉头说道：

"我自知我这个人的弊病就是事事喜欢认真，到了要紧关子，把握不住。不像你凡事老口，都不会吃亏。这件事当然我做错了，比较李绮的事，大为棘手。但无论如何，请你教我一个两全的办法。"

高其达口里吃着鸡，耳听克家说话十分恭维他，不由笑了一笑道：

"你是完全公子哥儿派，当然我和你是不可同日而语的。看你窘得可怜，我总该代你想个法儿。"

克家道：

"谢谢你了，你不愧是个老大哥，常常帮小兄弟的忙。"

高其达道：

"不要客气。"

他放上了叉和刀，仰起了头，想了一刻工夫，便对克家说道：

"我现在只有代你想个救急的办法，暂时度过了你的婚期再说。尤丽莲处你仍须时时和伊虚与委蛇，将来伊寄苏的信，你切嘱你店里一个伙计叫他管着信箱，凡是你的函件都由他代收代藏，亲手交与你看，那么将来尤丽莲的信不致被你新夫人接去而发生变故了。到了下学期，你可怂恿你夫人一同来沪读书，只要你夫人肯和你合作，便不怕老太太反对了。"

克家把手搔搔头道：

"我一个人来沪则可，倘和我妻子同来，那么尤丽莲更易知道，而我与尤丽莲更不容易聚在一块儿了。"

高其达道：

"我要问你，像尤丽莲这个人，你和伊是一时的冲动呢？还

163

是有心要爱伊？难道你要一箭双雕吗？"

克家把刀切着鸡，不响。高其达道：

"这也不难的，只要你对尤丽莲家里不惜花钱，待到时机成熟时，你不妨向尤丽莲用苦肉计，向伊软商量，效仿广东人娶两头大办法，别筑金屋以藏娇。向尤家花去一笔整数，然后和尤丽莲费数日光阴出游一次，即作蜜月，抵代了结婚，便可瞒住你夫人了。"

克家道：

"尤丽莲能够这样迁就吗？万一伊不答应时，又如何是好？"

高其达道：

"伊已失身于你，只要你能够对付伊，何患伊不能就范？神而明之，存乎其人，有些地方我是不能教你的。你这个人不做种，也真没用。倘然你怕事的说话，那你就不要去和人家拈花惹草，发生什么关系。做了也不必后悔，应当怕者不做，做者不怕。有什么真正两全其美的办法呢？左右不过挨过了去，随机应变，以图逃过难关就得了。试想你事已做出来了，有何补救良策？能不能立即告诉尤丽莲，说你不久就要和卢秀芝结婚吗？也能和卢秀芝解除婚约而另娶尤丽莲吗？"

克家只是摇头。高其达道：

"既然都是不能的，也只好暂时图过了目前。若要彻底的办法，那我也要敬谢不敏了。"

克家道：

"准照你说的去办。但是我的婚期又不能偷偷摸摸不宣布。我母亲看作一件天一样大的事情呢。"

高其达道：

"好在你和卢女士在苏州结婚又不登报，尤丽莲未必会知道

164

的。你只好冒一下子险了。至于小杨方面，我可以代你去说，只说你与尤丽莲也有情愫，此次结婚是不得已而行之，请他在黄瑛、尤丽莲二人前休要提起，以免尤丽莲难过。小杨最重义气，只消我请他戴一顶高帽子，他也会守口如瓶的。至于我呢，当然不肯泄露一句半句，你相信我吗?"

克家道：

"当然当然，我为了相信你，所以和你商量。有你说了这一番话，我心里比较安定一些了。"

高其达道：

"算了吧，你以后再不要犯这毛病。这不是买一件东西，任你花钱玩的，此中大有疙瘩呢!"

克家道：

"领教领教。"

二人一边吃，一边谈，吃过水果、咖啡茶后，克家会去了酒钞，二人仍回宿舍来。诸同学因考毕没事做，便在宿舍里大摊牌九。克家和高其达二人自然也加入其中。克家今晚赌运真好，不论下注与坐庄，总是胜者居多数。直至两点钟方才歇局，克家独自赢了一千多块钱，快活得了不得，高其达却只赢百元左右，他遂应许高其达明日当作东道。

次日上午，他睡得迷迷糊糊，梦魂中兀自一会儿尤丽莲，一会儿卢秀芝，缠绕不清。却被高其达唤醒，对他说道：

"已是九点多钟了，你怎么还不起? 我等你请客，肚子也饿了，只得吩咐校役将就些到邻近面店里去喊两碗肉和鱼的双浇面来了。"

克家道：

"也好，中午我请你到晋隆去吃大菜，点一样出骨童子鸡

165

可好？"

于是他忙着起来，洗脸漱口，两碗面已送来了。二人吃罢面，克家付去面钱，个个戴上草帽，走出宿舍，溜达去了。午时二人在晋隆吃过大菜，遂到尤丽莲家里去，邀尤丽莲出外吃夜饭，看平剧。次日克家又请小杨和高其达到杏花楼用午餐。高其达趁间便将此事和小杨说了，托他代守秘密。小杨一口答应，且说自己本想带黄瑛赴苏吃喜酒的，现在也可不必了。晚间三人又至舞场中去求欢。克家一连在沪流连了多日，家中母亲和卢秀芝都有信来催归了。在时和镶制的钻镯也已藏事，他遂不得不辞别尤丽莲而还苏了。此次尤丽莲和他竟有些难舍难分，他又送了尤丽莲两件旗袍料和数件化妆品，在伊面前海誓山盟，可质天日，说了许多好话，方才安住了尤丽莲的心。

于是他在一个清晨和高其达同车返苏。尤丽莲亲自到火车站来送行。南浦送别，默然魂消。二人在车上说了许多话，听得催人的铃声丁零丁零地响起来，尤丽莲不得不和克家握手，各道珍重，低着头走下车去。高其达在旁边瞧着暗笑，尤丽莲太痴情了。倘然伊知道克家此次回去是和人家结婚的，伊不知将要受到怎么样深重的刺激呢？尤丽莲站在月台上，等候车开。克家靠在车窗边和伊说话。一会儿汽笛叫了两声，火车已蠕蠕而动，尤丽莲把手帕向空招展，算是送别。在车声辘辘中，克家渐渐望不见尤丽莲的倩影了，这才坐定在座位上，呆呆地不说什么。高其达只是向着他笑，在车上也不便多说什么。克家此次赴沪，用去了不少钱。他在车上方始结算这笔账，幸亏赢了一千多块钱，不至多用空，但是又向高其达挪借了三百块钱了。他回到苏州，便忘记了上海的尤丽莲，高高兴兴地预备做新郎，一享那洞房花烛夜的滋味。自然又有一番旖旎风光，富丽生活。

## 第十七回

# 凄凉病榻悲双亲

秦氏眼巴巴盼望的喜期转瞬已到了，虽然天气火热，可是人逢喜事精神爽，秦氏忙忙碌碌地为伊儿子准备喜事，一些也不觉得天热。克家也是这样，把这洞房布置得非常美化，夜间一开壁灯，走进去便觉得深滟滟地，如入琉璃世界，眼睛面前一无火气的东西。

喜期的隔夜，亲戚们都来了。克家穿着新制的西装，大开其橘子水招待嘉宾。克绳身上只穿着一件白纱长衫，也是秦氏做给他的。秦氏为自己儿子办喜事，大家上下衣饰一新，再让克绳穿旧衣，当然说不过去了，所以做了一件长衫、一套纺绸衫裤，又买一双白皮鞋给克绳，此外又给他一白块钱，叫他应酬客人时零碎用用的。克绳心里当然觉得异样，但是面子上却不得不高高兴兴地喝他兄弟的喜酒。

又有一件不巧的事，就是在喜期的前数日，庄家祖坟上的守冢人跑来报告，坟后一片田地有人私移界石，强占土地，又偷砍坟上树木，要庄家派人下乡去查办此事。庄家的墓地是在善人桥边，离城虽也不远，然亦须坐船前往。克家正要做新郎，办喜事，怎高兴到乡间去办死人的事？他得了消息，马上摇头称说不干。秦氏无奈，只得差克绳去办此事了。伊以为克家一则年轻，二则正忙喜事，所以这件事情只好叫克绳去干了。克绳暗想：兄弟要紧做新郎，忙着阳宅的事，没有心思去顾到阴宅的事，于是轮到我身上来了。但为了老祖宗和亡父面上，不得不冒着酷暑去走一遭。所以他就奉了秦氏之命，雇了一艘小船，摇到善人桥去。烈日当空，河面上热气蒸发，熏风吹来，灼人肌肤。到了那边，先至坟堂屋去憩坐。看坟的切了西瓜请克绳解渴。克绳吃罢西瓜，遂和看坟的到祖坟四周去视察。果然有几株大柏树已被他人砍去，后边界石也移动了。他责备了看坟的数语，又去邻近农家探询，方知这是木渎地方一个姓陈的所为，有意捣乱，平日常常出外和一班刁恶的农民，狼狈为奸，向人家坟上寻是生非的。克绳探听明白，不甘退让，自然准备以法律相见。

他此来虽非扫墓，然也带着数匣纸锭，在墓上焚化。他独自痴痴地立在他亡父墓碑之前，见宿草离离，松楸亭亭，不由兴起蓼莪之悲。自思亡父去世业已多年，他长眠地下，竟不知自己家庭中的事情。后母待遇如此不平，遏抑我前途的发展，而一味宠爱亲生子，浪费浪用，到沪上去借着读书为名，而在外荒唐。现在反代亲生子先行赶办婚事，妇女的用心真是狭隘太甚。不知伊的心里如何盘算的？爱之适以害之，克家的前途也被他母亲葬送了，可惜他们此时尚不知道呢。而秦氏对于我竟如像眼中之钉，非常冷落，把家财总揽在伊手里，唯恐我要分去伊儿子的钱，所以益发憎厌我，仇视我。其实这都是亡父在世辛苦经营积贮下来的，理该有福同享，平均支配。我又是长子，何以反遭摒弃呢？这真不可以理解了。倘然自己的父亲尚在人间，绝不至于弄到如此地步，而自己也绝不会这样受尽闲气的。唉！彼苍者天，为什么不多给我父亲一些年寿呢？这真是人间世，无可奈何，不可解说的事了。他这样想着，眼泪竟由他眼眶上扑簌簌地滴落襟袖。他又看着纸锭的灰，随风飞舞，低倒了头，心中有说不出的万般酸辛，恨不得在墓前放声一哭。守冢人等纸锭化过了，扫取了灰，然后陪着克绳走回去休息。守冢人的妻子，又把煮好的赤豆汤盛给克绳当点心。克绳勉强吃了半碗，又向乡人买了些百合和山药回去，预备送给唐家的。他又给守冢人十块钱，守冢人谢了又谢，一家人欢天喜地地送克绳上船。

克绳回家时已有黄昏十点钟了，因为渴而热，所以回到家中，又开了一个冰西瓜吃个大畅，然后入睡。次日腹中便有些不适，大解泻了两次，自己吃了一些人丹，又买三钱保和丸煎来吃。他把昨天从乡间买来的东西送与唐家。此时，唐家已知克家和卢秀芝结婚的吉期，便对克绳说道：

"你要预备吃你兄弟的喜酒了，却到乡间去作甚？"

克绳愀然答道：

"这种好差使叫我去办，自己的儿子却不叫他出去冒暑。若非看在老祖宗面上，我也不去的。"

遂把坟上的事略述数语。永朴的母亲又说秦氏偏心，早代克家成婚，前妻的儿子却置之不顾，令人不平。克绳听了，心头更是气闷了。他又出去聘请一位王律帅办理墓上交涉之事，克家却问也不问一声。

到了正日，庄家悬灯结彩，铺张阔丽，大厅上挂满了金字红绸的喜幛，华烛高烧，车马盈门，亲戚朋友到了不少。高其达和小杨也来了。花轿到时，鼓乐喧天，仪仗盛美，请出新娘后，又请出新郎，果然一双璧人，珠玉交辉。证婚人请的本地的某绅士，郁三太太和秦有华是介绍人。乾宅主婚人是克家的远房叔父代的，坤宅主婚人是卢世荣，也是用绿呢大轿接来主持婚礼的，招待得十分恭敬。礼成后，送入洞房。这天唐永朴的母亲因为是房客的关系，对于房东不可失礼，所以也送了一份礼来。自己带着仁官来吃喜酒。永朴却没有来。克绳也忙着招接宾客。秦氏是笑容满面地做婆太太，受众人的道贺。当新郎新妇见礼时，秦氏把一对珠凤赐给新妇，作见面礼。夜间有各种玩耍杂戏以娱来宾。高其达和小杨却和众少年拥到新房里来闹新房，得到许多喜果，大家闹至更深方才散去。洞房春深，琴瑟爱好，克家和卢秀芝的新婚之乐，不必细表。可是这天夜里楼上还有一个人正睡在银簟之上，呻吟不绝呢。

原来克绳自从那天乡间回来后，得了泻疾，还未痊愈。今天吃喜酒时不免又吃了一些油腻，多喝了些冰汽水，所以一至夜间，他却又大泻而特泻了。当众人欢闹新房之时，他已回至自己房里，坐在便桶上尽泻，腹痛如绞，起来吃了一小瓶痧药水，躺在床上，一会儿又要泻了。秦氏不见克绳，问起下人。有一个下人说，眼见大少爷已上楼去睡了。秦氏背地里还骂他一声懒虫呢。

次日，有些吃喜酒的人如素文、素贞姐妹等昨夜都住在庄家，没有回去的，一齐到新房里来看新娘，喝和气汤。有几个男戚发起公份，唤滩簧和滑稽戏来继续尽欢。秦氏和克家阻止不得，只好由他们欢天喜地地胡闹，预备酒席请宾客大嚼。但是克绳却在这天不能起身了，腹泻不止，发着高热，只是在床上呻吟不已。秦氏不见克绳，起初以为克绳贪睡，或是有意躲懒，心中难过，不赞成克家的早婚，所以也鼓着气不去理会。后来经下人来报说大少爷病了，伊似信不信地说道：

"装什么腔？让他去病好了。"

倒是有位表姑太太可怜克绳没有生身父母，特地走到克绳房中去探望。克绳正坐在便桶上泻溺。表姑太太一问病情，知道克绳自昨夜至今天上午已泻过十数遍了，虽然泻得不多，可是腹痛得很，汗出如洗，面色也难看异常。便说这是痢疾，不可不延医诊视的，遂叫克绳静睡，不要再吃什么东西。自己就去告诉了秦氏，叫秦氏快请医生，不可耽迟。秦氏当着亲戚之面，倒不好意思再置之不理，只得皱着眉头，自去克绳房中看了克绳一次，问问他有什么不适。克绳回答说，大概生了痢疾，因为那天下乡去自己不慎多吃了些冷饮品，染有细菌以致如此。秦氏没奈何回身出去，吩咐行里伙友打电话去请西医陆干臣前来诊疾。素文姊妹听说克绳有病，也来探视。唯有克家却毫不理会，陪着高其达、小杨等打扑克。秦氏对素文姊妹说道：

"我们正忙着办喜事，他竟这么不凑巧，害起什么瘟病来了。大概这两天多吃了些油腻和汽水，贪了嘴，肚皮却不争气，遂泻起来，又累我要花钱去请医生，真是倒霉。"

一会儿陆医生已驱车而至。克家依旧打扑克，若无其事。由行中经理先生陪着上楼去诊察克绳的病。陆医生诊视过后，即说克绳患的是赤痢，单是服药也无效，非注射一种痢疾针不可。于是商得秦氏同意后，立刻注射了一针，又开了药方，叫庄家差人跟他回去配取药水。这样一次，秦氏已付出医药费六十余元，在那时候已算贵极了。

克绳在楼上生病，家中却是非常热闹，楼上楼下，来往如织。晚上又是笙管嗷嘈，欢声沸天，行里的经理先生和一班客人又去飞条子唤了许多花园姐妹来，莺莺燕燕，更见锦簇花团。克绳仰卧胡床，虽然泻已稍止而痛尚未停，寒热仍旧很高，胸中仍是烦闷。听着下面的鼓乐之声，更是触起他的怅恨。暗想：世间最可怜的要算无父无母的孤雏了。自己先丧母，后丧父，落在后母手中，过着凄凉的岁月，瞧着冷酷的面目，受尽闲气，不得飞腾。人情冷暖，更是参透，亲戚朋友也是捧着我的兄弟，和我十分疏远，似乎他们以为我既不得后母欢心，一世没有出头之日，不足相与的了。世人的眼光，真是可鄙，安得有一天让我出外去奋斗成功，出出这口鸟气，也给人家看得起我，说我庄克绳并不要依赖自己先人产业，而能有所建树，那时克家母子也当愧死了。想了一刻，他抬起头来，瞧见对面壁上悬着他母亲的放大照相。因为死的时候年纪轻，所以靓装盛饰，极尽婉媚，一双和蔼的目光，足证伊性情是很好的。假如现在活着，比较秦氏也没多几岁，断没有秦氏那样阴险的。伊一定能够珍爱我的，给我求学上进，以资深造，那么我何至于到今日的地步呢？克绳对着他母亲的照相，凝目痴瞩，恨不得扑到他慈母怀中去，哭诉自己的遭遇。这照片本是高悬在楼上客堂里的，及至秦氏嫁来后，便被秦氏取了下来，抛弃室隅。克绳心里老大不忍，便拿来悬在自己室中，朝夕相对，稍慰孺慕之思。但今天见了他母亲的照相，更触动了他的悲怀，眼中不由落下泪来。一会儿又想到他的亡父，也恨逝世太早了。倘然自己没有了母亲，受到后母的歧遇，而使父亲寿长，活在世间，那么自己也不至于如此。这样看来，岂非自己的命太苦吗？唉！一个人到了穷困疾病无路可走的时候，往往要想呼吁天地，念着父母的，当然克绳也难免例外了。又过了一夜，宾客渐渐散去，克家和新夫人浮瓜沉李，开着电气风扇，谈笑娱乐，以遣永昼。秦氏对着这一双佳儿佳妇，笑口常开，伊数年来的凤愿总算已偿了。唯有克绳却病卧床上，依旧没有痊愈。秦氏又请陆医生来再注射了一针。

这天下午，克绳觉得自己的下痢已渐渐轻松了，可是人却疲惫不堪，摸摸自己额上仍有些寒热，不知道病要生到几时才可痊愈。倘有变化，更加棘手。秦氏是不肯来照顾自己的。家中下人虽多，而又在秦氏一路的，如同没有一般，要想呼唤他们，难上加难。他们哪一个不想到新房中去伺候，博取新奶奶的欢喜。况且那位卢秀芝小姐妆奁丰富，人人称赞秦氏娶得这个富有的媳妇，秦氏也夸耀伊儿子有福气呢。克绳这样想着，心中又悲又恨，真觉如孤舟漂荡海洋，望不到大陆的影子，或是岛屿的显现。慰藉无人，揶揄有鬼，可兴天下无父无母的孤儿在后母手腕下的同声一哭。

此时房门一响，只见婢女阿宝领着仁官走进房来，笑嘻嘻地对克绳说道：

"这位同居的唐家小少爷听说大少爷病了，要来探望你，所以我引导他上楼来见你了。"

克绳见了仁官，点点头道：

"很好，小弟弟你请坐。"

仁官道：

"克绳哥哥，你患的是痢疾吗？今天可好一些?"

克绳道：

"我自注射后，泻已渐止，侥幸好些了。"

说话时阿宝因有他事，回身退出房去。仁官走至床前，又对克绳面上相视了一下，说道：

"克绳哥哥，你这遭面容消瘦了不少，这病果然很厉害的。"

克绳道：

"是呀，我患的是赤痢，若不经陆医师注射痢疾针时，恐怕是很危险的。大概我多进了一些冷饮品，胃肠中发生了变化呢。"

仁官道：

"那天吃喜酒时，我已瞧见你面色苍白，很少精神，回去后就对我姊姊说你要病了。伊也说或者成为事实。这两天我们不见你来，又不见你坐到外面店堂里去，料你必有些不适。昨天我见一位西医前来，便问店里伙计谁有病延请医生，他告诉我说大少爷病痢疾。我去告诉了母亲和姊姊，她们都很惦念你。今日我的爸爸从香港寄来一封挂号信，汇了三百块钱来。姊姊读过信后，告诉母亲说克绳哥哥的事情已成功了，我等都欢喜……"

仁官的话尚未说完，克绳在床上听着，不由精神一振，欣欣然问道：

"小弟弟，你这话可真吗？"

仁官道：

"我怎会骗你？你若不信时，我姊姊有一封信在此。"

克绳闻言更是一喜道：

"你姊姊有信给我吗？"

仁官道：

"是的，伊因为自己不能来探望，所以写了一封信叫我带给你，代表伊和母亲的，请你一看便知。"

仁官一边说，一边从他怀中掏出一封信来，递与克绳。

## 第十八回

# 分离雁行叹燃萁

　　克绳连忙坐起身来，双手接过仁官手里的书信一看，是个紫罗兰色的信封，上面有娟秀的笔迹，写着"克绳兄大启"以及"永缄"。这一封信无异天上飞下的纶音，虽然写着"缄"字，实在信封的口并未缄闭。所以克绳探手一抽，便抽出一张绵笺，一行行疏疏朗朗地写着蓝墨水的字，他就很兴奋地读着道：

　　克绳兄：这两天不见驾临，很为惦念。探询之后，方知你果然病了。我知道你的处境实在太歧异了，恐怕近来你家庭里所给予你的刺激，太深太重，所以你因精神上不堪打击而被病魔乘虚侵入了。我也知道你的家庭里是无人照顾你的，病卧床褥，更是不便，更是苦痛。料想你在这两天一定处身奈何天中，可怜得很。我本很愿意亲自前来探望你一下，可以安慰安慰你的孤寂的心。无奈人之多言，亦可畏也，我又自问没有这种勇气跑到你的地方来，所以只得修此寸函，写几句我所要说的话，让我弟弟来代达于左右。

　　一个人在世间仰赖父母荫庇而做寄生虫，本是极可鄙可耻的事，青年而如此，是将来没有出息的。当然要将他天赋的才能尽量发挥，为前途而奋斗，为更大的事业而努力。古人说的宴安鸩毒，忧患玉成，也很有关系的。所以环境艰难也没有什么畏惧，只要自己能够努力奋斗，何患前途没有良好的路呢？往常我每用此语来勉励你，因为你的处境是极用得着有一个人在你旁边激励的。今日我也是说这些话，来安慰你的病中生活。

我还有一个好消息要赶紧告诉你，就是今天我接到我父亲自香港寄来的家书，内中提起你的事情已达到了成功的阶段。因为那个渔业公司业已成立，开办有日，父亲要招你日内动身赴港，介绍你去和王云程经理接洽，以便可派你职务，这样你不是已有了出路吗？你是有志的青年，将来扶摇直上，一定能够飞黄腾达的，所以你该为这消息而快活。但愿你早早痊愈，等到病体恢复后，便可动身了，不必再在此间受后母的闲气了。我默祝上帝赐福给你，早日康复。

                                        永朴手上


克绳读完了这信，虽然没有十分悱恻缠绵之词，可是字里行间充满着诚挚之意，鼓励与安慰，真有一种活的力量，也是一帖兴奋之剂。他雒诵了两遍，不觉喜极而涕，连忙折好了仍藏在信封里，放在枕边。对仁官说道：

"多谢你来送给我这封信，我读了，真是说不出的万分快活。本待就要复你姊姊，因为病卧床上，不能握管。请你回去谢谢你姊姊，说我都知道了，十分愉快，贱恙渐有痊愈的希望，一等我可以行动时，当亲自到你们家里来一谈。谢谢你，我有了这封信，所生的病一定会好了，这实在能安慰我心灵的。"

仁官见克绳欢喜的样子，知道他真的快活，遂笑笑道：

"很好，我也希望你早日痊愈，可以到我家中来盘桓。现在我去了。克绳哥哥，你安心静养吧！"

仁官说罢，便向克绳点点头，一溜烟地跑出去了。克绳虽要留住他也不及呢。这天克绳服药后，更见轻松，精神上也没有前天那样的萎茶了。这当然是一封信的力量呢。次日陆医生又来诊治，病象好得多了，不需再施注射，只要再吃两三天药便可痊愈了。天气虽热，而东南风吹得很大，乡人称为拔草风，所以人倒觉得爽快。克绳偃息在床上，时时取出永朴写给他的信来把玩，一句一字念了又念，足慰病中寂寞，耳畔也觉很静，没有前几天热闹。

原来这天克家和新夫人侍奉秦氏，陪着学友高其达、杨味安，一清早就下船去游荷花荡了。那荷花荡在葑门外，清波浩渺中有荷塘，到夏日花开如锦，清香扑鼻，确是避暑胜处。好游的人士常常拿舟往游。唯须清晨前去，若然一到亭午，那么骄阳炙人，减少兴味了。这天克家早在隔日预先定下阊门广济桥边船户姚老四的画舫，备下船菜，邀请小杨、高其达二人。他们新夫妇两人奉着秦氏以及二位表姊素文、素贞，又有大媒郁三太太一同前去。他们在船上一路观玩风景，吃喝谈笑。秦氏购备不少茶食水果，以饷嘉宾。舟至荷荡，只近八点钟，朝曦被云所掩，尚没有施展它的炎威，水面上一阵阵的凉风，爽人肌肤。画舫停在柳荫之下，摇不进去，众人另雇小舟，分三起坐着，摇到荷荡中去绕个圈儿。翠盖红裳，婀娜可喜，鼻子里只闻到莲香，好似处身清凉世界，俗虑全蠲。有许多村姑和乡童拿着荷花和莲蓬来叫卖，秦氏和克家买了许多，分赠各人。又叫乡妇去拿鲜藕来。这里的藕也是著名的，又嫩又甜，嚼在口里，齿颊生芳。大家回到大船上坐了一会儿，船娘已将酒席摆好。秦氏母子请众人入席饮酒。今天是预备最上等的船菜，各色菜肴无不精美而考究，色香味三者兼全。尤其是几道点心，玲珑佳美，别地方是吃不到的。小杨吃着，更是啧啧称赞，说苏州人的口福真好。饭后，克家邀小杨、高其达和素文、素贞姐妹以及自己夫妇俩一共六人圈坐小桌上打扑克。秦氏却和郁三太太闲话家常。游到五点钟时，夕阳西沉，凉风大至，画舫遂徐徐驶回阊门。克家付去了船资，和众人登岸。小杨、高其达分别而去。素文姊妹、郁三太太跟至庄家，又吃了晚饭，方才告辞。

他们出去畅游，克绳却静睡了一天。秦氏母子也不去看他，只问了下人一声，知道大少爷病已较愈。秦氏对克家说道：

"这傻子有了病，格外装得重些，无非想吓人。人家代他发急，请医生，可说对得住他了。陆医生说他患赤痢，也故意说得厉害一些，无非是有些生意经。现在他果然好了。其实贪馋多吃了些，怎样不会泻呢？他真会死吗？其实病死了也好，我见他也觉讨厌。"

克家听了他母亲的话，也点点头道：

"这傻子的事我不管他的。他配做我的哥哥吗？哼！"

说着话，冷笑了一下。秦氏和克家因今天起了早，身子都觉得有些疲倦，遂各去安睡。

克家回至新房，见卢秀芝披了睡衣坐在窗前，绿色的电灯映着娇脸，益见清丽。他就拉过一张椅子，和伊对面坐了，闲谈日间情景。卢秀芝说小杨是小开气派，举止豪华。高其达这个人虽然有钱，却很精明。克家很佩服他夫人的眼光，便道：

"你说我是怎么样的人？"

卢秀芝笑了一笑道：

"你是个好动而不好静的公子哥儿，自己又无一定宗旨，危险得很。"

克家不服，昂起了头，说道：

"你别小觑我。我又不是小孩子，怎会漫无宗旨？将来你瞧吧！"

这时小婢早将削好的一盘雪藕送来，说道：

"老太太叫我拿来的。"

克家和卢秀芝嚼着藕，看着天上的星河，坐了一刻，方才同寝。新婚之乐，不必细表。

次日克绳病已大好，再也不要多睡了。便坐了起来，啜些薄粥，跑至店堂中去。经理先生因他刚才病愈，如何立即出来做事，况且是自家的店，何必如此认真，坚劝他回房去休养，不要出来。克绳无奈，只得回楼，挨至下午，见秦氏和克家以及弟媳，一齐到秦家去会亲了，他就溜到唐家来。永朴正坐在书桌上看书。仁官在天井里拍皮球，一见克绳走来，便道：

"咦！克绳哥来了。"

立刻奔到他身边，牵住衣襟，问道：

"你的病好了吗？"

克绳点点头，走进室中，叫声："永朴妹妹，你好用功啊。"永朴放去书卷，站起身来，让克绳坐。见克绳面容瘦了不少，可知这遭的病很不轻了。伊就带笑说道：

"你病得很厉害吗？幸喜吉人天相，早占勿药，果然转危为安了。你为何不在自己室中养息，却跑到这里来？"

克绳道：

"我实在闷得慌了，觉得病魔一去，再也忍耐不住，就跑来

179

望望你们。伯母在哪里?"

永朴道:

"母亲出外购物去了。"

说话时,仁官送上一碗青蒿茶来,又到庭中去拍皮球。克绳坐在桌边,对永朴说道:

"前天我病了,正患寂寞,而小弟弟送到你的瑶函,真如空谷足音,疗我饥渴。我深深感谢你的美意,鼓励我,安慰我,使我的病因之减轻了不少,无异赠我良药,起死回生,沉疴立愈。且有尊大人的一个好消息,更是使我兴奋极了。今后我有了出路,便可到外面去奋斗,自己创造我的新生,不再在家里度气闷的日子、无聊的生活了。这都是妹妹赐予的,我真感谢不尽。"

永朴微微一笑道:

"你何必说得这样客气。我知道你是一位有志的青年,不过厄于环境,缺少勇气,所以我蓄心要鼓励你起来奋斗,促进你桑孤蓬矢之志,遂自愿要我父亲介绍你出去。但这是很微小的,算得什么? 你不必如此道谢,反使我们赧颜了。"

克绳又道:

"我的身世无异于孤臣孽子,遭逢坎坷,本来精神上十分萎靡颓败,幸赖妹妹等常常勖励我,安慰我,以至于我有志向前了。这样不感激你们却感激谁呢?"

二人正在讲话,永朴的母亲手里挟了不少东西,自外归来。克绳忙立起叫应。永朴的母亲见了克绳,便叫一声:"克绳少爷,你的病已好吗? 我们真是思念你。"遂将所购物件放在桌上,走到克绳坐的地方来,将手帕揩着额上的汗,说道:

"今天似乎风凉一些,可是一到外边走动,又热了。我因七月半已近,家中要过节祭祖宗,所以出去买些东西呢。"

克绳道：

"伯母辛苦了。我多谢伯母挂念我的病，所以今天一好，马上跑来谈谈了。"

永朴的母亲取过一柄芭蕉扇，一边挥扇，一边说道：

"你们家里这两天多了一位新娘子，热闹得很。可是弟兄俩情态不同，炎凉各殊，你的兄弟欢欢喜喜地做新郎，而你却孤孤单单地患病，我代你更是不平了。世间的人欺弱媚强，趋炎附势，难得天老爷也是这样专一欺侮孤苦的人吗？我又不能来看你，因此叫我女儿写了一封信，叫仁官带给你，且告诉你一个消息，谅你已知道了。"

克绳道：

"多谢多谢，难得此间老伯肯帮忙，我决定要往香港走一遭。"

永朴的母亲道：

"你病体刚愈，不能就动身，须休息十天八天，等到精神完全恢复，然后可以出门。又必要在你后母面前通过一下。伊若是肯放你走的，你方可出行，否则别人家也难做主啊！"

克绳道：

"不错。我当然要向后母去说明的。但无论如何，我的去志已决，谁肯一辈子厮守在自己店堂里呢？我父亲为了儿子做牛马，徒自辛劳。我为什么要代那位好兄弟去做牛马呢？让他一个人在家享福吧！我要出外去自己创造我的未来了。所以我后母应许我的，那是最好，否则我总是要走的。"

永朴的母亲听了点点头。永朴道：

"克绳兄且养息数天再说。我已复信去了，好在我父亲和那位王先生很熟的，迟早并无问题。"

克绳道：

"这是最好了。"

仁官捧了一个西瓜进来，要叫他母亲切了吃瓜。永朴的母亲遂去开西瓜，给仁官和永朴吃。伊又对克绳说道：

"克绳少爷，你痢疾初愈，这种东西是不能吃的，待我去炖滚一些水，调一碗西湖真藕粉给你充饥吧！"

克绳道：

"伯母别忙，我不想吃。"

永朴说道：

"前天有个朋友送给我们两罐真藕粉，和普通市上所卖的，迥然不同，色香味都好，你吃一些绝无妨碍，不必客气。别的点心我们也不请你吃。"

克绳说声谢谢。永朴的母亲便去炖水。永朴捧了半个西瓜，将银匙挖着瓜瓤吃，另取一只小杯子吐渣。伊且吃且对克绳说道：

"这瓜是常熟来的，都是一式三白蝴蝶子，水质多，甜味重，瓜皮又薄，真是好吃。可惜你正患痢疾，不能吃这东西。我可以叫母亲留好几只生一些的，待贵恙痊愈后，送给你吃。"

克绳道：

"谢谢你的美意。我家西瓜也买得不少，今天轿班谢阿三挑来两担枕头瓜，还有马铃瓜也很多，只是我不能吃罢了。"

他虽不吃瓜，而坐在一边看永朴吃瓜，樱唇微动，雪乳生凉，西瓜的香味一阵阵送入鼻管，也很津津有味，比较水晶帘下看梳头又是不同了。永朴吃瓜将尽时，永朴的母亲自己送上一碗藕粉。克绳亲自立起，接到手中，谢了数声，便徐徐啜着吃。永朴的母亲说道：

"你兄弟呢？他们谅必很快乐。听说昨天去游荷花荡的，是不是？"

克绳道：

"是的，全家人都去，还有克家的同学，唯有我没去，真所谓道不同不相为谋。今日他们三个人又到秦家饮宴去了。"

永朴冷笑道：

"他们是一派，你是一派，完全不像自己人啊。"

克绳叹了一口气道：

"唯其如此，所以我再也守不住在家里了。以后我离开了这个家庭，眼不见为净，任凭他们去怎样吧！但我瞧克家这个样子，将来难以克绍箕裘，保全家产的。"

永朴道：

"种瓜得瓜，种豆得豆，你弟弟的前途恐怕不会如何好的吧！高明之家，鬼瞰其室，我倒很代杞忧。大概将来的庄家全赖你一人了。"

克绳叹道：

"我也难说呢，但愿你常常督察我，指导我，勉励我，那我方有勇气前进呢。"

克绳说话时，仁官走了进来，捧着一碗西瓜汁，且喝且说道：

"克绳哥哥，你不必和我姊姊客气。母亲前天说过的，要把我姊姊配给你，将来你们做了夫妇，岂不是好。也照你兄弟一样，结起婚来，争口气给他们看，让我也好早日吃杯喜酒。"

仁官这样没遮拦地一说，克绳和永朴的面上都红起来了。克绳当着永朴母女的面，不好说什么。永朴回头对伊母亲说道：

"母亲你叫弟弟别这样胡说八道，给人家听了，不是笑

183

话吗？"

永朴的母亲便向仁官斥责道：

"你这小孩子懂什么？休要乱说乱话。"

仁官哈哈笑道：

"我不说我不说。"

将西瓜汁一口气喝完，跳到室外去了。克绳吃罢藕粉，又谢了一声。永朴的母亲拿了空碗出去，让克绳和永朴坐着清谈。克绳坐了好一歇，不觉天色已暮，电灯已明，自己方才觉得有些疲乏，遂立起身来告辞道：

"我坐谈多时，天色已晚，要回去睡一刻了。你们大概也要用晚餐了。"

永朴道：

"你今天讲话很多，对于病体是不宜的，还是回到房中去休睡吧！睡着总较坐的好。"

永朴的母亲也不留他，叫他速去休养精神。克绳马上走了回去，肚子里微觉空虚，要想吃一些粥，遂唤女仆将粥拿上来吃。女仆盛了一碗粥汤，端上两样小菜，一碗是干菜烧肉，面上有几块肥大的肉，一碗是咸鲞鱼。克绳怒道：

"叫我吃这东西吗？厨房里的火腿，为什么不切一盘来？还有昨天吃的油焖笋呢？"

女仆白了一眼道：

"油焖笋已吃完，火腿没有蒸好。"

克绳更怒道：

"吃完了不好再开一罐吗？我知道多着呢，火腿也好蒸的。"

女仆道：

"太太出去时没有吩咐。"

克绳更气了出声说道：

"太太不在这里，我就不好吃了吗？你快去预备就是。"

女仆口里似答应非答应地嗯了一声，退出室去。克绳听伊在门外带着讥笑的声调，自言自语道：

"搭什么臭架子！太太和小少爷不在家里，就让你放出威风来了。只要他们一回来，看你灯草怎做拐杖？"

克绳听了这话，更是气愤。停了一会儿，女仆自己不上来了，换了阿宝，送上一小盘火腿和一盘油焖笋。因为粥已冷了，又去换一碗上来。克绳看看火腿都是肥的，没有几片整齐，明知下人轻视他，无可奈何只得将就吃了。阿宝代他撤去残肴。他一人独睡，身子真是疲倦，呼呼地睡着了。十点钟过后，秦氏和儿媳回家，女仆便去秦氏面前媒蘖克绳，添造了许多话。秦氏怒道：

"我不在家，他就要摆架子吗？今后只有给他一些钱，分出了他才是。"

其实克家的两万块钱已拿到了手，除还去高其达处的旧债，身边留了一千块钱，其余都存在银行里，预备他日要到上海去用的。但他心里怎会满足，也希望母亲分出了克绳，将来这份家产便可让自己完全独吞了，所以他也乘机怂恿秦氏设法分出克绳。秦氏决定要下这一着棋，只苦一时没有好题目可做文章，因此牙痒痒地十分要开口。

到底给她有机会了，因为克绳的病过了几天已是痊愈。克绳遂要进行他的素志，和永朴商量后，便向秦氏来开口，便将自己志欲出外别创事业的意思告知秦氏。秦氏道：

"你年纪还轻，外边朋友很少，果然能够出外去找事做吗？"

克绳鼓足了勇气答道：

"我年纪虽轻，而希望很大，实在不愿意一辈子株守在家里，所以已托同居唐家的父亲在香港渔业公司里介绍得一位置，预备即日动身，要到那边去试试了。"

秦氏不防克绳在外边已得了门路，便冷笑一声道：

"原来你早已背地里托了那边唐家女儿的父亲了。大概这件事情都是那唐家女儿代你策划的。本来你对自己家人如同陌路人一般，也不当我是你的母亲，反和邻舍人家亲爱密切，件件事都听他们的说话，平时真使我怄气。幸亏我也有个儿子，不然可就要被你气死了。现在既然你听了他们的说话，要跳到外边去做事，自以为有志气，大约我已做不动你主了。但你应当知道我留你在家里，管理自己的店，就是要想将来希望你能够继续你亡父的事业，并不是没出息的。谁知你偏偏不满意，不是说要出去读书，就是要出去找事做，好像我要埋没了你一世似的，真使我气死了。今番你要出外，我更不敢拦阻你了。你若真有志气的，出去后不要回来。我分给你一万元钱，你自己去做生意吧！你父亲遗留的一些产业，实际上也没有许多，其余都是我的私房。即如此次克家的婚费，十分之六七都是我自己凑出来的。你该明白，我本来似乎不便说这种话，因你自己要离开我而去和外边人一起，所以我要提出这个主张来。"

克绳听秦氏要提出一万元分出自己，而且唠唠叨叨说了许多话，心里已不由大大地生气。他对于家里的产业本不在心上，明知给秦氏母子吃剩用剩，分派起来，自己也得不到便宜的。现在有一万元现款拿到手里，也未尝不妙，强如他日给克家败光了，自己也不能拿到几何的。遂毅然决然地说道：

"很好，母亲要分出我也可以。对于这份遗产，我本来没有奢望，悉听母亲做主便了。此番我出去以后，失败了决不回来。

我不是没有志气的人，你放心便了。"

秦氏道：

"你愿意如此吗？不要后悔。"

克绳道：

"决无后悔。"

秦氏道：

"好！以后我不来管你，你亦不要来管我们，大家一刀两断，爽爽气气。"

克绳听了，气得面色发青，颤声说道：

"母亲，这是你自己亲口说的，请你早些给我钱，我要早一日滚蛋了。"

秦氏道：

"明天我请娘舅来做证人，还有你家一位远房叔叔和表姑太太等，我都要请到的。"

两人说到这里，也没有别的话可说了，大家各自走开。克绳怀着一肚皮的气走到唐家去，把秦氏要将一万元钱分出他的事告诉给永朴母女听。永朴的母亲听了，也代克绳生气，说道：

"秦氏的手段太狠了，你要出外去做事是很好的事情，她就要把你分出吗？你父亲留下这一家颜料行，以及田地房屋，难道只有二万块钱？为什么你只拿得一万块钱而都让你兄弟独吞去呢？你是堂堂正正的长子，又不是庶出，伊把你欺辱到如此地步，连外边人也要抱不平了。你休要答应她，至少要拿五六万，还是让你兄弟占便宜。因为有许多现款，以及金银珠宝，都在你后母手掌里了。"

克绳默然无语。永朴却说道：

"一个人生在世间要自己争气，本来不必依赖什么遗产。往

187

往有许多富家子弟遗产很多，似乎一世衣食无忧，谁知反养成他们奢侈的习惯，尽把金钱挥霍，一些事业也不会做，结果十九败得精光。所以克绳兄，你只要自己能够努力奋斗，少拿些遗产也无关紧要。你不知道那秦氏辛辛苦苦把持了许多财产，要想传给她自己的儿子，其实反使自己儿子中了遗产毒，将来一定没有什么好结果的。所以克绳兄，你现在有一万元拿到手，还是你的便宜呢。我是主张退一步想的，是不是?"

克绳拍手说道：

"对了对了，我也是这样想，所以心里虽然十分气愤，也不想和伊多计较。我只是预备出门的事。我想在阴历七月中旬，天气或许风凉了，我可以动身赴港，去见王云程先生。即请永朴妹妹费心，再代我写一封信寄给尊大人，把我的行期预告。因为我第一次出门到陌生地方去，心里总是有些虚怯，全赖这里的老伯帮忙呢。"

永朴道：

"你可曾见过我父亲吗?"

克绳点点头道：

"记得去年三月里，尊大人曾回家来过一次的，那时候我在店堂里常见他出入，所以面貌我已认识。况且你们客堂中悬着的放大照相，我也看得多了，五短的身材，微黑的皮肤，短小的须，戴着一副黑眼镜，只要我一见面，就识得的。"

永朴的母亲笑笑道：

"你倒记得这般亲切，这也是很好的事。永朴晚上可代你修书寄去便了。"

克绳道：

"多谢多谢，我时常要烦劳你们的。"

坐谈良久，方才走回家中来。他自从患疾后，店堂中已不再去坐，店里的事本也无权过问，所以没有他一个人，店里照常营业，不需添人，秦氏一心要分出克绳，早已和伊兄弟秦有华商量妥当，遂邀了一位远房叔父和表姑太太等几位亲戚到来吃饭，宣布分出克绳的意思，是因克绳不愿听从后母之言，管理自己店务，反信人言，要到外边去做事，深恐他将来在外堕落，有玷家声，所以此刻提出一万元现款分给克绳，让他自己去经营事业。他日兄弟俩各干各事，断绝关系，克绳不得再来继承遗产。且说如此办法，业已得克绳同意，所以请诸亲友一做证人，免有瓜葛。秦有华也附和他妹妹的说话，推波助澜，增长声势。其余的人和庄家既是远戚，又素知秦氏大权独揽，虐待前妻之子，不过他们犯不着做什么冤家，不肯为克绳出头，所以都没有什么异议，随随便便。秦氏大喜，便唤克绳、克家弟兄出来，卢秀芝也跟着同出。秦氏又当众向克绳说了数语，将一万块钱的一张支票交与克绳。又问克绳可有什么意见？克绳很坚决地说道：

"我虽不肖，但一向不把遗产放在心上的。后母如此支配，我也没有什么异议。但愿我兄弟好好儿地保住这些家财，继承先人遗志，毋堕庄氏家声就是了。"

克家道：

"各人有各人的志向，你欢喜脱离家庭，我们当然不能勉强你在此。你劝我保住家财，我也劝你拿了一万块钱出去，将来总要变成二万块钱回来才好，不要流落他乡，一事无成，给他人姗笑，坏我家名声。"

克绳道：

"好，我们年纪都轻，虽也不知道将来，现在自然也不能说定，且候将来给人家瞧着便知道了。兄弟，你好自为之，我不得功名不归的。"

卢秀芝在旁插言道：

"空言无益，事实胜于雄辩，将来有出息没出息，亲戚朋友都会知道的。"

克绳冷笑一声道：

"弟媳说得不错，我也不必多说废话了。"

于是秦有华把预先写就的一张纸据取出来，给克绳、克家弟兄二人签字。克绳毫不犹豫地援笔就签。克家跟着将字签好，大家互相对视，也没有什么话。克绳自顾自地走回他的房去。那远房叔父和表姑太太微微嗟叹，坐了一刻，先后告辞而去。

秦氏分出了克绳，踌躇满志，而克家心里也很快活，偌大一份遗产，克绳只分得一万元去，一切都归自己所有了，这种便宜的事，天下难得。所以他就和他的新夫人暗地商量，待到下学期夫妇一齐到上海去读书，便在上海组织新家庭。卢秀芝本不愿意和伊的婆婆秦氏同住一起，自然赞成此议。夫妇俩瞒着秦氏，进行一切。而克绳也准备他动身的事。他将分着的一万块钱存在本地上海银行里，开了一个活期储蓄存折，取出了一千块钱，作为旅资等各项用费，把这存折交与永朴代管。永朴起初不肯代收，后经克绳再三说了，且得伊母亲的同意，方才答允。克绳在动身的前两天，把墓地交涉之事交代了克家，自己又到墓上去视察了一回，谆嘱守冢人好好儿看守坟墓。又因自己此次离乡出外，远适南国，不知何日重归，所以又在亡父墓上展拜一番，情绪凄惶，暗暗落泪。回去后又将自己所有的东西收拾一番，陆续运到唐家去，托唐家母女收藏。克绳是没有什么朋友的，无人代他饯行，所以唐家母女在家里特地买了几样精美的肴馔，请他吃饭，算是饯别的意思。永朴和伊母亲及弟弟仁官三个人陪着他一同喝些酒。永朴的母亲只是把大块鸡大块鱼敬给克绳吃。克绳谢了又谢，深感唐家母女俩的厚意。永朴又对克绳说了不少勖勉的话。克绳举起酒杯致谢道：

"我是一个举目无亲被人歧视的不肖子，多蒙你们特别照顾我，爱护我，不以我为弃材，一腔好意，介绍我出外去做事，成就我的志向，使我真是感谢非常。你们母女俩的美意，我是心中藏之，何日忘之？他日倘有造就，全是你们的功德。"

永朴道：

"克绳兄，你又要说这些话了。我们真是惭愧的。人类本应互助，我们不过略出些力，值得常放在口齿边吗？将来你的前途还是要你自己去奋斗的啊。我们何功之有？"

克绳道：

"饮水思源，我总是不能忘记的。自己家人都看不起我，而外边人却反这样爱护我，人非草木，怎会不知道感激呢？"

仁官却带笑说道：

"克绳哥哥，只要你他日不忘记我姊姊就是了。"

克绳恐防仁官又要说出什么话来，所以立刻说道：

"好的，不要说你姊姊我不会忘记，便是你也不会忘记的。我去后，你好好儿读书，等我回来时，你的学问也要进步不少了。"

仁官笑笑，大家又谈谈别的事。吃毕，克绳方才别去。

次日，他又和永朴姐弟俩一同到观前街去买些应用的东西，他买了一件衣料给永朴，永朴起初一定不要他剪，强而后可。又买了几样食物给仁官。克绳难得出来走走的，今天他十分高兴，陪了永朴姐弟又到松鹤楼去用点心，吃了几样菜和两盘炒面，是克绳买的账。在暮色苍茫中坐车回家。店中伙友见了克绳和唐家女儿出外，都在背后窃窃评议，说克绳眼见兄弟娶了妻室，不免心中羡慕，遂也想学样起来了。秦氏知道了，却讥笑克绳不长进，有了钱便想结交女人，亏得分出了他，免得将来败家荡产。伊只是眼看着自己膝下一双佳儿佳妇，做着未来的佳梦。

克绳摒挡一切，准备明天动身赴沪，耽搁数天，订购船票，候船往香港。隔日他又在唐家小聚，是他向菜馆里唤了几样菜，答谢永朴母女。永朴修好一封书信交与克绳，转奉伊的父亲，代克绳说了不少好话，请伊父亲多多指教和扶持。又送给克绳一对绣花的枕头套，是伊在这几天里赶制而成的。克绳谢了接受，深感美人之贻，情深潭水。这天晚上克绳在唐家直谈到十二点钟，方才归寝。翌日他就动身了。先去辞别永朴母女，很有些依依难舍之情。永朴脸上也有些黯然。他到底硬了头皮走出唐家。又向秦氏拜别，秦氏淡淡地也没和他多讲话。克家却和卢秀芝在楼上送也不送。店里伙友也都淡然，唯有经理先生却送他到火车站去，便在汽笛声中，克绳离了山明水秀的故乡，漂泊到南国去了。

第十九回


# 世事茫茫难自料


　　庄家去了一个克绳，多了一个卢秀芝，虽然没有多一个人，可是庄家的情形已和往日不同，不复平淡无奇了。秦氏分出了克绳，家中已打成清一色，没有外边人可以来分庄家的遗产。想不到克绳竟无野心，拿了一万块钱便自甘分家，让克家多得，到底是个傻子，他只想到外边去赚钱，不想自己家里也有钱藏着，何必苦苦跋涉，远赴香港呢？但望他以后不要回来便好了。自己谁稀罕这个儿子。因为儿子总是自己的好，他日只要克家好好儿保住这份家财，一生衣食无虞，尽可逍遥度日了。早知如此，给克绳五千块钱也得了，为克家多省五千块钱不好吗？很悔自己一出手太大了。唉！世间的人总是做片面想的，秦氏没有想到伊付给自己的儿子有两万元，岂非已比克绳多了一倍吗？伊又因卢秀芝是官家女儿，在家里锦衣玉食惯的，嫁到这里来，万万不能薄待了。伊所以吩咐厨房里每天特地多烧两样精美的肴馔，朝晚不同。又买了一打一打的汽水和橘子水送到新房里去，给新少奶解渴。每天早晨新夫妇俩又是一磅鲜牛乳，两个莱克烤鸡蛋，还要到馆子里去喊送点心。又把身边用的阿宝派在新房里伺候，种种地方爱护儿媳，用心可谓良苦。然而克家和卢秀芝却一些不感谢母氏的爱心呢。卢秀芝母家的人来往甚多，而学校里的同学和伊往还的也不少，所以差不多每天有一二客人到庄家来盘桓。卢秀芝无不竭诚招接，留他们吃饭打牌，或是陪到戏院里去看戏，克家自然一起和调。新夫妇如胶似漆，形影不离。

一天一天的，光阴不觉过去得很快，转瞬秋凉已至，学校也要开学了。高其达在暑假中上海已去了两次，他是仍在立人附中里肄业，家中父母不去管他，一任他在上海花天酒地地去胡闹。他因克家曾向他商议过，据克家之意，下半年仍要到上海去读书的。但近来他瞧克家和卢秀芝结婚以后，如鱼得水，十分亲爱，已甘心在闺房里妆台畔做脂粉的情俘。有时出外也是新夫妇俩同出同进，有影皆双，连朋友也无暇应酬，也许无意再到上海去了。所以这一天他特地来拜访克家。恰巧克家暗中接到尤丽莲的一封来鸿，问克家在苏道暑，其乐如何？开学期近，何日来沪？且因久未接获克家的信，格外思念，不知克家身体可好？此外又写些自己的近况，写得很长，情绪缠绵，使克家见了不由不回想前情，怦怦欲动，对尤丽莲更觉歉然。自己在暑期中过着甜蜜的婚后生活，早淡忘了伊人，一共信也不过写得三四封，而尤丽莲却至少有十封书信来了。尚幸十分秘密，卢秀芝一些没有知道的。但是往后去怎样敷衍呢？他为了尤丽莲而略动脑筋，见了高其达遂和高其达谈起尤丽莲之事。其实卢秀芝也有伊的同学来望伊，坐在楼上房里谈话，所以让克家一人来和高其达晤谈，否则恐怕伊也要坐在一旁陪客，两人也不便说什么心话了。高其达听克家提起尤丽莲，他喝了几口鲜橘子水，笑了一笑，回头回顾，见门外窗外都没有他人，他就点点头说道：

"克家，你这许多日子在温柔乡里，确乎过得连日子都忘记了。尤丽莲是盼望你早些赴沪的，现在暑假已成尾声，校中开学在即，我也要预备到上海去了。你的方针究竟如何？有没有变动？我看你还是在苏州吧，家里总比校中安适一些，又有慈母爱护你，新夫人陪伴你，快乐快乐，你还要想着什么别人吗？"

克家摇摇头道：

"老友不要取笑。妻子是妻子，朋友是朋友，我总不会忘记上海的。至于尤丽莲，我何尝有抛弃伊的心肠。现在虽不能和伊周旋，但我将来一定要给予伊安慰的。前天我已进行过我的计划，曾和秀芝谈过，怂恿伊和我一起到上海去读书，借此可以组织新家庭。秀芝也赞成的。日内我准备要和母亲提出此事呢。"

高其达道：

"假如你母亲不许时，你们将怎样？"

克家一皱眉头说道：

"当然此事十分之十，我母亲不会允许我们的。但为我前途幸福起见，我和秀芝一定要反抗到底，不达目的不罢休的。到那时我也不能再管我母亲心里怎样的难过了。"

高其达微笑道：

"一个人只要有志，何事不成？你们夫妇俩合作着，同去对付一个老母，必能唱胜利之歌的。我希望你们早早成功，我们大家快乐。你一到了上海，便可候机会去和尤丽莲继续恋爱了。"

克家笑笑道：

"这也谈何容易。秀芝这个人很是厉害的，若给伊知道了，不但要醋瓮打翻，而且我亦要吃不消的。到那时恐怕我再要请教你这位智囊的。"

高其达道：

"若蒙下商，自然献拙，我总肯做你顾问的。"

二人谈了好久的话，吃过点心，高其达方才告别而去。便在这天晚上，克家和卢秀芝坐在阳台上藤椅子里纳凉。两人是对面坐着的，中间安放一张矮小的茶几，几上有两瓶冰汽水和一碟瓜子。秀芝披着浴衣，趿着绣花拖鞋，靠坐在藤椅里，右脚搁在左膝上，态度十分闲适。克家口里衔着一支吕宋雪茄，微微吐着烟气，仰首瞧着天上的星河。凉风吹到身上来，暑气全消，有一点流萤自楼下飞上阳台，一直飞到房中去。克家笑笑道：

"明天恐怕有什么客人来了，飞萤入幢，主有嘉宾。"

秀芝道：

"这些时天天有客人来的，干流萤甚事？我要问你，今日高其达来看你，我恰不在一旁，他和你说些什么？"

克家道：

"我们左右不过谈些学校里的事。他劝我下学期继续到上海去读书，我也没有肯定的表示，因为这件事必须得到你的同意，然后可以行事。前天我虽然和你商量过，却只是一时的提议，大家都没有决定什么步骤。的确，此事不得不早日决定了。据我母亲的意思，本来主张我在婚后不再到申肄业，而要投考本地东吴，在苏求学。但我因为没有转学证书和成绩单，所以一直懒懒地没有到那里去报名。可是等到学校一开学，便要不成功。所以我打算仍到上海立人附中去读。不过我若到上海去，你要一同去的，借此可以组织新家庭，岂不是好吗？你的意思究竟如何？今晚请你明白告知。"

秀芝点点头道：

"这本要早日决定的。你若喜欢到上海去读书，我就跟你同去。听说上海的灵秀女学，校誉很好，我可以转学到那边去。不过你说到上海去组织新家庭，那么必须要有经济的能力方可。现在我和你都在求学时代，经济问题尚需依赖他人，不得不先在你母亲面前通过。倘然得到伊的同意，才能实行。否则仍是空口说白话，无济于事。"

克家把手中雪茄弹去了一些烟灰，点点头说道：

"你说的话果然不错。但照我的意思，只要我和你能够同心合作，去对付我的母亲，那么不怕伊不答应。因为我知道我母亲的脾气是吃硬不吃软，任何事情，起初向伊开口总是不应的。然而只要你有不折不挠之志，一而再，再而三地和伊纠缠不清，坚持到底，最后伊就要勉强应着的。"

秀芝口里嗑着瓜子，微笑道：

"我嫁到你家来和你母亲很客气，恐怕不便向伊有什么要求。既然你深知你母亲的脾气，那么你尽可自己去向你母亲说便了，我总是赞成的。"

克家把一手搔搔头道：

"我刚才和你说过要同心合作，此事方可成功。你怎样可以袖手旁观，让我一个人去说呢？唯因你和我母亲是很客气的，所以我要你一同去说，使伊不好意思坚拒。只要你开了头，以后我可以有文章做，再向伊去纠缠不清了。"

二人说到这里，只见阿宝送上一大盘雪藕来，对二人带笑说道：

"傍晚时辰门外的阿二送来十段嫩藕，还有许多鲜荷叶。太太因为自己尝过，十分甜嫩的，所以叫我削了一盘来，请少爷和新奶奶吃。少爷如要吃荷叶粉蒸肉，明天可以吩咐厨下去办。"

阿宝说毕，把一盘藕放在小几上。克家道：

"很好，你对太太说，明天准吃荷叶粉蒸肉，但肉要买顶上的，须用稻香炖的炒米粉拌和。再买一只童子鸡，用火腿冬菇同煮，多备些菜，因为明天新少奶奶或许有同学来此吃饭的。"

阿宝答应一声走去了。秀芝瞧盘中的藕切成一片一片，又大又嫩，用牙签扦着。自己本爱吃藕的，遂取了一片藕嚼着。克家也放下雪茄，取藕尝食，啧啧赞美道：

"果然不错，这种藕是难得吃到的。"

秀芝道：

"我在家里吃过一种藕夹肉，是用两片藕合并着，藕孔中都塞着肉，再用菱粉糊合，放在油里煎熟的，倒也别有风味，我们明天就吃这个可好？"

克家道：

"可以可以，不过藕夹肉的藕片是用老藕煮的。"

秀芝道：

"我们特别用嫩藕，也许其味更佳。"

克家道：

"试试也好。"

遂过去一掀墙边电铃，阿宝立刻走进来。克家吩咐伊去知照太太，明天再用嫩藕烧一样藕夹肉，阿宝唯唯而去。这里两人一会儿早将一盘藕吃个精光。秀芝要叫克家明天下午陪同到观前乾泰祥绸缎店去剪两件秋季的衣料，预备送给郁三太太的。克家自然答应。他又约定明天晚上二人一起去向他母亲提出赴沪读书组织新家庭的要求，事不宜迟，急求实现了。

次日午后，克家夫妇二人到观前街去购物，买了不少东西回来。晚餐后，秦氏坐在自己房里抽水烟，伊的心里很是快乐，以为克家新婚后可以在苏求学，多了一位管束他的人，不至于再到上海去荒唐，耗费金钱了。谁知道克家和秀芝已另有打算，正要给予伊一个最严重的打击呢。克家和秀芝已把自己要说的话想了一下，夫妇二人走到秦氏房中来。秦氏听得革履声，以为伊儿子来了，抬头一看，只见秀芝也来了，不知他们有什么事情。二人叫应了秦氏，克家把手里两包东西放在桌子上，带笑说道：

"这是采芝斋的脆松糖和山楂糕，秀芝买给母亲吃的。"

秦氏听说是媳妇孝敬伊的东西，立刻笑笑道：

"很好，你们自己吃吧！"

且指着旁边椅子，叫秀芝坐。秀芝坐在靠壁沙发里，克家却两手合抱着，站在窗边。下人送上茶来，秦氏吩咐开两瓶汽水。秀芝摇摇头道：

"母亲，我们今晚到你房里来，要和你谈几句话。"

秦氏不由一怔道：

"你们有什么话要和我谈呢？快说吧！"

克家道：

"我和秀芝有一个要求，务请母亲允许。"

秦氏瞪着双目，很奇讶地问道：

"你和新小姐有什么要求呢？我是疼爱小辈的，假如事实上我可以答应，总肯如你们愿的。"

秦氏说这句话，以为他们左右不过要些钱罢了。克家笑道：

"因为我们知道母亲疼爱小辈，有求必应的，所以要来和你商量。"

秦氏略皱眉头，徐徐说道：

"你说吧！"

克家把双手放了下来，正色说道：

"母亲，我们都在青年求学的时候，是很重要的，不可蹉跎光阴……"

克家的话刚说得几句，秦氏不明白他的意思，连忙说道：

"不错，你是应该用功读书的。上次不是说过你到东吴去读书吗？至于新小姐是可以仍到自己学校里去读的。现在将近开学之期了，你们决定后，学费多少、书籍用品费多少，不妨向我来拿便了。"

克家摇摇手道：

"我们的要求不仅是这样单纯的，因为我和秀芝都想到上海去读书，我仍进立人附中，秀芝可以投考灵秀学校。"

秦氏听说儿子和媳妇都要到上海去求学，不由吃了一惊，忙说道：

"咦！苏州学校很多，你们为什么必要到上海去呢？"

秀芝在旁带笑说道：

"苏州的学校设备不及上海，教员也是上海的好。在上海读书，常有演讲可听，且能多和中西人士接触，所以上海的学生界比较这里的学生界来得有生气了。"

秦氏道：

"恐怕不见得吧！上海的学校固然有它的好处，而它的弊病也不少。况且到上海去读书，比较用钱更多，花费太大。"

秦氏说到这里，向克家瞅了一眼。克家又说道：

"我知道母亲是要不赞成的，所以我同秀芝一齐来向你要求，否则秀芝要怪我不会说话呢。"

秀芝也说道：

"你也说得未必尽然。母亲是没有知道到上海去读书的好处，所以蒽蒽过虑，若是知道了一定赞成的。"

秦氏暗想：到上海去读书又有什么好处呢？遂说道：

"我以为在苏州读书，地方清静，心思专一，比较上海远胜，所以上海有许多人家都送他们的儿子到苏州来读书呢。"

秀芝道：

"母亲没有知道苏州也有许多大户人家纷纷将子弟送到上海去求学吗？这叫作迁地为良。上海人在上海读书是难读好的，所以要到苏州来读。而苏州人何尝不是如此？因此我们立志都要到上海去读书。"

克家道：

"秀芝这话说得很对。读书要有兴趣，我们觉得在苏州读书是没有兴趣，而到上海去是比较有兴趣，所以母亲不必勉强我们。若是母亲读书，那么你尽可在苏州了。"

秦氏有些不悦道：

"读书是你们青年人的事，我是年纪快老了，难道还要六十岁学打拳吗？"

秀芝却很直截痛快地说道：

"唯其是我们青年人的事，所以要我们自己决定的。我和克家早已商定下学期预备到上海去读书，因你是家长，所以不得不向母亲来声明一下。"

克家道：

"对了，声明一下，我们已决定这样了。母亲你就答应了吧！虽然我是屡次有事和你说的，但秀芝尚是第一回，你总不会拒绝伊。"

秦氏听他二人一搭一档、一鼓一吹地连环说着，尤其是秀芝说的话十分干脆，倒叫自己难于开口了。便微微叹道：

"既然你们一心要到上海去读书，我似乎未便坚决不许。可是你们也要想想，你们到上海去读书，彼此都寄宿在一个学校里，又不在一块儿的。相见不便，怎及得在苏州的便利呢？"

克家道：

"我们可以不必住在学校中。我想和秀芝另外租一间房子，组织小家庭，岂不仍是便利吗？"

秦氏听克家这样说，伊更不赞成了，放下水烟袋，面色变得有些苍白，可知伊心头大大感受到气恼了，颤着声音说道：

"嗯！你们方才结婚，就要到外面去组织小家庭吗？难道家中的生活，你们还感到不舒服吗？这恐是克家想出来的新花样。这事情是复杂了，我一时不能答应你们的，需要和你母舅去商量了再说。"

克家道：

"舅舅可不是我的父亲，他不能管我家的事。我家除克绳已分出外，只有母亲和我们夫妇二人了。"

秦氏道：

"母舅是嫡亲的尊长，为什么不能管我家的事呢？无论如何，我必要和他商酌后，再答复你们。"

克家道：

"母亲，你尽管去和舅舅商量，可是赴沪求学之事，我们早已决定，你若不答应是不成功的。"

秦氏白了伊儿子两眼，气得无话可答。秀芝微笑道：

"母亲怎会不许我们呢？我们又不是吃奶的小孩子，各人有各人的自由权，这是绝对不能干涉的，母亲不过要代我们考虑考虑，怎样去到上海组织新家庭罢了。那么母亲如有什么赐教，我们可以接受时，也可以采取的。不过在原则上我们是要出外去求学，度我们新的生活，好在并不妨碍母亲的，母亲为什么要不许我们呢？你放心好便了。"

秦氏听媳妇这一张嘴倒很会说话，自己实在说不过他们，更加满怀气恼，更说不出话来，只是默然。秀芝知道秦氏已气馁了，这事不怕不成功。但也不好一时逼死伊的，且待克家独自再去逼伊应允吧！所以立起身来，对克家说道：

"好，我们的话也说好了，且让母亲休息吧！母亲是爱我们的，对于我们的请求绝不会拒绝。况且我们又不是吃奶的小孩子，自己也有主张的。"

克家点点头道：

"很好，母亲也知道我们的意思了，明天再谈吧！"

二人遂一同向秦氏道了晚安，走回他们的新房里。秦氏呆坐着，目送二人去后，耳畔好似还听得秀芝说的，"我们不是吃奶的孩子，自有主张"和"各人有各人的自由权，这是绝对不能干涉的"这几句话，好不刺人耳朵？自己苦心孤诣，花了许多金钱，为儿子娶媳妇，希望从此不但可使克家不至在外胡闹，而膝下承欢，将来含饴弄孙，聊慰桑榆暮景。谁知婚甫匝月，二人忽然向自己来提出要求，索性一齐要到上海去读书了，读书不算数，还要在沪组织新家庭，自立门户，别树一帜，除出我这个老娘亲，好不自私自利啊！当然他们都是成人了，不是吃奶的孩子要依恋我做娘的。然而秀芝虽非我亲生，而克家确是我生育出来，抚养长大的。现在他羽毛一干，娶了新妇，竟要弃掉老母吗？唉！假如天下做儿子的都像他这样，岂不使为父母的意冷心灰呢？我一向以为儿子是自己的好，所以和克绳十分淡漠，存心把他分了出去，不在身边，由他出去流浪，好把丈夫遗留下来的家财将来一股脑儿都传给自己的儿子享用，也希望他克永家业，善慰亲意。岂料他结了婚后，竟想出这种新花样来呢？那么我的计划不是尽付东流吗？早知如此，还是没娶媳妇的好。代他娶了妻子，竟像如虎添翼，愈见猖獗了。现在他们俩合了伙来要求，态度和语气都是非常强硬，大有不达目的不罢休的模样，叫我怎么对付呢？只得明天去和有华商量了，再作道理。克家最会纠缠

203

的，现在背后添了一个军师，他更要向我要求不已了。秦氏这样想着，以前的愉悦幻梦顿时打破，肚里充满着闷气，失望和懊悔一齐来，长吁短叹，一时去告诉谁呢？这天夜里平添了一段心事，竟致想出了神，辗转无寐。

次日伊就在午后，坐了车子回到自己母家去看有华，商谈此事。谁知上午九点多钟克家听了他夫人的指使，早已先去见过他的母舅了。因为昨宵秀芝听秦氏说要去和有华商量后，然后再可定夺。伊知道秦有华是吸大烟的人，心计甚工，一定不赞成这个要求，要怂恿秦氏不许，也许还有别的计策来对付的。所以伊为先发制人计，叫克家在今天一早先去看他母舅，说明他自己的意思，要求他母舅帮忙，劝母亲务要允许。且买了不少好吃的东西，送给他母舅，这样使秦有华左右为难了。倘然自己劝秦氏不答应克家夫妇赴沪读书，那么克家一定知道是自己从中作梗，代他的母亲设计。若然叫秦氏允许，那么秦氏也不肯。况且此事本来不妥当的。秦氏为克家成婚，本是要他不再赴沪，自己也是助成伊的一分子，现在竟和原来宗旨背道而驰，如何可以允许呢？自己妹妹固不可欺，而克家也不好过于勉强他的，这样又是一个难问题来了。在烟榻上转了许多念头。等到下午秦氏又来了，把这事情一告诉秦有华，却不知有华早已明晓，告诉秦氏说，上午克家已来过了。秦氏听了，更是一气，不由眼泪汪汪地向有华诉说，要叫有华代她想法。有华皱着双眉说道：

"清官难断家务事，人家父子母女夫妇之间的事情，旁人难以开口。我虽然是至亲，可以说两句话，但现在的世界人心大变，尤其是一班青年，样样事都要自由自由，不肯听家长的约束和指导，往往弄到僵化，而家庭中发生不幸之事。况且新旧冲突，更是难免。做现在的家长只好一只眼开一只眼闭了，所谓不

204

痴不聋不做阿家翁。"

秦氏听伊哥哥的说话态度一变，连忙说道：

"如此说来，你叫我装聋作哑，完全听儿子媳妇去胡闹了，是不是？"

有华道：

"那也不然。我以为这件事你若一概不答应他们，是难以成功的，留他们在家里也不会安宁了。你不妨允许他们可以到上海去求学，而不得在上海组织小家庭，大家都须住在校内，这样你也是说得出的。准许儿媳求学，不过不赞成和老家分居罢了。他们若是怕拆开一双鸳鸯，也许要改变宗旨。否则克家虽到上海读书，而有他夫人监视在旁，过于荒唐的事也不至于做出来了。"

秦氏点点头道：

"你说得也不错。可是他们二人一至上海，金钱又要花去不少呢！"

有华道：

"这也是没有办法的，只好如此。你给他们款项时扣一些便了。"

秦氏对于别的事情很会打算，十分悭吝，唯有对伊的儿子却是无法应付，没有主见，不敢过于执拗的。所以有华这样一说，伊也只好这么办了。有华待这事讲毕，却乘势向秦氏告借五百块钱，因为这几年来有华失了业，尽在家里抽大烟，坐吃山空，家道日困，常常东挪西移，勉强撑持这个空场面。秦氏为了母家关系，也时常贴补一些的。此番有华告贷，伊也只得答应，约好明天让素文去拿。

伊回家后，心里更不高兴，但是克家又来向伊听取复音了。秦氏便将有华代伊出的主意和克家说了。克家听说自己的要求只准许了一半，虽然没有完全达了目的，而他母亲已是很委曲求全了。他遂说道：

"母亲既已允许我们往上海去求学，那么何不索性让我们在上海组织新家庭呢？冬夏二假，我们仍可回苏州来侍奉母亲的。"

秦氏怅然道：

"你有了娇妻，不必来侍奉我了。我也没有福气受儿媳的侍奉。不过因为你们倘然在沪别立门庭，那么所费更大了。你须知道你父亲辛辛苦苦传下的遗产，多保守一些好一些，将来都是你们的，何必要浪费金钱呢？"

克家冷笑道：

"这又何足为奇？将来我做起生意来时，说不定要比父亲更赚得多，五十万一百万也不是难事。"

秦氏道：

"但愿如此最好了。"

于是克家回到自己房中，把他母亲允许他的话告诉了秀芝。他的意思是要再和他母亲去交涉，务期完全达到目的。然而秀芝却以为交涉业已胜利，不必再去饶舌，反使前功尽弃。克家不明白秀芝之意，问是何故。秀芝笑道：

"伊已答应我们到上海求学，这就够了。我们到沪后，不好背着母亲行我们的事吗？以后倘然给伊知道，那么木已成舟，反对也不成了。何必断断地在此时必欲说定呢？"

克家听了，不由哈哈一笑，拍着秀芝的香肩道：

"你真聪明，我不如你了。夫人之言，敢不是听？"

于是二人心中都很愉快，尤其是克家，次日他就去见高其达，告诉一切。高其达也称誉卢秀芝为不平凡的女子，迥非克家所及。于是克家便和秀芝准备一切，在灵秀女学第二次招考时，克家陪着他夫人到沪去投考。在沪耽搁了三天，考试后游玩了好几处，才返苏州。转瞬开学期至，夫妇二人摒挡行箧，向秦氏要了一笔学膳费和零用。在那时学费等虽然尚不昂贵，可是也费去秦氏七百金了。倘然要去组织小家庭，当然不敷甚巨。克家身边尚有一万多元私蓄，可供暂时需用，不必再向秦氏开口了。至于家中新房也只好让它空闲着，等到假期回来居住。卢秀芝的父亲因女儿已出嫁，任凭他们自己做主，也不管这事。二人无拘无束地离开了老家，来到上海开始他们新的生活。然而不幸之事也接踵而来了，真所谓祸福无门人自招。

# 第二十回

## 双栖海上营金屋

辣裴德路两旁人行道上所栽的法国梧桐，在这秋凉时候，随着秋风摇动它们的微黄桐叶，虽然还没有到凋落的末日，然而已没有初夏时的一种葱茏郁茂的景象了。将近毕勋路口，那边有一座小洋房，内外一律都是奶油色的墙垣、碧纱的窗棂，花木掩映，朝南的楼上正是一间金闺，在薄暮的时候，电灯已明，从绿纱的长窗外望进去，隐约可见有一双俪影正并坐在长沙发里喁喁清谈，这就是克家和卢秀芝了。克家口里嚼着留兰香糖，连着笑对卢秀芝说道：

"这遭我们到上海来，都亏高其达帮忙，赖他姊姊的介绍，方得租成这一座小洋房，地点恰近你的学校，而租价又是十分低廉，每月连巡捕捐、电费等总共不过一百二三十元，别地方是无人租借的。所有一切布置也都是高其达费的心，代我借的借、买的买，不过花了二千块钱，居然舒舒适适地住下来了。今晚约他来吃晚饭，大概他是稳来的，所有的酒菜，不知你可吩咐王妈备好了没有？"

秀芝道：

"早已预备，我吩咐她烧了七八样。我知道高其达是喜欢吃

208

山景园的叫花鸡，所以又打电话去唤了这一样菜，再添几样冷盘和奶油蛋糕，大概可够他吃喝了。"

克家点点头道：

"很好，现在你是家里独一的女主人，全赖你的调排了。"

秀芝笑笑道：

"我以前在家中本是一切不管的，现在我和你组织新家庭，一切只好说尝试尝试而已。"

克家道：

"不错，我们的胡博士不是也说千古成功在尝试吗？现在我们这样做也不容易，但比较在苏州更觉快活了，是不是？"

秀芝道：

"不过我是每天要到学校的，家里的事不能多管账，幸亏新雇的王妈，为人很是能干，粗细俱来。而小婢阿喜，也很玲珑得人意。我们两人到校的时候，家里的事交给她们两人去办也得了。好在除了礼拜日，事情也很简单呢。不过我觉得你放学后回来得太晚，你学校里四点钟就没课的，路上回来坐公共汽车，至多不过半个钟头，按理五点钟前应该早在家里了，为什么我回来后总要守候你一个半钟头，方才见你施施然来呢？"

克家带笑带辩道：

"太太，你不要责备我。我在校里放了学，常有同学们纠缠我，或是预备些功课，所以不能及早赶回。况且坐公共汽车要换两次车，常常要守候不少时光，以致迟返。这一点要请你原谅的。"

说罢，伸手把秀芝的手握紧在掌中，又是微微一笑。秀芝道：

"昨天你接到家信，说你母亲九月里要到上海来小住半月，

209

游玩游玩，那么你母亲绝不舍得向旅馆里开长房间的，大概伊总要住到这里来了，这又是多么讨厌的事呀！"

克家道：

"横竖我们后楼有一个小房间，把来收拾收拾，作为客房，明天我叫高其达再去代买一张小铁床，略为布置，也足下榻了。好在我母亲并不要久居于此，上海地方伊也是住不惯的，苏州的家事也抛不下，你看伊到了上海便要闹着回去的，我们落得和她客客气气。"

秀芝道：

"这样也好，将来我姊姊来沪时也可住在此地了。"

两人正说着话，小婢阿喜匆匆走上楼来说道：

"高家少爷来了。"

二人遂立起身来，一同下楼，到会客室里去见高其达。此时高其达已不是不速之客，和秀芝是相熟的了，所以大家也不用客气，随意坐谈。高其达从几上面香烟罐里抽了一支茄立克，划了火柴燃着了凑在唇边，吸了两口，仰坐在沙发上，对二人带笑说道：

"你们现在可说全部胜利，达到最后目的了，你们写信去告诉了家里老太太以后，有没有反抗的恶声？"

克家道：

"我家母的脾气是被我捏得定摸得着的。伊对于已成的事实往往是徒唤奈何，没法阻止的。此番我写信去，明明白白告诉了，且要求伊每月贴补新家庭日用费三百元。伊回信来，虽然有些不满意的话，可是也不能说不许这样办了。不过家用只肯每月贴补二百五十元。"

高其达笑笑道：

"好了，大部分你已胜利，相差五十元之数，也不必去计较了。你以后不够用时只要回家去向你家老太太要个二三千，怕她不答应吗？"

克家道：

"我也是这样想。"

秀芝坐在旁边摇椅上也带笑说道：

"这叫作胡桃是要敲了吃的。"

高其达哈哈笑道：

"好，你们以后尽可大敲其胡桃肉了，恐怕我是外人，不敢存分我杯羹之念了。"

克家笑道：

"你不必说这种话，我们都是自己人，有福同当，有难同享，我的家无异你的家，你尽管来同乐，我们欢迎之不暇呢。"

秀芝也道：

"密司脱高是和我们志同道合的，我们在一块儿吃，一块儿乐。"

高其达道：

"对了，所以你们今天请我吃晚饭，我宁可牺牲了别处的约会而来赴宴的，可见我的诚心了。"

克家道：

"不错，内子知道你爱吃叫花鸡和奶油蛋糕，这两样东西已分头向山景园和沙利文办到，好叫你欢喜。"

高其达连忙向秀芝用手在自己额上一照，表示一个谢礼，且说一声英语谢谢你。阿喜早托着一盘削好的莱阳梨和一盘洋苹果进来，放在圆桌上。三人抔了便吃。大家谈谈学校里的事。高其达会说会话，诙谐有味。秀芝对他很表好感。谈了一刻，秀芝忽对二人道：

"这屋子楼上楼下布置都好，唯此间尚缺一座钢琴，未免美中不足。"

高其达道：

"我有个朋友他和某西人很熟悉的，听说某西人在十一月里要回国去了，他家里的东西都要拍卖去。他那里有一座钢琴是很好的，嫂嫂若然要时，我可以向那位朋友预约，叫某西人尽先卖给我们可好？"

秀芝道：

"好好，准托密司脱高去办吧，总比买新的便宜一些。"

克家指着高其达笑道：

"你真是能者多劳了。我家里要请你做代办。"

高其达道：

"不论什么人叫我办什么事，我总尽力代他办到。为人谋而不忠乎，我是服膺孔夫子的话的。不过你们不要和我客气就是了。"

说着话，阿喜又进来说晚饭已备，请高家少爷用饭吧！克家夫妇遂陪着高其达到后面一间小小餐室中去用晚餐。高其达是喜欢喝酒的，秀芝也会此道，所以伊特地预备了三星白兰地以供畅饮。然而克家却不敢多喝，恐防醉倒。用饭时，高其达又对二人说道：

"这个星期日小杨请你们贤伉俪到他家中去用午餐，你们预备去不去？"

克家点点头道：

"去的，自己小弟兄邀请，岂有不领盛情之理？"

秀芝道：

"密司脱高可要去？"

高其达道：

"当然我是陪客之一。"

克家道：

"其达是药料里甘草，处处罢不了他的。"

高其达笑笑道：

"我不过是跑龙套罢了。"

秀芝道：

"密司脱高性情很好，凡事能够凑趣，且又能干，所以人家多欢迎你了。"

高其达道：

"承嫂嫂这样赞誉我，真是愧不敢当，汗流浃背了。"

克家笑道：

"那么快开电气风扇吧！"

小婢阿喜送菜进来，听克家吩咐要去开电气风扇，当真去搬了一座摇头风扇来。秀芝见了，连忙带笑带斥道：

"痴丫头，这样凉的天气还要开电气风扇吗？少爷是和高少爷说着玩的。"

阿喜也笑道：

"婢子弄错了。"

连忙搬出去。秀芝很殷勤地劝高其达喝酒用菜。高其达毫不客气，大喝大嚼，饱餐了一顿。餐后又盘桓多时，方才别去。

明天放学后，高其达果然代克家去购了一只小铁床来，还有二三件小东西，帮着克家把那小房间收拾一新，预备作为客房之用。到了星期日，高其达上午便跑到克家家里来，恰巧苏州有便人来沪，克家的母亲托人带来松花蕈油两小瓶，还有一只酱鸭，是老三珍的。秦氏因儿子爱吃这两样东西，所以托人送上。秀芝便叫王妈去买了面来，吃葷油拌面，把酱鸭切了一大盘，一齐拿出来。夫妇二人陪着高其达吃面。高其达虽已吃过早点，好在他的吃量很大，所以和克家夫妇同吃。吃毕，秀芝到楼上去妆饰，克家和高其达在楼下讲话，偷偷地讲起尤丽莲来。

原来克家到了上海以后，当然舍不得丢弃尤丽莲。他一面和他夫人忙着营新屋做小家庭，而一面偷暇常去和尤丽莲会面。他在卢秀芝面前推说自己和小杨、高其达合请一个西国人教授英文和德文，每星期三和星期六放学后，必要前去补习二小时，往往在小杨家里吃了晚饭回来的。此事克家早和小杨、高其达二人预先谈妥，彼此共同隐瞒，因此卢秀芝也没有察觉，深信不疑。克家又在尤丽莲面前推说自己这学期住在校内，今番校规甚严，不许学生迟归。对于自己和卢秀芝卜居辣装德路之事却讳莫如深，这都是高其达教他的。幸亏尤丽莲年纪轻，世故浅，没有防到人家和伊说假话。克家送些礼物给伊，和伊着意温存，伊心里竟是软洋洋地紧恋在克家的身上。哪里知道遇着薄幸人呢？所以克家左右周旋，其乐陶陶，倒也应付自如，没有什么破绽。不过有一件无巧不巧的事，尤丽莲自从在旅社内和克家一度春风以后，忽然红潮失信起来。伊遂怀疑到已受身孕，屡次要求克家和伊正式成立婚约。克家哪里可以答应呢？总将学业修满和家长的意旨需要疏通等因搪塞过去。然而尤丽莲因觉得肚腹渐要膨脖，在父母面前也将要瞒不过了，只得向克家紧逼。这样克家竟被逼得十分紧急，不得不使他上起心事来了。所以连日常常和高其达背着秀芝，商议此事。高其达劝他照前定的计划去办，只得有屈尤丽莲了。但是克家良心上觉得难以开口，因此他尚迟迟有待，没和尤丽莲吐实呢。

他们二人谈话时，卢秀芝早换好新装，走下楼来，容光焕发，灼灼如初春之葩。高其达不觉望着伊悠然出神。克家道：

"小杨的家和我们相离，说近不近，说远不远，我们可要雇汽车，还是……"

秀芝道：

"当然是汽车去。你去打一电话，喊银色汽车来吧！"

高其达道：

"我去打电话。"

遂跑到楼梯边电话处打了一个电话。不到数分钟，外面喇叭响，已有一辆银色汽车驶到门前来了。三人遂出去坐上汽车。高其达因有秀芝，抢着和汽车夫并坐。一会儿，已至贝当路小杨家里。还有几位客人早已先到，都是同学，大家一见三人，便拍手说道：

"军师陪着太子、王妃来了。"

这是校中代克家和高其达起的诨名。秀芝还是第一次听到呢。今天小杨特地向一位亲戚借了一个厨子来家杜办一桌丰盛的筵席，款请克家夫妇，以及几位同学。那厨子一晌在天津监务公署里奉承诸位达官大人的，所以烧制特别精美，能做程式细点。小杨在苏州吃了克家所请的船菜，今日也要请还他们了。小杨又因请的克家夫妇，所以没有告知他的腻友黄瑛，只说星期日自己有事，无暇奉陪。恐防黄瑛知道克家娶了夫人，便要把消息泄露与尤丽莲知道的。大家入座时请克家夫妇在上首坐了，其余诸人挨次随便坐下。小杨坐在下首相陪，酌酒敬客。席间众人因有卢秀芝，多少总要客气一些，规矩一些，有许多话也不便谈了，未能放浪形骸，穷极欢畅。卢秀芝虽是妇女，倒很脱略不羁的，和大家有说有笑，毫无矜持之态，高其达更是会说会话，时常说得众人解颐捧腹。一道道的点心送上来，层出不穷。克家和卢秀芝都连声称赞，且说今日有叨郇厨，口福不浅。正在快意大嚼之时，忽听轩外革履之声咯咯，一阵香风送入鼻管，翩然走入一个女郎来。小杨首先一瞧立起说道：

"怎么你今日会跑到我这里来的？"

卢秀芝跟着看时，见是一位摩登的女郎，艳妆华服，妍丽若仙，料是小杨的亲戚或朋友。克家和高其达却认得是黄瑛。黄瑛对小杨带笑说道：

"昧安，你说今天有事，却在府上请客吗？"

小杨只得招呼伊道：

"你来了，很好，我恐你怕应酬，所以没有告诉你。"

黄瑛道：

"我是喜欢交际的，况又是熟人，你不该瞒过我。唯有这一位女士尚是生疏，请你介绍吧！"

说着话将手向卢秀芝一指。小杨倒觉难以开口，不便老实告诉伊，恐防伊要多嘴多舌。但是碍着卢秀芝的面又不能胡乱回答，只得说道：

"这位就是庄克家先生的新夫人卢秀芝女士。"

说了，又介绍黄瑛给卢秀芝。请黄瑛陪着卢秀芝，坐在卢秀芝的一旁。秀芝方知这是小杨的腻友，也许就是将来的正式夫人，且是一位女学生，可称同志，自然一见便熟。两人都擅交际，所以谈吐如流，风生满座。小杨竭诚招待，点心过后，上道大菜，都是非常精美，大家称赞那厨子。克家也想到耶稣圣诞时招那厨子到他家中去做些菜和点心请客呢。席散后，大家又到客室中去憩坐，随意喝些咖啡和水果。克家和秀芝因下午尚有他约，所以告辞先行。高其达和几位同学坐了一会儿，也先后别去，只剩黄瑛一人了。黄瑛又吃了一片生梨，对小杨冷笑一声，说道：

"你们男子大都是薄幸者流。庄克家不是和丽莲交友很密的吗？他们也时时在一块儿玩的。丽莲在我面前也曾表示过，说克家为人很好，又是苏州世家子弟，所以伊倒很有意思要把终身属之克家。谁知罗敷虽未有夫，而使君固已有妇，庄克家那厮几时娶得那位卢女士的？是不是正式的伉俪？他倒守口如瓶，在丽莲面前隐瞒不提，哄骗人家，这是极不人道的事。你们也帮着他，不说出来，是何心肠？现在被我知道后，我却要去和尤丽莲明明白白地一讲，叫伊去向庄克家严词责问呢。"

小杨皱了一皱眉头说道：

"这是别人家的事，横竖与我们无涉，我们何必要去多管闲事，生出风波来呢？我告诉你吧，克家和卢女士的婚事并不是他自己做主的，乃是他的母亲强迫他成功的。就在今年暑假中结的婚。"

黄瑛道：

"对了，记得暑假中你到苏州去，就是为了吃喜酒吧！你们要瞒过我，所以不要我同去，我上你的当。今天你请他们吃饭，偏不请我，也是要想瞒过我吗？偏被我撞着，这真是天诱其衷，要揭破此事的秘密了。我马上就去告诉丽莲。"

说着话，立起身来，要往外走。小杨连忙把伊按在沙发里，且对伊说道：

"瑛，这件事你千万不可鲁莽的。我早告诉你，克家的婚姻不是他自己做主的，这也可原谅他了。况且他又不会将尤丽莲抛弃，也许他仍爱丽莲，我们何必要去开这一炮，使他们发生不幸的事情呢？"

黄瑛道：

"不是这么讲的。克家这人太没良心了，现在时代男女婚姻总是自己做主的。假使他存心不要，他母亲怎能强迫到底呢？将来你和我的事，也要到时推脱说父母做主吗？我倒寒心起来了。"

小杨摇摇头道：

"绝不会的，你放心吧！"

黄瑛又道：

"丽莲是我的好朋友，伊给人家如此欺骗，我岂忍不同伊说呢？"

小杨道：

"你的话虽然不错。可是权衡轻重，还是不说的好。我请你代克家守一会儿秘密，以后再说。"

黄瑛点点头道：

"好的，我不说便了。"

于是小杨又和黄瑛出去游玩。这天克家在小杨家中忽然遇见了黄瑛，心里便觉得有些担忧，恐防黄瑛要泄露秘密，掀起情波。虽有小杨答应叮嘱伊不要多说，但也恐靠不住的，所以惴惴然的，连尤丽莲家中也不敢去了。可是事实终于不给他躲避而到了爆发的一天。

## 第二十一回

# 卿须怜我我怜卿

　　天上一片片的白云把日光常常掩蔽住，秋末的太阳已带着有气无力的样子，一会儿隐，一会儿现，好似象征着世事的变幻无常。这时淡淡的斜阳照在立人附中的校门，已是放学时候了，许多学生纷纷作鸟兽散。克家和高其达也要走了。忽然校门外来了一位很美丽的女客，要门房到里面去通报，说是来访克家的。门房问伊的姓名，那女客自称姓尤，有要事求见。门房遂引导至会客室中，请伊稍等，自去找寻克家。恰巧克家正和高其达等要出校去吃点心了。克家闻得有尤姓的女宾来访，料是丽莲，心里便有些忐忑。自己好几天没有上丽莲家中去了，信也不写一封，莫怪伊要来找我，不知黄瑛可曾告诉伊什么。高其达在旁见克家这个模样，不由扑哧一笑道：

　　"即使尤丽莲来找你，你不能不见。哈哈！你真是丑媳妇怕见公婆面了。这样不中用，偏要……"

　　克家止住他道：

　　"少说些吧，我去见伊就是了。"

　　高其达鼓掌道：

　　"一个人要有勇气，我伴你去见伊。"

门房已回身走了，二人各夹一些书籍，跑到会客室里来。瞧见亭亭玉立在窗边的不是尤丽莲有谁呢？克家和高其达走进室去时，见尤丽莲脸上罩着一重严霜，一变平日怡愉欢笑之容，便知东窗事发了，否则伊何以突然光临呢？遂带笑说道：

"丽莲，你好吗？"

高其达也叫一声密司尤。尤丽莲见克家和高其达同来，反觉有些话尚不便说，只得向二人点点头说道：

"我倒还好。克家，这几天究竟在校里怎样的用功？为什么人影也不见呢？难道……"

说到这里，克家早说道：

"这几天正逢小考，更有些不可避免的应酬，所以没有到尊处谈心，抱歉得很。"

尤丽莲问道：

"真的吗？"

高其达在旁也说道：

"密司尤，今天真是再巧也没有，克家本要和我一同来拜访你，请你出去看戏。程砚秋在大舞台已演三天，今夜恰演他的生平好戏《碧玉簪》，密司尤如去的说话，我可以先代你们去定座位。密司素嗜此道，程戏不可不聆。"

尤丽莲今天前来，是因听了黄瑛告诉伊的一番言语，特地向克家兴问罪之师的，怎有兴致去看程砚秋的戏呢？伊刚才要说不去两字，忽见门役又匆匆地跑到会客室里来，对克家说道：

"外面又有一位女客坐了汽车来要找你，伊坐在车上，叫我进来通报，说伊就是卢秀芝，要你快些出去，坐着汽车跟伊跑。"

三人听了这话，都是一怔。克家知道自己妻子来了，不知道什么事，恰巧二人不先不后，一齐光临，叫自己跟了哪一个跑呢？将手搔着头，十分踌躇。同时尤丽莲的面上更难看了，当然伊知道外面来的就是克家的夫人，芳心中不免怀着一股醋意，而又带着三分虚怯。高其达知道今天的事必须自己来解围了，便对克家说道：

"你且陪密司尤在此坐谈，待我代表你前去一见，只说你有学生会议，一时不能脱身，如有什么话，我可以代你随机应变，对付过去，这是最妙，否则也只得再说了。"

克家向他一鞠躬道：

"拜托拜托。"

高其达立刻大踏步地往外走去了。这时室中只有克家和尤丽莲二人，克家更难讲话，良心上难免自己有些谴责。尤丽莲的双瞳此刻一些没有媚笑了，似有无量凶焰妒火从里面喷射出来，迸了一刻，才说一声：

"克家，你对得住我吗？"

克家对伊一鞠躬道：

"我真是大大地对不起你，请你多多原谅。因为我有不得已的苦衷。"

他刚才说了这两句，高其达已从外面跑进来了。克家忙问道：

"伊去了吗？"

高其达摇摇头道：

"哪有这么容易？伊在外面车上等着，要你立刻同伊坐五点二十分的快车回苏州去，你不出去时，伊要跑进来了。"

克家一怔道：

"今天伊没有和我说起过要回苏州，怎么忽然要回去呢？"

高其达道：

"我也问过伊的，你夫人说方才午后接到伊姊姊的长途电话，说你夫人的父亲突患急症，现已送入医院，十分危殆，所以唤伊回去，你当然也只得和你夫人一同回去了。你也不必犹豫，跟你夫人走吧！对于密司尤，当然更是十二分的抱歉，但也是无可奈何的事，待你回转上海后你们俩再谈吧！密司尤，我伴你去看戏好了。"

高其达说到这里，对尤丽莲笑了一笑。克家知道这事是挨不过的，遂对尤丽莲说道：

"我真是对不起你的，待我回来时当负荆请罪，申述一切，请你恕宥。"

又对高其达说道：

"高，请你陪一陪丽莲吧！"

说毕，马上回身走出去了。高其达正要和丽莲开口，丽莲已向高其达苦笑一下道：

"克家的新夫人我倒没有见过，待我去窥伊一下。"

说着话，跟着克家便往外走。高其达恐怕事情不妙，也跟在丽莲后面，一同走出校门。克家跑得快，伊见他已跨入车厢，和卢秀芝并肩坐下。卢秀芝道：

"你在校中究竟忙得怎样？连见我也要派代表。"

克家笑笑道：

"恰巧有开会，我被推为代表，便忙得多了。岳父有急病吗？"

卢秀芝道：

"是的，所以我要紧和你赶回苏州去。汽车不能多待，我也不进来了。"

克家听着他妻子的说话，暗想：幸亏你没进来，否则会客室里的一幕被你发现了，不知又将作何情景呢？汽车夫听他们俩一问一答，忍不住插嘴问道：

"开到火车站吗？"

卢秀芝点点头说声是。汽车夫立即开驶。秀芝在车窗内偶然回首，望见校门边站着高其达和一位年轻貌美的女学生，便将手指着向克家道：

"你看高其达有女朋友吗？"

克家跟手一看，正是高其达和尤丽莲，立在一起向自己窥望。只得对秀芝说道：

"是的。"

秀芝道：

"姓什么？"

克家道：

"姓尤。"

秀芝又道：

"名什么？"

克家道：

"忘记了。"

秀芝道：

"你不要瞒我。其达的女朋友你怎会忘记伊的姓名？"

克家道：

"真忘记了，姓尤的又不是本校同学，伊是在别处女校里肄业的。"

秀芝点点头也不多问了。汽车飞快地驶离了立人附中，连校舍的影子也望不见了。那尤丽莲在校门口也已窥见卢秀芝的情影，身材面貌，果然不错，无怪克家要听他母亲的话而在苏成婚了。自己若没有黄瑛热心来告诉，尚被克家蒙蔽住，如在鼓中呢。然而无论如何，克家把这样手段来敷衍我，哄骗我，这是太不应该了。自己不是上了他的当吗？自己越想越恨，越想越悔，眼眶中几乎滴下珠泪来，强自忍住，立在那里如同木偶人一般。高其达见汽车已去远了，便对尤丽莲带笑说道：

"密司尤倘然有兴，我左右无事，可以……"

高其达话未说毕，尤丽莲回转头来说道：

"谢谢你，我还有些别的事要回家去呢。"

尤丽莲说了这话，接着便向高其达点点头，离了立人中学向前走去了。高其达自己微微一笑道：

"你不要我伴，这是最好，我本来没有工夫奉陪了。"

说罢，他也走向前面公共汽车站边去了。

那克家夫妇回到苏州，一径跑到天赐庄博习医院去看卢世荣。原来患的是急性盲肠炎，须要割开后可以无妨。人已抬至手术室中去了，当然不能和他去说什么话，须待施过手术后再说。这时秀芝的姊姊秀英和三姨太太都在院中。秀芝、克家和伊等见面后，问问经过情形，时候已近十点钟了。晚饭是在火车上吃的西餐，现在只得就回家去住宿，明日再来探望了。二人立即告辞，出了医院，坐车回转南濠街老家。秦氏正要就寝，忽见儿子和媳妇突然回来了，不知何事，不由一呆。克家把卢世荣患病、秀芝的姊姊电嘱回苏的事，简略地一说。秦氏方才明白，便叫小婢阿宝去开房门，且说道：

"自从你们赴沪以后，你们的房间虽然锁闭着，我恐将你们随时要回来，所以每隔二三天即叫阿宝打扫收拾，保持着清洁，果然你们今天突如其来地回家了。"

于是二人回到他们自己房里休息，时候已是不早，秀芝也觉得疲倦了，便解衣安睡。

　　次日，二人一早起身，吃了点心后，立刻赶进城去问疾，也没有时间和秦氏讲话。他们到了医院，见过卢世荣。其实卢世荣已被用手术治疗，经过情形良好，偃息在床上，尚不能进饮食，也不能和人说话。见女儿和女婿从上海回来探疾，心里觉得安慰不少，向二人点点头，一摆手叫他们坐。二人和三姨太太讲话。据医生说卢世荣要在院中住过一旬方能出院。二人上半天在医院中陪伴，下半天便到观前街去溜达，买些心里爱吃的东西。晚上仍回至家里安睡。秦氏听说亲家患疾，伊于次日也特地坐了包车到医院去探望一遭，送了一脚南腿，四罐西湖真藕粉，两大瓶鸡松，一箱洋苹果，略坐一会儿而去。

　　到第三天，克家心里惦念着尤丽莲的事，要紧回沪去，和伊怎样解决这一个问题。便对秀芝说道：

　　"岳父的病一时不能复原，我想要早返上海。你若要在苏住几天，也可以。"

　　秀芝道：

　　"你为什么不好也和我多住数天呢？"

　　克家道：

　　"这几天学校里正要小考，我自觉功课不行，更不宜脱课，所以必须赶回去了。你再住三四天也可以回沪，岳父的病是不妨事的。"

　　秀芝点点头道：

　　"我校里也不能多旷课，再隔三天我必须返沪。"

　　克家道：

　　"很好，你来沪之时写明第几班火车，我准到车站来接。如母亲要同来，你也可以和伊一起走。"

秀芝道：

"少不共老，谁耐烦和老人同行呢？伊要来的，让伊自己几时走便了。火车上又没有老虎的。"

克家道：

"也好，我不管这事。"

所以明天上午克家坐十一点钟的快车回至上海。他在苏州买了好多食物，表面是说送小杨等同学，其实都是送给尤丽莲的。他到了上海，家里去了一次，立即赶到尤丽莲家中来。以为丽莲的放学时候已到，也要回家了。谁知尤丽莲自从那天亲自跑到立人附中去向克家问罪不成，反而暗中瞧见了卢秀芝，心里更加大大的一气。回到家中闷闷而睡，生起病来，一直到今朝没有去校中读过书呢。克家来的时候，伊刚才午睡醒转，起身小坐，头发没有梳好，面貌也憔悴得多了。伊母亲虽要伊去医生处诊疾，可是尤丽莲自知伊的病断非药石所能医治，心病还需心药医，非俟克家前来解决不可。现在克家来了，伊一腔怨愤之气，急欲发泄，但碍着母亲的面难以讲话。父亲虽出去了，仍是有着顾忌。克家见丽莲面庞憔悴，且闻丽莲母亲报告伊女儿的病情，心里不觉充满怜惜之意，向丽莲表示极亲热的样子。丽莲怨上眉梢，瞧着克家没有一语。丽莲的母亲见克家送了许多苏州的名产前来，忙向克家道谢，且要到馆子里去喊点心。克家却说道：

"丽莲生的幽忧之疾，只要一到外边去散散心，便会好的。若是老守在家里，真的要闷出病来了。自己恰因连日有事，未能伴游，深以为歉。今天情愿陪丽莲出去吃晚饭，看看电影，只消畅畅快快，便可不药而愈。"

尤丽莲的母亲深以克家之言为然，点点头道：

"庄少爷说得很对，我女儿如能出外，不妨一游。"

226

尤丽莲也要乘机至外边和克家谈判伊的事情，便说我也没有什么大病，克家来了，出去走走也好的。克家听尤丽莲愿意出外，便道：

"很好，今天我本是特地出空了身子来陪伴你遨游的，请你快梳妆吧！"

于是尤丽莲去取了面汤水来洗面涂粉，修饰了半点钟工夫，换上衣服鞋子，向镜中一照，亭亭倩影依然风姿美妙。克家坐在旁边看伊，见伊更妆已毕，遂立起来和尤丽莲的母亲告辞出去。走到邻近一家汽车行，雇了一辆汽车，开到静安寺路沧州饭店。下了车，尤丽莲忍不住开口问道：

"我们到这里来作甚？"

克家道：

"此地较为僻静，我们可以开一房间，容我剖述衷肠。"

丽莲听他这样说，也就不响了。二人走进去，早有侍者招待上楼，在楼上开了第十八号房间住下。克家把门关上了，见尤丽莲坐在窗边沙发上，向他怒目而视。他便慢慢地走前去，向伊含笑说道：

"丽莲，我请你原谅，要特别原谅。我自己知道做事做错了，大大对不起你。"

尤丽莲鼻子里哼了一声道：

"这件事可以请原谅吗？别的我都可以原谅，唯有这件事却不能原谅你了。克家，你既要和卢秀芝结婚，那么大水之夜何必要破我的贞操？现在将我置于何地？要请你明白答复。我不是供你一时高兴玩玩的舞女、下贱之流，就是一个舞女你也不能如此对待的，你太看我如无物了。叫我怎不怨恨你呢？"

克家道：

"你说得都对，今日我在你面前是个罪人，怨我骂我，甚至打我，都可以的。只是我要请求你听我剖述苦衷。"

遂将自己母亲秦氏如何托病，招他回去，强逼订婚，直至成婚的经过，约略告诉一遍。且说我若不极力和我母亲奋斗，恐怕现在连到上海来读书也是不可能了。尤丽莲听了，将嘴一撇道：

"那么你若有决心不要和卢秀芝结婚，难道不可以向你母亲努力奋斗吗？一大半由于你的爱心不专，意旨不定所致。我已是聚九州铁铸成大错，深悔前次不该失身于你，你却还要将我隐瞒在鼓中，居心何忍！若非鬼使神差，前天黄瑛姐在小杨席上撞见了你们两个，伊特来告诉了我，那么我不知要被你欺骗到几时呢。前天我就要来责问你的，偏又出了岔儿被你走去。现在你快快同我说吧！你是和他人正式结婚了，把我怎么样办呢？"

克家又对伊打个招呼道：

"对不起，是我一时糊涂。为今之计，唯有想法补救。古人所谓'卿须怜我我怜卿'，我和你是真心相爱，并无假意，须知我的一颗心仍属于你。丽莲，我是怜你爱你的，你也要怜我爱我。这件事要彼此谅解才好。"

尤丽莲摇摇头道：

"我不要听你假惺惺地说话。"

克家却对天立起誓来，又说了许多媚言蜜词，尽向尤丽莲百般劝慰，把高其达教他的话和尤丽莲一一说了。起初尤丽莲不肯答应，不肯罢休，后来因为生米已煮熟饭，过于坚执也是无用，且看克家态度尚是诚恳，所以到底答应了克家的要求。先向伊的父母去婉言商量，并要克家如言付出一笔聘金，且别营金屋以藏娇，与卢秀芝视同嫡体，不分大小。克家自然一一许诺，表示自己真心爱尤丽莲，而对于卢秀芝的爱不是从心坎里发出来的。又说了许多好话，许着将来和伊有一个甜蜜的乐园，度此一生。尤丽莲的一腔怨气方始渐渐平息。时候已是不早，二人遂到外面酒馆里去吃晚饭，先在大舞台定了两个优等官厅的座位，晚饭后同去观剧。恰巧这晚程砚秋演的《棒打薄情郎》，尤丽莲便当面讥讽克家。克家只要博得伊的欢心，将大事化为小事，安度过去，别的事却不顾了。曲终人散时，克家要和尤丽莲回到沧州饭店去寻一夕之欢。尤丽莲摇摇头道：

"这种事可一而不可再，我今晚必要回家，不能再在外面住宿，否则我父亲定要斥责我，也许影响到你我的事了。"

克家听伊如此说，也不敢勉强，遂唤了汽车送伊回家，自己却回到毕勋路家中去睡。

明晨，他到沧州去算过了账，便至学校上课。见了高其达，把此事一讲。高其达祝贺他外交胜利，将来又要多喝一杯喜酒。克家道：

"我如有短少，又要向你商量去代筹措的。"

高其达道：

"自然帮忙，你要多少和我说便了。"

放学以后，克家又去大马路永安公司里买了不少东西，且剪两件衣料送给尤丽莲母女的，立即跑到尤家来。见尤丽莲一个儿独坐在家里，伊的父母都不在。原来这是尤丽莲的父母故意避开，让女儿去和克家谈判的。因为昨夜丽莲回家，等克家走后，已把事情先告诉了伊的母亲，然后再告诉伊父亲。丽莲深知自己的父母对于女儿贞操问题倒也并不重视的，只要有金钱到手，对于他们有利，便易通过。伊姊姊当初也是先失身子于伊的姐夫张五公子而后论嫁，甘居姜媵的。果然伊父亲尤瑟对于丽莲和克家的恋爱没有什么问题，他只要有一万元聘金到手，让他们二老有钱度日便好了。尤丽莲遂放心托胆和克家对坐着谈判这事。克家对于一万元的聘金一口答应。和尤丽莲要求别营金屋，不做妾媵等等，都表示允意，唯有涓吉成婚一事，却不能成功。但许丽莲在同居之时，二人同至杭州西湖一游，以度蜜月。尤丽莲争持多时，也只得有屈一些了。伊指着自己的肚腹，对克家说道：

"若不是因为这里面有了小冤家时，恐怕你也没有如此便宜的。近来腹中常常跳动，口嗜酸味，再过些时，肚皮便要高起来，瞒不过人家了。唉！这真是孽障。"

克家笑笑道：

"将来不知是小克家，还是小丽莲。这是我和你情爱的结晶，我母亲正渴望抱个孙儿呢。"

尤丽莲道：

"你向卢秀芝去要好了，不干我事。至于我生的，我的母亲也要抱的。"

克家道：

"好，我的母亲抱，和你的母亲抱，总是一样的。"

二人讲明了，遂决定于下月初间由克家先交万金聘金，同时去租屋，布置新房，瞒过了秀芝，宴请尤家的戚友，秘密成事。不过未能明目张胆，正式结婚，这是尤丽莲所引为大大的缺憾呢。这两天因秀芝在苏侍疾，所以克家学校也不到，出空了身子陪伴尤丽莲在外游玩买物，已耗去了数千金。

到星期六的下午，克家接到他夫人的长途电话说，明天坐上午九点钟的特快车来沪，要克家到车站去接，克家自然前去迎候他的夫人。这天他不能再到尤丽莲家去了。下午高其达来，三人坐在一起闲谈，又一同出去看电影，吃点心，意兴甚豪。高其达又引他们到回力球场去。克家第一遭赢了三百块钱，便觉得津津有味，从此他遂喜欢参与这种赌博性的玩意儿了。

他又为了要和尤丽莲进行同居之事，自己手头现金不够，便向高其达要求代他借两万元，每月一分的利息，以便自己可以行事。高其达一口答应，许他去向典当里的经理商量，但须克家有田单为抵押品。授计于克家，叫他待秦氏来申时，他便可得空回苏，偷取田单出来了。克家知道田单藏在母亲房中大箱子里，自然可以伺隙而动，以求达到他的目的，遂盼望他母亲早早来沪。

果然有一天秦氏带了婢女阿宝从苏州坐了火车至沪，到他们家中来了。秦氏此来，实因伊老人家为了儿子媳妇住在上海，不知怎样的情形，所以伊表面上算是来游玩，而暗中是观察。其实伊也是太看不破了，试问伊自己有没有能力去约束伊的儿子呢？克家见母亲到来，求之不得，自是欢迎。卢秀芝却很淡漠。秦氏带了许多食物来送给儿媳，便下榻在后面的小房间里。秦氏见儿子和媳妇住了洋房，一切用具都是新式，和家中不同，心里便嫌他们过于奢华，很有些不赞成。次日克家为了他母亲初到上海，即和秀芝陪着秦氏出去闲逛，且到戏院里去看戏，又请伊吃大菜。热闹了两三天，便有些不高兴再奉陪了。好在二人都在读书，只说校中功课忙，不能出外，秦氏自然也不要他们多奉陪，自己去望望数家亲戚。自然那些亲戚因为秦氏难得来的，也要陪伊出去游玩。

克家有了心事，急欲进行。自己肚里筹划了好久，遂在他母亲和妻子面前撒了一个谎，说星期五校中的生物学教员要和他们全到南翔、安亭一带乡间去采取标本，要晚上才回来。这是校中常有的事，秀芝深信不疑。哪知克家这天早上并不到校，出了家门，立即赶到火车站，坐九点钟的早车悄悄地回到苏州。家里下人以及店中经理见了克家，都不由一怔。大家说老太太刚才赴沪，怎么他一人突然回家？克家推说校中派他来苏州出席什么会的，当然便要回去，并不逗留。且说老太太在上海玩得很是有味，一时未必回来。大家也相信他的说话。克家潜至秦氏房中，寻得大箱上的钥匙，开了箱子，捡取数张田单时，都是琨山陆家浜的，一共一百多亩，藏到自己所带的手提箱中去。再把大箱锁好，弄得毫无破绽。秦氏若不用着田单时，恐怕回家来也不易发觉呢。克家得到了目的物，依然把他母亲的房门锁好，假意在自己房里略坐一会儿。好在灵敏的小婢阿宝已跟秦氏到了上海，家中的老妈子常在楼下，不管什么事，没有人注意到克家的行径，何况克家是秦氏唯一的爱子呢？所以克家马上出去到观前青年会食堂吃了一客大菜，回到火车站，坐三点钟的客车赶回上海。自以为神不知鬼不觉，做得十分敏捷，便到校外寄宿舍去看高其达。他们二人是早已约定的，高其达守候多时了，一见克家回来，便问东西拿到吗？克家点点头道：

"取到了，现在要拜托你了。"

高其达道：

"准代你办到，明后日给你佳音。"

于是二人离了寄宿舍，到附近一家馆子里去吃饭，喝酒谈心。克家又把田单一起交给了高其达，托他去借款。晚餐后，克家还了账，便和高其达分别，回到毕勋路口自己新营的金屋里去。谁知他一入家门，却又多生出一重烦恼。

## 第二十二回

# 因何水火不相容

　　克家回家的时候钟鸣九下，当然家中的晚饭早已吃过了，他夫人在房里，他母亲也在客房里，恐怕就要睡眠了。克家走上楼去，先到自己房中，灯光下见秀芝斜坐在沙发中，桃颜上毫无笑容，见了克家一声也不响，克家有些误会，走到秀芝身旁，带笑问道：

　　"你心里有什么不快？为什么这般模样？莫非因为我离开了你一天，你就要恼我吗？"

　　秀芝噘着嘴说道：

　　"你去问你的母亲吧！我为了不愿意和你母亲住在一块儿，所以同你到上海来组织新家庭，好和伊各不相犯免生闲气。谁知你母亲偏又要赶到上海来，使人怄气。"

　　克家听得是关于他母亲的事，便带笑说道：

　　"秀芝，你何必要和我母亲一般见识？须知我母亲此次来沪是游玩性质，至多不过半个月便要回去的，又不是要常和你住在一起，你乐得对伊客客气气，何必有什么芥蒂呢？"

　　秀芝将嘴一撇道：

　　"你不知道呢。我本来对伊客客气气，但是你母亲欲和我不客气来了。"

克家把一手抚着秀芝的香肩，柔声说道：

"我母亲有什么地方和你不客气，究竟是怎么一回事？你不妨告诉我知道。"

秀芝道：

"我最不喜欢人家来管我的事。今天你出去后，我也懒得到校，向校中请假一天。恰巧有一位女戚是龙家表妹来望我。我请伊在家里吃饭，向菜馆里喊了几样菜，请你母亲一同吃。你母亲客气，不要一起吃。饭后，我遂和表妹出去看电影的。谁知傍晚时回来，小婢阿喜告诉我说，你母亲在厨房里和王妈讲了不少话，都是说奶奶的不好，且说庄家运气不好，娶了浪费用的败家精来，和伊儿子一同奢华作乐，庄氏的遗产有些岌岌可危呢。哼！我在家里没有人说我不好的。嫁到你家后，却被你母亲骂我败家精吗？"

秀芝说到这里，克家忙说道：

"莫非阿喜这个小丫头胡乱谎语吗？背后的话你不要去听她。"

秀芝道：

"阿喜不会胡说的，当时我就唤王妈到我房中来向伊详询一切。王妈遂说老太太一样一样地向伊细细查问，说我是不是常常喊菜来吃的。一月中看戏几次，出外游玩几次，且说你本会花钱的，加上了我这个人，双双花钱，将来要把家产败完呢，因此而说我是败家精了。王妈又说老太太常常在伊面前问长问短的，前数天只是不敢告诉我罢了。我听了王妈的话，不由大大一气，便跑到你母亲客房中去，问伊为什么要说我是败家精，究竟我嫁后败了你们庄家几多家财？"

克家听到这里，忙道：

"你去过没有？哎哟！何必如此？"

秀芝道：

"我当然去过了。二十世纪的新女性岂容人家污蔑和压迫？我是不受旧家庭中间的一切桎梏的。你虽然娶我没久，大概你已认识我这个人了。这不能怪我，须得先怪你母亲无端向我挑衅，我自然不肯让伊了。"

克家道：

"当然我母亲言之过甚，不该这样说你的。可是你也要原谅伊一些，年老之人，思想是和我们不同的。"

秀芝娇嗔道：

"你原谅伊，我却不能原谅。"

克家勉强笑笑道：

"我去问问母亲再说。"

他说罢，就很快地跑到客房中去。见秦氏正坐在灯下垂泪，阿宝在一旁劝解，秦氏一见克家，话都说不出来，气塞心胸。只说媳妇无礼，出语顶撞，气得晚饭都没有吃，明天便要回苏州了。克家又向秦氏询明原委。阿宝在旁边说：

"都是阿喜搬嘴舌弄出来的，太太不过问了几声，想不到新少奶脾气真大，立刻带着王妈来面质，把老太太教训似的说了一大堆话，无怪太太要气得这样了。"

秦氏道：

"克家，你听得没有？我不过问了一声，伊却要责骂我起来了。我当初为你授室，岂会料及有此，本要你们住在家中的，你们却一同到上海来读书，组织什么新家庭，不要和我同居，我都依了你们，索性欺侮我了。"

235

克家道：

"母亲不要这样，秀芝却说你欺侮伊呢。"

秦氏道：

"我有什么事欺侮伊。"

克家道：

"秀芝说你骂伊败家精，是不是？"

秦氏听了这句话，便叹口气说道：

"我也不是单说伊。是说你们倘然不知爱惜金钱，便要做败家精了，这是背后的话，伊如何作真？"

克家知他母亲是说这句话的，遂说道：

"母亲也说得太严厉了，我们自问尚不浪费，叫秀芝如何肯服？母亲，你以后这种话少说吧，免得大家生气。"

秦氏听克家也来埋怨伊了，气上加气，不由大怒道：

"我代你娶了妻子，你们不能晨昏侍奉我，尽人子之礼，反帮着妻子来埋怨我吗？究竟你们有没有长辈在眼里？我倒要问问你。"

克家给他母亲一责备，不由勾起前时的怨气，便悍然说道：

"母亲你不要训斥我。须知前次我娶卢秀芝，并非我的初衷，而起因都是你母亲。我本来要读了两年书，等毕业后再举行婚事的，偏偏母亲生病，唤我回苏，强迫我去留园相亲，急速成就此事。这些谅你都记得的，怎么怪起我来？你自己要讨媳妇，有了媳妇，却又要说媳妇不好了。败家精三个字确乎说得太重些，这是自取其咎，谁也不能怪怨的。"

秦氏听了这话，更气得伊面孔发青，一句话也说不出来。慌得阿宝连连代伊推胸，且说道：

"少爷，你少说两声吧，太太气不起了。"

克家却又冷笑了一声，双手又叉着腰，站在一边。良久良久，秦氏向克家颤声说道：

"一个人总要有良心，将来方有日子过。你们这样对我，良心何在？我明天回苏去，你们不要再当我是家长了。"

克家道：

"我倒不能，我的经济尚未独立，家产都执掌在你老人家手中，岂能不认你母亲？除非你把财产交出来，彼此分开来后，我们不认你也可以。"

秦氏听克家越说越不成话了，气得一口气几乎回不过来。克家却说了这话，自顾走了。秦氏在客房哭哭啼啼，受了儿子和媳妇的气无处告诉，深悔自己早代儿子授室，不免失策，预备明天一早回苏州，这里当然再也住不牢了。

克家回到自己房中，见秀芝笑嘻嘻地站在门口。克家便对伊说道：

"我已问过了，是我母亲不好，谁叫伊多管闲事。你休要和年老人一般见识，听说伊明天决定要回去了，让伊去吧，免得多出啰唆来。"

秀芝点点头道：

"你说得很对，我只要你明白就是了。老实说，方才你和你母亲讲话时，我曾悄悄地立在房门口窃听的。这老东西自讨苦吃，我对伊完全没有好感。"

说罢，二人携手地走到沙发边去坐了。到得明天，秦氏已把行李预备好，早餐也不要吃，赶紧要坐火车回去。克家只得到公司里去买了许多食物，送给他母亲带回家去，分赠亲友的。自己又送秦氏到车站，买了一张二等票，送上火车。秦氏临走时没有和卢秀芝说什么话，卢秀芝也不相送。克家虽然送至车站，但和他母亲也没多谈，等不到火车开，他推说要紧到校，已先走回去了。

秦氏有兴而来，败兴而归，心里说不出的万分懊恼和悔恨，只落得惨凄凄地带着阿宝回苏。

克家送走了母亲，他心里正忙着要办他不得不办的事，幸亏高其达已把他的田单去押了两万元来，交与克家。克家有了钱，便着手进行一切。先把一万块钱送到尤丽莲家中去，作为聘金，依了丽莲的要求。尤瑟夫妇得了这笔款子，不胜之喜，当然先要去购办些上好的云土，给自己过瘾，至于女儿身上却是样样省去，完全由克家去办了。克家又和高其达在环龙路租得一个新式二层统楼，买了一房间最新式的柚木家具，布置起来。古人说狡兔有三窟，克家在苏州既有老家，又在上海有两个小家庭，也可以说三窟了。可是上海那两个小家庭却都是销金之窟，全赖苏州那个老窟穴来挹注，克家的前途也就可想而知了。但是当时的克家怎会顾虑到将来，盲人瞎马胡乱做去。

日期渐渐近了，他又和高其达串通了，假说校中要旅行杭州，以及游玩桐庐诸名胜，要有一星期的逗留，不得不和秀芝小别。秀芝起初不让他去，后来经克家再三商量，方才勉强答应。克家又给伊一千块钱买东西的。秀芝因为克家赴杭，自己在沪，不免寂寞，同时又惦念家中的老父，所以趁这当儿也要回苏州一遭。克家闻言，心中大喜，极力怂恿秀芝返苏省亲。秀芝哪里知道这事的内幕呢？克家一等秀芝回苏后，他更像不羁之马、脱辐之牛，可以任所欲为了。在八仙桥青年会和尤丽莲举行一个不结婚的婚礼，就是邀请尤家的几个亲戚朋友大吃一顿大菜，表明自己愿意和丽莲同居。而丽莲也装扮得如新嫁娘一般，春风满面地款接来宾。可是人家却已瞧得出丽莲的肚皮已顶得有些高高的，

238

像藏着一个小西瓜一般，大家自然明白丽莲此次所以迁就的原因了。至于克家面上的人却只有高其达和小杨两人，其余的同学都不曾邀，恐怕他们要作没遮拦，传说出去。这天黄瑛也来。黄瑛和尤丽莲是好朋友，此次克家在家成婚的事所以给尤丽莲知道，也是伊揭破的。伊本不赞成尤丽莲如此迁就，依伊的主张，最好要叫克家和卢秀芝离了婚以后，方可正式结婚。但这事一时岂易解决？尤丽莲身已怀孕，迫不及待，只好贪了一万块钱的聘金，让克家便宜了。因此伊学校里的同学除了黄瑛，也是一个也没有请。餐后，克家和丽莲回归环龙路新屋。小杨、黄瑛、高其达和丽莲的父母一齐前去。小杨等三人又在新房里说说笑笑，好似闹新房。那新房的布置也是出于克家的心思，和秀芝的房间一样富丽。妆台上有一架飞头牌七灯的无线电收音机，是小杨和黄瑛合送的。还有一对新式的台灯，是高其达送的，发出紫罗兰色的灯光，很为幽艳。丽莲的父母此番嫁女儿，一钱不出，反拿进了一万元，又见了新房富丽堂皇，自然心里也是满足。大家坐到十二点钟，先后散去。于是克家和尤丽莲便在这新屋中卿卿我我，重圆好梦。新屋里也用了一个女仆和一女婢，足够伺候丽莲一人了。

次日克家便和尤丽莲同往杭州去畅游了三天，青山绿水，心情流连。摄了几张小影，有一帧在西泠别墅小盘谷摄的，丽莲坐在石上，克家立于丽莲之后，前有花草，后有竹林，背后远望一角湖上风景，若隐若现，背景既佳，姿势更好，克家吩咐照相馆里多印了两张，带回去作为纪念。又至各店买了许多杭州的土产，如火腿藕粉、榧子、橄榄、茶叶、紫胡桃之类，预备带回去赠送友人，并给秀芝作为信物。

等到他们返沪时，卢秀芝也已从苏州回来。克家到了家里，把东西交与卢秀芝，秀芝以为他真的到杭州去旅行，却不知伊夫婿同新欢去度蜜月的呢。克家虽然瞒过了秀芝，和尤丽莲实行同居之爱，但是每晚却不能在外住宿。有时偷偷地到丽莲处小坐一二小时，或是在秀芝面前假意推说外面有应酬故要晚归，遂在丽莲处盘桓至子夜，亦不得不归去了。这是尤丽莲引为缺憾的事，每当克家去时，伊必要紧蹙蛾眉，表现出十二分的不满意来。克家也是依依不舍，徒唤奈何，觉得从此以后一身难兼二处，颇有顾此失彼之虑，倒并不是取之左右逢其源了。然而秀芝渐渐地觉得克家的态度有些不对，言语也有支吾。晚上又常常要到一两点钟才回家，因此疑心克家或在外边荒唐，爱上了什么舞女，遂对于克家的行径特别注意起来。伊知道高其达是喜欢跳舞的，疑心高其达要牵引克家上舞场去，得间便向高其达询问。高其达答道：

"我虽然喜欢上跳舞场，可是绝不敢拖拉克家兄同去的。新嫂嫂在上海，克家自当朝夕陪伴，我怎敢叫他到那种地方去呢？要去时我也一个人去的，所谓独乐乐了。"

说罢，哈哈笑了一笑。秀芝相信高其达并不虚言，也带笑说道：

"那么我也希望你少到这种地方去胡闹，这是最容易使人堕落之所啊。"

高其达道：

"嫂嫂的话是金玉良言，我还是常到这里来盘桓吧！我们没有家室的人，更像没笼头的马，常觉约束不住身心的。"

秀芝点头道：

"不错，我希望密司脱高常常来此，不胜欢迎。"

这样秀芝对克家虽有怀疑，而尚捉不到破绽。不过天下的事

240

若欲人不知，除非己莫为，克家和秀芝结婚的事到底瞒不过尤丽莲，那么他和尤丽莲同居的事又怎样能够一直瞒下去呢？克家因为他夫人近来对他监视更严，查问更紧，他心里也觉得惴惴然，恐怕泄露秘密，所以晚间不敢过于迟归了。但是尤丽莲地方又不舍得不去，亏他想出一个好计谋来，就是把他读书的时间实行减少，每天上午读书，下午常到丽莲家中去，学校里常常缺课，更不读什么书了。好在这种学校只知道收学费，对于学生的功课并不注意的，你要请假时随便十天八天都可以。有时教员在教室里上课，学生等到点过了名，往往会三个两个向室外溜走。最可笑的有一次克家的一班上国文课，正在下午三点钟的时候，国文教员是个近视眼，在讲台上大讲其《汉书·艺文志》，可是学生都觉得沉闷不堪，三三两两地走去。走到后来，只存两个人，伏在案上打瞌睡，鼾声大作。教员觉察后，长叹一声，也就不讲了。所以克家在校中随便什么时候出进，绝无拘束的，便把读书的光阴消耗在金屋绣闼间了。

有一天，秀芝校中下半天放学，秀芝回到家里，独自一个人坐着，颇觉寂寞。伊翻开报纸广告一看，见大光明影戏院，今天新映五彩有声巨片《海天情侣》，伊很想去看这一张影片。五时半有一班的，克家校里出来时正来得及。于是她就打一个电话到校里去，知照克家休要到别地方去，速即回家，陪自己去看电影。但是连打两个电话，克家都没有来接。管电话的人回报克家今天没到校。秀芝再要详问，电话早挂断了。这样顿使秀芝多了一个疑团，非自己亲自出马不可。于是秀芝就换了秋季的新装，穿上了一双紫色的高跟革履，拿了手皮夹，吩咐阿喜好好儿看门。伊就出了家门，跑到立人中学来。叫门房进去寻找克家。那门房进去了好一歇，出来回报说，庄克家今天没有到校，和接电话的人说得相同，可知克家千真万确地不在校中。那么他到了什么地方去呢？这倒要急于查问的。遂又对门房说要找高其达。门房进去之后，高其达穿着一身西装，跳跳跃跃地跟门房出来。见了秀芝，却不由一怔。便问嫂嫂何事到此？请秀芝到会客室中去坐。秀芝便将自己寻找克家的事告诉他听，问他可知道克家的行踪何在。高其达明知克家是在环龙路尤丽莲那边了，但此事怎样可以向秀芝直说呢？遂假意皱了一皱眉头说道：

"请原谅，这个却不知道。我今天没有见到他的面。但前几天听他说要到江湾去拜访一个朋友，不知他今天是不是到那边去？"

卢秀芝道：

"他在江湾有什么朋友？我没有听他说起过，不知他究竟到什么地方去，也许他瞒了我而在外边和他人勾搭，想密司脱高和他是极熟的好朋友，大概总有些知情吧，请你明白告诉我，我就十分感激你了。"

高其达怎肯贸然直说呢？所以他只是摇头。秀芝知道他不肯说，也不再勉强他，但自觉很是没精打采，偌大一个上海市，娱乐的场合到处皆有，叫自己到哪里去找克家呢？只好等待他晚间回家时向他责问，和他理论了。秀芝一手托着香腮，沉沉地思想着。高其达忍不住问道：

"嫂嫂既找不到克家，是回府去呢，还是到别地方去？"

此时已至散课，许多青年挟着书包，高高兴兴地回家去。有的坐汽车，有的坐自由车，有的乘公共汽车，有的安步当车，高其达忍不住这样问了。秀芝道：

"我本来一心想看大光明的《海天情侣》，无如克家不在校中，所以我也无心看电影，还是回家去吧！"

秀芝说话时，以齿咬唇，露出心中愤怒的样子。高其达道：

"嫂嫂既要看电影，待弟弟来伴你一观可好吗？"

秀芝道：

"很好，只要密司脱高有暇同去，也足消我胸中的烦闷。克家对我太不应该了，我不受他欺侮的。密司脱高，你以后瞧着吧！"

高其达不便说什么话，遂把西装领结整了一下，陪同卢秀芝走出校来。今天卢秀芝是对于克家满怀的怨恨，暗想：他背着我出去，不知暗暗地做什么事，我也即以其人之道还治其人之身，乐得出去玩玩。好在高其达就是他的学友，此人和克家不同，很能摸得到妇人的心思，做事能讨人欢喜的，他的功夫在克家之上呢！于是伊毫不犹豫地跟了高其达同行。二人坐了人力车，赶到大光明影戏院，恰巧电影将要开映了。高其达抢着去买了二张票，二人步入戏院，拾级登楼，走到对号入座的花楼里去。银幕上正在映新闻片子，黑压压地坐了许多人，由招待员用电筒照着，坐到了位子上。二人并肩而坐，同观电影。这张影片充满着情爱的表演，是演述一位伯爵夫人舍弃了自己的尊荣和富有，却跟着一个音乐家，背了丈夫，私自逃奔到海外去。在海中遇着海盗，九死一生，脱险就夷，卒在海外结成情侣。情节是非常浪漫的。二人瞧着，心头都觉得热辣辣的，尤其是高其达，觉得自己和克家是老友，今天忽然背了克家，和克家的夫人一同到这里来看电影，似乎有些瓜李之嫌。倘被人家瞧见了，也许会发生不入耳之言的。他这样一想，心里便有些不安宁起来。看看卢秀芝却言笑晏晏，若无其事。伊身上的甜香一阵阵透入高其达的鼻管，险些把久历情场、漫游色界的高其达陶醉了心魂。直到影片映完时，电炬灿燃，大家立起身来，刚想出院，卢秀芝忽然眼睛向前面一瞧，好似中电一般，面上露出惊异之色，回转头来对高其达说道：

"你瞧这不是克家吗！"

说着话，将手向人群中一指。高其达跟着伊的纤指看去时，正见克家和尤丽莲双双携手，走下楼梯而去。

# 第二十三回

## 妒花风雨猝兴波

在这个时候，克家和尤丽莲一边走一边谈，走得很快，背后又有许多人挤过去，所以头也不回，没有注意到高其达和卢秀芝站立的一隅。高其达再也想不到天下有如此的巧事。今天他虚了心，不由将一颗头低垂下去，一反平时敏捷灵活的态度。秀芝妒火中烧，哪里按捺得住？又对高其达说道：

"你且站在这里，待我追上去拖住他们两个，看克家怎样解说。"

秀芝说罢，扳步要走，却被高其达一把拉住，说道：

"你就饶了克家一遭吧！这一次千万别要和他理论，因为你若去责备他不该瞒了你和别的女子同观电影，当然这是他的不是。但是凑巧今番我忽然陪你前来，他见我同你一起，势必也要引起他的猜疑，那么他必要借此辩护，而说你躬自厚而薄责于人了。况且我也不好意思在这里和他见面。他若向我诘责起来时，我更无以自解。所以你看在我的面上，不必前去揭破他们的秘密，只要你以后留心防范就是了。"

秀芝道：

"我和你到这里来观电影是光明磊落的，他不好说什么无理之言。”

高其达道:

“克家也何尝不好如此说呢? 总之在今日男女社交尚未十分公开的时代,不免总要给人家编派的。往后的日子长,何必今日呢?”

秀芝听了高其达的话,想了一想道:

“密司脱高,你不必蒽蒽过虑。你且守在此间,暂时不要出外,待我一人独自去找他们理论,好在克家没有瞧见我和你在此呢。”

秀芝说了这话,叽咯叽咯地跑到楼梯边去了。高其达不便再和伊拉扯,只得由伊去休,自己立在座位旁边,透了一口气。秀芝跑下楼梯时,已不见克家和尤丽莲的影子,戏院门口人头拥挤,视线被蔽,一时难以遍察。跑到人行道上,向东西两头望望,不见二人影踪。又向马路上一看,各种车辆往来如织,闹得人头昏目眩,在这一大堆车马人众中间,叫伊从何处去找寻克家呢? 伊张大着双目,呆呆地立在稠人中,瞧不见克家和那女子,心里十分懊恼。隔了一歇,回到里面来,只见高其达呆呆地站在楼梯边,探头探脑地张望。秀芝又好气,又好笑,对他招招手。高其达立刻跑到伊身边,向两边望了一下,开口问道:

“你找到他们没有?”

秀芝把革履向地下咯地一蹬,带着抱怨的神情,说道:

“都是起先你把我拉住了,考虑一下,耽误时间,及至我走下楼梯时,他们已不知走到哪地方去了。唉! 现在叫我往哪里去寻找呢?”

秀芝说到这里,长长地叹了一口气。高其达暗暗代克家叫了一声侥幸,便带笑说道:

246

"今天总算便宜了克家兄，改日你再去找他们说话吧！"

秀芝想了想，又对高其达说道：

"密司脱高，我还有话问你呢。此刻时候不早，我们到哪里去吃晚饭？大概他也不回家呢。"

高其达此时已是欲罢不能，遂说很好，嫂嫂喜欢上哪一家馆子，我自当奉陪。秀芝道：

"近便些就到新亚酒楼，可好吗？"

高其达点点头。他遂陪了秀芝，离开大光明，走向新亚酒楼而去。这时正是上市的时候，灯光璀璨，鱼龙曼衍，酒香肉气，竹奏弦鸣。二人踏上新亚楼头在一个小间内坐定，各吃一客大菜，开了两瓶绿宝橘汁。高其达陪秀芝坐着，秀芝当着高其达从手皮夹里取出脂粉盒子来，对着小镜子，抹粉点脂。高其达吸着纸烟，自思这本是克家的义务，想不到今天克家去和丽莲同欢，却让自己来代庖，这真是从哪里说起呢？克家和丽莲同居的事，朋友帮忙，都代他守秘密，谁料自己会被他夫人撞见呢？今天若不是我和秀芝兜搭了几句话，克家早已受窘了。他应该怎样感谢我啊。然而自己又不能这样老实告诉他，因为克家也要疑心我何以忽然同他夫人出来看电影呢。他正在这样沉思，秀芝已放好了粉盒，喝了一口橘汁，将一手支着伊自己的香颐，向高其达说道：

"我有一句话要问你，方才我见那个小贱人，就是前一次我到学校里去唤克家返苏之时，曾见有一女学生和你一同站立在校门口看我们。我在汽车里曾问克家那女子是不是密司脱高的女友，克家含糊答应我说是的，所以我也没有多大留意了。谁知今天那女子却和克家在一起看电影。仔细想来，当然不是你的女友，而是克家的新欢了。那么那女子你也认得的，只不过平时瞒

247

着我罢了。你和克家是同学，彼此回护，但太欺侮我了。今天凑巧给我撞见，这是鬼使神差，天有眼睛，所以我要请求你把那女子的姓名来历，详详细细老老实实告诉我听。你若不肯说，或是有一句半句假话，那太对不起我了。"

高其达听了这话，十分尴尬。他虽号称是个智囊，但在此时他也觉得说不可，不说也不可，真是进退狼狈。本是别人家的事，现在自己厕身其间，做人难了。

秀芝又说道：

"嗯，我倒记得了。克家那天同我说过的，那女子姓尤，却没有告诉我名字。现在看来，你们本是串通一起，欺骗我的。今天无论如何，你再不能推诿了，快快告诉我吧！"

高其达把手搔着头说道：

"你既然识得那人，我也不便再代克家兄隐瞒了。那女子果然是姓尤，名唤丽莲，是某女校的高才生，善交际，能唱京剧，早和克家交友。克家也许不要和伊结婚的，后来不知怎样地被他家老太太唤回苏州去和嫂嫂订婚，且很快地结了婚。克家起初要想瞒过尤丽莲，后来有人告诉了伊，伊便向克家交涉。上次你来校的时候，就是伊来和克家责问的当儿，不巧被你分开了他们。"

高其达说到这里，秀芝将桌子一拍道：

"这真便宜了他们。当时你为什么不告诉我？密司脱高，你也不是好人。"

高其达道：

"请原谅，谁愿意多生出祸端来？能隐瞒时当然要隐瞒过去。此刻被你逼急了，我只好老实奉告。"

秀芝道：

"克家既和尤丽莲有恋爱，就不应该再来娶我。既然和我结了婚，那么他断不能再背了我而和尤丽莲交欢。克家这个人太没有道理了。这并不是买东西，买了这样，又买那样。爱情是专一的，不可掺杂别的成分在内。克家现在和尤丽莲如此亲密，那么他和我的爱情已有了分裂，显见得他和我结婚，并没有将爱情筑在深固的基础上面，我不过受他的欺骗。今日我有些醒悟了。此事非向克家严重交涉不可。"

高其达此时也不好再向伊劝解，坐在那里局促不安，只把菜来吃。秀芝心里生了气，菜也吃不下，又向高其达说道：

"密司脱高，你说说看，克家这个人糊涂不糊涂？你虽和克家是同学，但试站在第三者立场而论，像克家这般荒乎其唐的行为，他对得起我吗？我还能恕宥他吗？"

高其达点点头道：

"克家兄确乎做事太没有一定的宗旨了，大概他的年纪也轻一些，凡事没有先加考虑。任着一时的冲动，乱七八糟地做去，以至于此。我虽然是他的好友，也不能为他讳饰。"

秀芝道：

"你这话说得对了。像你一样是个少年，确比他有见识，有宗旨，便稳定得多了。"

高其达笑笑说道：

"承嫂嫂谬赞，使我惭愧得很，我也是个不长进的人呢。"

秀芝笑了一笑，吃了一块炸猪排，又对高其达说道：

"请你告诉我，那尤丽莲住在什么地方？我要等克家去的时候捉他们的奸，让克家吃一场官司，且使尤丽莲当众出丑，方快我心。"

高其达听了这话，不觉暗暗代克家打个寒噤，自思此事怎好告诉出来，这是大大地对于克家和尤丽莲有不利的，我怎能卖友

249

呢？所以他只自低倒了头吃菜，不即回答。秀芝却伸手将高其达衣袖一拉道：

"怎样？你在我面前装聋子吗？今晚真是一块试金石，我要试验你对于我和克家究竟和谁的感情好。你虽是克家的同学，而自我到上海来后，你常到我家来聚谈，彼此已成极熟的人，所以你也是我很好的朋友。"

高其达偶然抬起头来，见秀芝说到"很好的朋友"五个字时，声音十分柔和，直钻进他的耳朵，同时又对他微微一笑，这一笑很含深情。高其达在风月场中走惯的，和妇女接触得多了，如何不理会得，心里不觉怦怦而动，也对着秀芝带笑听伊讲话。秀芝继续说下去道：

"因此你若仍祖护克家，不肯告诉我时，可见你对我的情感远不如克家了。你若肯完全告诉我时，我便知道你和我的情感很好，我也绝不亏待你。你是聪明人，请你想想吧！"

高其达听秀芝如此说，他的心更不能无动。古语说，儿子是自己的好，妻子却是人家的好，高其达在外厮混，尚未有妻，一晌他也很赞成秀芝擅交际功夫，为人活泼，富于情感。自从他们夫妇俩来沪以后，他常为入幕之宾，秀芝总是对他表示好感的。有时夜深了不便回去，就借住在克家家中的小房间里，有如家人一般地亲密。所以他的心被秀芝一说，更是软化了许多，再也不能偏祖克家了。只得说道：

"嫂嫂，你如此说法，我未尝不感谢你的美意。可是说了出来，希望你对于克家兄也不要做过甚之举，否则我闯的祸不小，克家先要骂我不该在嫂嫂面前嚼舌头，搬弄是非，害得人家伉俪失和，我担不了这干系啊。"

秀芝一笑道：

"在这里讲话，你知我知，没有第三个人在旁边，只要我不说出去，克家绝不会知道你和我讲的，这样你总可以放心吧！"

秀芝说了，双目又向高其达一盼，眼波中似有无限情愫，使高其达再也没有抵抗能力。到了这个时候，他也顾不得卖友了，便将克家怎样先和尤丽莲发生过肉体上的恋爱，怎样瞒过秀芝在上海实行同居，新巢便筑在环龙路六百四十五号，曾到杭州去游过三四天，把克家的全本《西厢记》一一告诉，连以前克家和李绮的事情也说了出来。秀芝咬着牙齿，恨恨地说道：

"早知克家是这样的一个儇薄子，那我绝不肯和他结婚的。他这个人竟这样漫无目的地拈花惹草，将来不知要去玷污许多人，朝三暮四，弃旧恋新，这种人怎能和他做配偶？我绝不和他甘休的，一定要和他谋一个彻底的解决办法。倘然他能和尤丽莲脱离关系，从此洗心革面的说话，那还是将就过去，否则我就不能和他同居下去了。密司脱高，你对于这种朋友也赞成他的行为吗？"

高其达暗暗叫一声惭愧，克家所作所为，自己十九参与，有许多事都是自己运筹帷幄，叫他去做的，自己还能说克家的不好吗？然而在秀芝面前却不好吐露实情，只得点点头道：

"我虽对于嫂嫂深表同情，但对于克家也是好朋友，这话恕我不能回答。只希望嫂嫂宽宏大量，莫为已甚。"

秀芝道：

"你还要帮他吗？他对于妻子尚且要弃捐若遗，何况朋友？你以后不要再帮他了，请你要相助我去对付这薄幸人。"

高其达不响，拈了一支纸烟，燃着了，衔在唇边猛吸。侍者送上水果和咖啡茶来。秀芝和高其达喝过咖啡，看看时候已有九点钟，秀芝遂要回去。伸手到皮夹中去取钱，要想付钞。高其达如何肯让秀芝付，立刻吩咐侍者过来，抢着将餐费付去。秀芝又用小粉盒在自己脸上抹了一会儿，立起身来说道：

"密司脱高，谢谢你破费，且告诉我这事的一切。我虽和克家爱情上有了裂痕，但和你的友谊却是更进一步，希望密司脱高能时时安慰我，相助我。"

高其达听得出秀芝言外之意，便微笑道：

"多谢嫂嫂看得起我，我自当效力一切，使嫂嫂欢喜。今天讲的话，请嫂嫂千万不要在克家兄面前泄露一句。"

秀芝笑道：

"你不要这般胆小，放心好了，我当然不会说出来。"

于是二人走出新亚酒楼的大门，秀芝和高其达道了一声晚安，坐上一辆人力车，向西而去，高其达望着伊的芳尘渐渐不见了，然后坐着公共汽车自回寄宿舍去。这天晚上高其达在床上胡思乱想，也有些睡不着了。他本来一切比较克家稳固老练，自以为很能利用人家的。现在给秀芝这么一来，似乎暗中有绝大的魔力，使他的心跟着动摇起来了。

那秀芝回家去的时候，克家尚未回来。伊很无聊地坐了一会儿，听得门下电铃响声，知是克家回来了。小婢阿喜出去开了门，履响托托，克家走上楼来，带着三分酒气，见了秀芝，便说道：

"今晚对不起你了，我本来要早些回来，却被小杨等几个朋友拖到酒店里喝酒，因为有一个姓袁的同学要到南洋去了，所以我们代他钱行，这个人情我是逃不掉的，只好跟他们去，直到此刻方才散归，对不起得很。"

秀芝听克家当面说鬼话，暗暗地又好笑，又好气，想克家明明和尤丽莲在大光明看电影，出来后再到什么馆子里去吃饭，自己当面错过，没有把他们捉住，是他们大大的便宜，还以为我不知情吗？唉！他却不知道自己的妻子也伴着他的朋友在外看电影吃大菜了，这叫作一报还一报，非我负人，人实负我。我若不是气极了，何至于此呢？此刻若然揭穿他，一则没有把柄，他必要狡赖的。二则打草惊蛇，反给他们有了防备，以后不便下手了。还是稍忍须臾的好，让他们暂时快乐，以后看看我的辣手段吧！所以秀芝只装作若无其事然的，淡淡地说了一声你倒快乐。克家见秀芝精神似乎有些不快，但他万万想不到自己今天做的事无巧不巧地会被他夫人撞见，更有他的好朋友竟会把他的全本《西厢记》一齐倾吐的。他因为上午在校中被尤丽莲打电话唤了去。索性和丽莲尽一日之欢，不但去看电影，又至舞场中去逛了好多时候才归来的。此刻他遂带笑带说地来敷衍秀芝，可是秀芝已识得他的假面具，便觉得没有意思了。

次日二人个个赴校上课，高其达见了克家，当然不便将大光明影戏院暗中相遇的事向他提起。瞧克家喜气洋洋，意殊自得，暗想：他不久将要遇到重大的变化，所谓乐极生悲了。秀芝虽然到校上课，心里有了事，更没心思读书。教员的讲解，伊竟是视而不见，听而不闻，低倒了头，只是筹划自己如何前去环龙路丽莲香巢中去揭破秘密。若是在苏州时，自己的朋友多，姊姊也好帮忙。但在上海却有些孤掌难鸣。这事非有人在旁摇旗呐喊助长声势不可，那么自己到哪里去找帮手呢？伊想了一会儿，抬起头来，瞧见右边和三排座上有一个女同学姓王名锡珍的，正在对伊看着微笑。伊知道王锡珍是个很热心的人，最喜管闲事，家住苏斐德路，和自己的家距离甚近。记得有一次从校中放学回去，曾和锡珍同行，路过锡珍家的街口，锡珍强拉自己到伊家中去玩，曾见伊有一个姊姊，身材很长，宛如巾帼丈夫。锡珍本是北方人，所以伊是校中的运动健将，很有力气的，伊的家中有两个女仆也是很蛮的，若得她们相助，可以打出手了。因此伊对锡珍点点头，笑了一笑。下课的时候，伊连忙走到王锡珍坐的身边，握着伊的手说道：

"停会儿放学时我要到你府上，有一件事和你谈谈。"

锡珍道：

"很好，我家本是请你不到的，难得你不嫌肮脏，肯来舍间坐谈，不胜欢迎之至。"

两人既已约定，在放学的时候，秀芝到了锡珍的家里，和锡珍的姊姊锡贤等坐在一起，把自己所遭逢的事一一告诉她们，且把自己的计划说出来，要求她们相助一臂之力。锡贤、锡珍姐妹俩听了秀芝的话，却代伊抱不平，愿意相助，要去尤丽莲那边打她一个落花流水。就约定后天星期五，七点钟的时候前去动手。秀芝有了她们姐妹帮助，胆子一壮，心中暗暗欢喜。谈到天晚，方才回去。伊趁间对克家说，星期五校中同学聚餐，自己须要九点钟回家，叫克家不必早归，可以和高其达等去看电影。这当然是有意哄骗克家的，克家却信以为真，遂说道：

"后天我本要去拜访一个朋友呢，那么十点钟，我可以回家来了。"

秀芝道：

"很好。"

伊明知克家所说的朋友就是尤丽莲，当然要他前去方才可以双双捉住，叫他们图赖不得了。

到得星期五，放学的时候，秀芝回去带了阿喜出来，赶至王锡珍家中。锡珍姐妹已在等候了。锡珍唤过伊的女仆张妈和婢女小桃子前来，见过秀芝，吩咐她们到了尤家联合动手。秀芝见张妈和小桃子都是强有力者，点头称好。因为时间尚早，便要请她们出去吃饭，吃饱了然后动手。锡珍起初不肯出去，要留秀芝在家里吃饭。但是秀芝喊了一斤白玫瑰，和锡珍姐妹喝些酒，可以壮些胆子。吃罢晚餐，正过七点钟，秀芝因为时不可失，稍纵即逝，马上付了酒钞，打电话去喊了一辆银色汽车前来，六个人坐在里面，飞也似的开到环龙路去。

那环龙路地方是很幽静，两旁树木很多，遮得黑黝黝的，在夜间行人尤少，那边的住宅都是新式的小洋房，也有许多外国人住在那里。汽车夫驶至那边，便问停在哪一家？秀芝根本没有到过尤丽莲这边来，所以不认识门户。伊只记得高其达和伊说的六百四十五号，对汽车夫说了。汽车夫当然将汽车慢慢地驶行，一面留心察看两旁人家的门牌。但是在夜间视线不甚清楚，况且道旁的灯光也不甚明亮，寻了多时，好容易寻到了。汽车夫将汽车靠住，开了门，秀芝和众人先后跳下车，付去了车资，指着一个洋式的门户，对众人说道：

"姓尤的住在二层楼，我们假做伊家中来的人，好使他们不防备。"

锡珍是急性的人，一声是，立即跑到门边去掀电铃。一会儿，门开了，众人方要一拥而入。但是秀芝一看门里站立的乃是一个外国人，手里拿着一个电筒，正对她们照看，口里操着英语，向她们问话，同时门里有一条很大的警犬，闻声蹿出，张牙舞爪地向人直扑，吓得众人倒退不迭。幸亏经那外国人喝住。秀芝只记得高其达说尤丽莲住在二层楼，却没有问清楚下面住的什么人家，不免有些踌躇。好在自己也会说几句英语，便上前操着英语，问这里二层楼上可有姓尤的中国女子居住，那外国人本要斥责她们不该胡乱前来惊动他人，现听秀芝能操英语，便改容

255

答道：

"此间是西人住宅，没有什么中国妇女，你们弄错了。"

秀芝听他说没有姓尤的人家，只得废然而退，那外国人也关上门进去了。锡珍等好生没趣，便立在人行道边，问秀芝道：

"这里怎么没有姓尤的呢？秀芝姐可否记错？"

秀芝暗暗想：莫非高其达不肯直说，随口说出来的吗，那么这个当我可上得不小了。我也绝不肯饶过他的。一边想，一边口里念道：

"我绝不会记错，人家明明白白告诉我的，环龙路六百四十五号，怎会记错呢？"

秀芝说了这话，锡珍的姊姊锡贤指着门上对秀芝说道：

"你确没有记错，但是你们试看这里的门牌和秀芝姐说的不对了。"

秀芝听了这话，忙走到门边，凑上去细细一看，乃是 654 三字，便对锡珍姐妹说道：

"啊呀，我们被那汽车夫所误了，我告诉他说六百四十五号，他把六百五十四号算作六百四十五号了。我们也没有仔细查查，误叩了外人的门，所以此间并无姓尤的了。"

锡珍捧着肚子笑道：

"他把四与五字颠倒了一下，别人却受累不浅，险些别肇意外的是非呢。"

秀芝道：

"闲话少说，我们快寻到六百四十五号去吧！"

于是六个人悄悄沿着马路走过去，细看门牌，走了一段路，方才找到六百四十五号，门户仍是一个样式的。秀芝不敢鲁莽，自己上前看了一个清楚，低低念了一遍，一字都没有错误了，遂大胆前去按动门上的电铃。铃声响后，接着有人来开门了，乃是一个少女。问你们从哪里来的，要找谁？秀芝道：

"对不起，请问你们这里二层楼上有姓尤的人家吗？"

少女点点头道：

"有的，你们姓什么？要找姓尤的做什么？"

秀芝说道：

"我们是她家的亲戚，特来望望他们的。"

少女向秀芝等众人相视了一下，勉强把门开开直接让她们进来。秀芝等不便乱闯，又问少女到楼上从哪里走？少女指着左首一条甬道说道：

"从那边上楼去。"

这时甬道边正有一个婢女，瞧见了她们，立刻回身奔去。秀芝当先走着，和锡珍姐妹等率领婢仆，冲上楼去，要寻找克家和尤丽莲两个。

第二十四回

# 情天孽海如幻梦

这天克家因为秀芝校中有聚餐，自己不用回去陪伴，所以心中很觉宽松，下午一时便出了学校的大门，跑到尤丽莲妆阁里来。他的意思想和丽莲去游半淞园，可是丽莲因为自己肚子渐大，懒得出去，一直守在家里，连学校里也不去了。伊和克家坐在沙发里喁喁谈话。伊说道：

"现在我是难得出去了，要等到腹中的一块肉呱呱坠地后，方可恢复我的自由。独居无俚，除了看小说，听收音机，简直无事可为，不免沉闷。因此唯一的希望，就是你常常到我处来，减少我的寂寞。"

克家道：

"丽莲，你是明白的人，当能原谅我的。我只要有机会，就到这里来陪伴你，连读书的事情也不在我心上了。不过我家中有了羁绊，不能住在你处，这是我最大的缺憾。然而我心里的爱却是完全输于你的，秀芝没有这份儿。"

尤丽莲微微一笑道：

"你不要向我假献殷勤。谁知道你的爱输于哪一个？但我觉得你的爱是有些靠不住的，否则既已爱上了我，为什么再去和他人结婚呢?"

克家把手搔着头，似乎有些不耐的神情，仍带着微笑说道：

"你不要提起这种话了。这是我的不得已的苦衷，你要特别原谅的。你只要得到我的爱，名义又是别一问题呢。今天我是专程来陪伴你的，要到晚上十时才去，因为秀芝校中有聚餐，伊也要晏归的。我和你且谈风月，莫寻烦恼。你不出去时，少停吩咐阿宝到三和楼喊几样菜来，我和你在家中小酌也好。我好久不闻你的歌了，你为我唱几支可好吗?"

尤丽莲自然赞同。到了晚上，华灯初明，菜已送来，摆满了一桌子。克家和丽莲在房中对坐小饮，饮着玫瑰佳酿。丽莲轻启珠喉，唱一支《六月雪》。克家一边饮酒，一边听她的宠姬低声清唱，其乐陶陶。正在这时，小婢阿宝匆匆地跑上楼来说道：

"下面来了几位女客，要找尤家，正和楼下房东的大女儿蓉小姐问讯呢。"

二人听了，都不由一怔。这里除了尤丽莲的父母有时来玩玩，绝没有其他客人来的。丽莲的同学除了黄瑛，一个也不知道，很是秘密，何来不速之客? 克家心里一动，连忙立起身，推窗一望。这时秀芝等已走进甬道，阿喜尚随在后面，被克家瞧见了大半截身子。说声不好，我家里的人来了。他知道在这房间里没躲避处的，遂很快地奔出房去，已听得楼梯上有足声了。他立刻向三层楼楼梯上一躲，伏在暗隅，窥探究竟。果见自己的夫人秀芝当先领导，背后还跟着两个身长力壮北方化的女子，以及二个婢仆，那阿喜走在最后，向尤丽莲房门扑去。他知道情势不好，不知哪一个到伊面前饶舌，泄露了秘密，遂被伊赶来寻衅了。幸亏自己耳灵目快，躲避得早，不然被她们抓住，便要吃眼前亏了。然而尤丽莲怎能对付得下呢? 这也顾不得了，自己快些逃了出去吧，免得给她们搜查着，倘然自己不被她们找到，她们也不能怎样奈何尤丽莲的。他这样想，便趁她们不防之时一溜烟地逃下楼去，从后门里跑到了街上。想想到什么地方去呢？不如去看高其达，和他商量商量，再作道理，所以克家跳上人力车，径奔高其达那边去了。

这里尤丽莲房中来了秀芝等一伙人，顿见梦乱。秀芝是认得尤丽莲的面貌的，尤丽莲却不认得秀芝。伊仍坐在沿窗椅子上，回头向她们斥问道：

"你们是谁？我不认得你们，这里是人家的房间，如何可以乱闯乱跑？"

秀芝东瞧西望，不见克家，唯见桌上放着两副杯筷，杯子里的酒还未干，衣架上挂着克家的一顶薄呢帽子，墙壁上挂着克家和尤丽莲在西湖边上所摄的俪影，当然这是绝对不会错误的了。可是克家在哪里呢？怎的不见他的人影呢？自古道"擒贼先擒王"，万万不能给他逃走的啊。秀芝急于找寻克家，不及和尤丽莲答话。伊瞧室中空荡荡的并没有什么掩蔽，哪里有克家的踪迹？不觉暗暗焦急，怎被他逃走呢？四面一看，仍不见他的影子。伊愤怒极了，指着尤丽莲骂道：

"姓尤的小妖精！你把我的丈夫庄克家藏在哪里？快快交出来，老实说，我今晚是来揭破你们的秘密的。"

尤丽莲早已猜出是秀芝来了，所以克家仓皇遁去。伊看着秀芝等一伙人，心中一半有些虚怯，一半却怀着绝大的醋劲。现听秀芝骂伊小妖精，不由涨得玉颜通红，怒目咬牙地对秀芝说道：

"你不要骂人，庄克家是你的丈夫吗？我只知他是我的丈夫。我不来管你，你也休要管我，谁叫你跑到这里来的？"

秀芝听尤丽莲说话强硬，公然说克家是伊的丈夫，不知羞耻，公开攘夺，使自己在锡珍姐妹前更觉难堪了，于是走上一步，说道：

"好，你这个小妖精竟不知廉耻，攘夺人家的丈夫。你说克家是你的丈夫，我要问问你几时嫁给他的？须知庄克家只有一个妻子，就是我姓卢的，是他在苏州奉了父母之命、媒妁之言，和我堂堂正正在家里结婚的。你是谁？不过背着人和克家偷偷摸摸地在这里干那没廉耻的勾当。克家若是你的丈夫，他就难逃重婚之罪，我也可以向法院提起诉讼的。何况你只是他姘头罢了，今天被我拆穿了西洋镜，还敢嘴硬吗？我不管克家是否在这里，他戴的帽子还挂在衣架上，他和你摄的小影也在墙上，这便是证据了。"

说着话过去取下墙上的小照架子，尤丽莲走过来夺时，被秀芝伸起手掌，向丽莲脸上重重地捆了一下。丽莲吃了这个亏，怎肯退让，也就还手一拳，打在秀芝的胸口。此时王锡珍上前强作劝解，把丽莲的手拉住。锡贤也上前来拉。秀芝趁势又向尤丽莲打一巴掌。丽莲让得快，将头一侧，打在肩头。尤丽莲忙喘着气说道：

"你们竟讲打吗？"

秀芝喝道：

"打打打！"

说着话，回过脸去向小桃子、阿喜、张妈三人说道：

"与我动手，打坏这房间。"

三人一听秀芝号令，个个动手，只听一片乒乓的声音，早将玻璃大橱、妆台以及一切陈设，打得东倾西倒，粉碎坏乱。尤丽莲连喊："反了反了！"只苦自己两手被锡珍姐妹俩拖住，挣扎不脱。秀芝又向伊一拳，正打在伊鼓起的小腹上，又在伊腿上踢了一脚。尤丽莲怎受得住？早蹲倒在地板上，高呼救命。幸亏小婢阿宝到楼下去喊了房东等一班人来，上前劝解。那房东太太也是个姨太太出身的人，伊有些知道尤丽莲的事，自然要袒护尤丽莲的。伊对秀芝说：

"倘然这事是庄先生做错的，应当向庄先生去理论，不必和姓尤的寻衅。现在这样任意乱打，倘然打出了人命来，如何了结？所以自己不得不来干涉。"

秀芝见这房间已打坏了，尤丽莲也被打倒在地，自己略出了这口气。克家不在这里，再闹无益，不如姑且回去，向克家去交涉。便带了那小照，和锡珍姊妹等一同走下楼去。来到马路上，房东早将大门紧闭上了。秀芝对锡珍姐妹说道：

"今天辛苦你们了，还有张妈和小桃子，改日再谢。方才打得可称爽快，叫那小妖精吃一些苦头。但克家不知如何溜走的，百思莫解。且待我回去向他交涉。"

锡珍姐妹也道：

"秀芝姐愿你交涉胜利，以后如有用我们之处，请你吩咐便了。"

大家遂各坐着人力车回去。秀芝和阿喜坐车回家，见克家没有回来，遂坐在房中，等待他来，好和他交涉这事情。谁知直守到午夜十二点钟，不见克家回转家门，心中又气恼起来。他做了这种丑事，竟避不与我见面吗？但要知道这事情很大，无论如何，他是避不了的。我岂肯饶过他呢？又坐待了一个钟头，觉得身子十分疲倦，呵欠连连，料想今晚克家不知躲在哪里，绝不敢回来了。只得叹了一口气，把夺来的照片藏好，然后解衣上床，自顾安睡。次日伊也不到校上课，心里急欲解决这事。第一要把克家找到，便想到高其达身上，就打一个电话到立人中学去，问他今天克家可曾到校。高其达回答说，没有见。秀芝只得说道：

"下午请你可能牺牲半天功课，到我家中来一谈吗？"

高其达道：

"谨遵台命。"

于是秀芝只有等高其达来了再说。伊预备两只水果盘子，一只盘子是玫瑰葡萄，一只盘子是花旗蜜橘，以及面包、白塔油、牛乳等，如款待嘉宾一般。到了下午，高其达果然来了。

此番卢秀芝和克家的演变，中间的牵线人却是高其达，若没有他在秀芝面前原原本本地告诉，秀芝哪里会找到尤丽莲妆阁中去呢？可惜克家十分懵懂，完全没有觉察。昨晚出了事，他跑至校外寄宿舍里去，一看高其达不在宿舍，他就料到高其达必在百乐门了。立即坐车赶至那里，见高其达正在舞厅里，搂着袁梅儿翩跹而舞，他就坐在桌子旁等待。一会儿，见乐声终止，高其达携着袁梅儿的手，施施然走来。一见克家，便带笑说道：

"克家，你怎么今晚有工夫跑到这地方来？你夫人在家不在家？"

袁梅儿也说：

"庄先生好久不见了，娶了娘子，这里便不想来。你们男子都是怕老婆的。"

克家无心和他们打趣，只说一声我有一件事，要和其达兄商量。高其达看了克家满脸的愁容，又听了他的说话，知道克家必然遭遇到困难，卢秀芝果然不肯饶过他了。遂假意问道：

"你有什么事要和我谈？"

克家当着袁梅儿的面，怎好提起自己的事情？只得说道：

"你不回去吗？我方才找到宿舍里去的，因你不在那边，所以又赶上这儿来。但是此间非谈话之所，可能换一个地方去？"

高其达道：

"这些时候又到什么地方去呢？还是在此谈谈吧，不妨事了。"

说着话，便对袁梅儿说道：

"袁，你去歇歇吧！"

袁梅儿勉强笑了一笑，走到别处去了。克家等袁梅儿走去后，喝了一口茶，便将自己和尤丽莲遭逢的事，约略告诉高其达听。当然此事早在高其达意料之中，现知一旦爆发了，故作惊骇的神情说道：

"哎呀！竟有这等不幸的事情发生吗？你的新房子很秘密，有谁去告知你的夫人呢？"

克家道：

"正是呀，不知哪个知道了消息，喜欢生事，在秀芝面前去嚼舌。这是出于我不防的，险些被伊擒住呢。"

高其达道：

"近来你夫人很注意你的行动，你可知道吗？"

克家道：

"不错，伊似乎有些觉察，常常向我查问。我是太大意了一些，竟被伊寻到。只是我虽然走了，苦了我的丽莲。秀芝这个人十分厉害，绝不肯轻易饶过伊的吧！"

高其达点点头道：

"丽莲逃不掉的，准受她们欺侮，你这个人真不会干。"

克家噘起了嘴说道：

"你怎样说我不会干呢？在那个时候我还是脱身避开的好。若被秀芝抓住了，更是难堪。换了你在这个样子的时候，有什么好法子呢？"

高其达道：

"换了我时也不会弄得像你这样尴尬了。你可曾回家去见过你夫人吗？"克家摇摇头道：

"没有。此刻伊正在盛怒之下，我若回去见伊，一定要触一鼻子灰的，所以先来看你，和你商量商量。你看这事怎样办呢？现在这事是已揭穿了，秀芝知道我外面另租小房子，别有新欢，伊一定不肯放过我的。至于尤丽莲吃了这个亏，她也绝不愿甘休，必要去告诉伊的父母，向我交涉。我处身中间，两面都弥缝不来的了。倘被小报界中人知道了，准会登出这事来，那就更糟了，因此我不敢在人前泄露这个消息呢。你看这事怎样办？请你帮帮我的忙吧！"

高其达把手摸着他自己的下颏，对克家说道：

"我以前早和你说，这是暂时的办法，不能持久。若欲持久，还须有你的手腕去对付。上海那些名公巨卿、富商大贾，哪一个不是三妻四妾？但他们却能应付裕如，四平八稳，绝不至于有你们这种事做出来的，真是笑话。"

克家道：

"我这个人自知只管任情做事，却不能顾虑到将来的。到底经验还浅，你有什么好的方法，代我筹划一下？"

高其达想了一会儿，然后说道：

"你现在确乎为难了，真凭实据已被你夫人抓住，伊决定不肯放松过你，除非你背丢掉尤丽莲。"

克家叹口气道：

"尤丽莲对我不错，伊为了我已是委曲求全，现在又受着这个打击，不知伊怎样了？我已觉得万分对不起伊，如何能够忍心抛弃伊呢？况且伊也不肯答应的啊。最好的方法是要得秀芝的原谅，索性揭穿了，商量个善后的办法，大家不要侵犯，各安其位。秀芝既是嫡室，我绝不亏待伊的。"

高其达点点头道：

"你能和你的夫人去讲吗?"

克家摇摇头道：

"我早已对你说过不能，否则也不来请教你了。"

高其达道：

"你要我代你筹划吗? 彼此老朋友，我总肯帮你的忙。但恐我也没有什么良好的方法。为今之计，你只有一切不管，向苏州老家一走，听她们向你怎样交涉。你夫人方面我可以自告奋勇，凭我三寸不烂之舌，代你去向伊缓颊，就把你方才的意思劝伊息事宁人，不要扩大风潮。既然你已另有尤丽莲为外室，彼此不妨讲定了，大家让步，把已成的事实来和平解决。我想你若肯提出二三万金及优待的条件与你夫人，也许你夫人一则因木已成舟，二则贪得实惠，可以勉强允许你的，至于尤丽莲方面，你也可以用这种方法来解决。"

克家听了，把手摇摇头道：

"这样又要花去数万元钱了。"

高其达道：

"你一向自命慷慨的，这些钱也不花在别人身上，怎的你反要顾惜起来呢? 老实说，这样的事能够花去些钱而得风平浪静地过去，谋一个一劳永逸，我想起来还是值得的事情呢。是不是?"

克家道：

"不错不错，我也并不是顾惜金钱，只为钱在我母亲手里，又要想什么法儿了。"

高其达哈哈笑道：

"这事情既已彼此揭破了，那么你在你母亲面前也不必再有隐瞒，直接痛快叫你母亲拿出钱来善后便了。"

克家想了一想道：

"说得不错，我准照你的说话去做，并且要拜托你代我去向秀芝疏通一下，也要去探听探听尤丽莲可曾吃亏，代我安慰安慰伊。我到了苏州，上海方面的事情一切托你做全权代表，如有什么消息，请你用长途电话或是写快信通知我，希望早早解决，但是我的幸事了。我现在实在没有面孔再去见秀芝呢。"

高其达道：

"很好，你的事就是我的事，我准代你一面去疏通，一面去安慰，尽我的力量，务要把此事和平解决才好。"

克家道：

"你真是我的好朋友了，感谢不浅，将来我绝不忘记你。"

高其达笑笑道：

"这些话请你少说，待到事成之后，你再请我多吃几杯酒便了。"

于是克家听了高其达代他筹划的计策，心头觉得较为宁定一些。高其达又对他说道：

"你既然不回家了，我和你索性在这里舞到天明。你坐火车回苏，我到学校。到放学时我再代你去向你的夫人作鲁仲连，排除你们的纠纷。至于你到苏州去，我却不便告诉伊，隔天伊自会侦查知道的。"

克家点点头。这时乐声又作，诸舞侣上场翩跹而舞。克家立刻暂时把愁怀解除，跟着高其达又是胡天胡帝地享受现实的快乐了。

黑夜过去，东方已明，庄克家和高其达走出百乐门，马路上很是清静，克家呼吸了新鲜空气，心事又涌上来了。他又嘱托高其达数语，然后握手分别。他一人独自坐着人力车赶到火车站，恰巧七点多钟的早车快要开出。他就买了一张二等车票，轧了票，走入月台，坐到火车上，心里的烦闷顿时又起来了。这次回家和往日的情形大不相同，一个人很觉踽踽凉凉，十分凄惨。等到他回转苏州南濠店门，跳下人力车的当儿，店里的伙友走出来向他招呼道：

"小开回家吗？夫人怎么不来？"

克家对他们白了一眼，睬也不睬，走到里面去。秦氏见儿子回来，媳妇却没有同来，不由叹了一口气，对克家说道：

"你在上海和你的妻子住在一块儿，大概快乐得连苏州的老家都忘记了。今天你回来作甚？秀芝没有同来吗？"

克家听他母亲这样说，他的嘴立刻又噘起来了，自顾向楼上去，并不答话。秦氏今天瞧得出克家的面色很不好看，一张嘴噘得很高，知道伊的儿子必有什么不欢之事，也许和秀芝有了龃龉，负气回来。或是金钱用得不够，要向家里来索取了。伊一边猜测，一边跟着克家走上楼头。见克家开了他自己的房门，走进去向沙发里一坐，情绪十分颓丧。小婢阿宝送茶上来，代克家开了一排窗，又在房中拂拭拂拭。秦氏走过来，坐在克家的对面，忍不住又向他问道：

"你有什么不高兴的事情吗？怎么回家来一声儿也不响呢？"

克家自己转他的念头。阿宝在侧，更不便说这些话，所以他仍旧低倒了头如木偶一般，不声不响。秦氏自从上次在沪和秀芝发生了口角以后，回到家中，气得不成模样，发了几天的肝气病，后给伊的兄弟有华、侄女素文等叠次解劝，方才平息。但伊以前的美满的幻梦早已打破，觉得生儿不肖，真不是家庭之福，娶了媳妇，如油泼火，更加不好了。因此伊非常的灰心。只因克家是伊生平唯一宠爱的儿子，心里总是抛不下他的，虽然受了气，也是忍耐在肚子里，没法摆布。此次克家单身回来，伊当然一定要问个明白了。一会儿，阿宝走出去了。克家从他身边摸出一支雪茄来，点上了火，衔在口里狂吸。烟气氤氲，罩没了他的忧郁的面庞。秦氏又向他问道：

"克家，你娶了妻子，连老母都不要了。像秀芝这班无礼的女子，我是一天也和伊住不来的，你现在说说看，究竟是谁的不好？"

克家道：

"有什么谁好谁不好？你若不去管伊的事，也就没有那一番的气恼了。"

秦氏道：

"仍是怪我不好吗？我现在回到苏州，还是一个人住着，少些气恼。从今以后，再也不到上海来，你们的事我也不管了。"

克家道：

"不管吗？现在却又不能不管的了。"

说了这话，向他母亲紧瞧一眼。秦氏听克家这样说，以为克家十分之九是来向自己要钱的了，遂又对克家说道：

"你们是不要人管的，所以住到上海去，我来了，就要讨厌，再要我管什么呢？你该知道金钱的来源很不容易，你父亲传下一些薄薄的遗产，须要省吃俭用，方能保持长久。倘然像你们在上海这样地挥霍浪费，那么也是很危险的。克绳既已分出，这家产都是你的，我不过代你好好儿地看守一会儿罢了。你该争气用心读书，将来毕了业，有了事做，那么我心里也欢喜不尽了。况且你结婚的时候，我另外给你两万块钱的，这笔钱你若不拿来生

269

产，也当慢慢儿地使用。但我瞧你们在上海的情形，你用的钱也不少了。自己应该有主张，不要听信你妻子的说话。伊是富家之女，吃惯用惯的，当然到了上海更要百倍的奢华了。你万万不能糊里糊涂地度日子。我希望你将来总要代我争一口气的，免得给你哥哥克绳讪笑。你要知道克绳到了香港，已在一家渔业公司里任职，很得经理的信用，不到两个月就加薪升擢的。你别要看轻他是个书呆子，出去后倒很会做事的呢。"

克家起先听他母亲教训他节省金钱，本是十二分的不高兴，厌闻此语。又听他母亲说起克绳来，他更不要听，遂冷笑一声道：

"克绳帮人家做事，赚一些金钱，有什么稀罕？这种事叫我做也不高兴呢。你怎样知道他的？"

秦氏道：

"克绳出去后，也不和我们通信。我怎样知道的呢？原来这消息是唐家传出来的，你不知道唐家已经全家迁去，不住在这里，我另租给一家姓赵的了。"

克家道：

"唐家搬到什么地方去的？

秦氏道：

"唐永朴的父亲前月从香港回来，接他的眷属住到香港去，所以他家母女三人一起跟到香港去。克绳做事的消息也是唐家的小弟弟仁官告诉我们店里人的。听说将来那永朴也许要配给克绳呢。"

克家搔搔头道：

"克绳的事我们也不必多管他吧，我自己的事情也弄不清呢！"

秦氏道：

"你说这话奇怪了，我早代你娶妻，又给你读书，不惜将许多金钱用在你的身上，远非克绳可比，总算对得住你了。现在你们应当好好儿待我，我就快乐，有什么事情弄不清呢？你此次一人回来，究竟可有什么事情？秀芝可知道吗？"

克家不肯马上就和他母亲讲明，便道：

"我要在家里住几天。至于为了什么事情，以后再告诉你吧！"

秦氏听他这样说，以为克家和秀芝或有什么反目的事情，所以他负气跑回老家来了，否则他也不会想着老母的。再三向克家询问，克家只是不响。秦氏也没奈何他，只好暂缓再说。已是用午饭的时候了，小婢阿宝走上楼来请用午饭。秦氏究竟爱儿子的，因为今天家里的菜不过两三样，恐怕克家不要吃，立刻吩咐阿宝打电话到菜馆里去叫了两样克家爱吃的炒虾蟹和咖喱鸡来，一同下楼去吃饭。但是克家有了心事，饭也吃不下，只吃了一碗。秦氏见克家这般情形，越发疼爱他，要想逗引他儿子快乐。问他可要打牌，可以唤素文姊妹等来奉陪的，克家摇摇头说不要。秦氏又说，阊门外大舞台正有几个新到的角儿在那里演唱，晚上若要去看戏，可以定座。克家暗想：在上海怕没有戏看吗？那些二等的角色，又有什么一观的价值？也说不要。秦氏无可奈何，克家却回到房中去闷睡，也不高兴到观前街上去溜达，只是静待上海的事情发作了再说。

当着克家在苏闷睡的时候，正是高其达在克家家中和卢秀芝商谈的当儿。高其达见了秀芝，若无其事地问道：

"克家兄不在家里吗？嫂嫂有什么事唤我？"

秀芝请他坐定后，阿喜送上茶和烟，以及预备好的水果盘子

271

来。高其达一见玫瑰葡萄，正是他心爱之物，他就老实不客气地一颗颗摘着吃。秀芝叹了一口气，把昨夜的事详细告诉他听。高其达假作惊奇道：

"啊呀！我不料嫂嫂竟会这样做的！那么我大大对不起克家兄了。"

秀芝冷笑一声道：

"你若要对得起克家，那就要对不起我了。我这个人是说要做就要做的，像克家这样荒唐的行为，我是绝不能饶恕他的。有了我便不能再有那姓尤的，有了姓尤的，就不必再有我。我很可惜昨晚到底被克家逃走了，否则抓住了他们，立刻送到官署去。只打了尤丽莲数下，又被劝开，不过房间已被我们捣碎了。现在克家不知躲在哪里，只是不回来。但我却要积极进行，把此事彻底解决，克家肯听我的说话，万事全休，否则我情愿和他离婚，因为他和我的爱情已有了大大裂痕的了。你是我们的好朋友，最会想计策的，所以我请你来商量商量。第一我将怎样去和克家交涉？还有克家藏身在哪处？我必要找到他。也许你比我深知他的去处的，请你不要为他隐瞒。这一遭你要相助我得到胜利，我就十分感激你的美意了。"

高其达一边吃着葡萄，一边静静地听。他好像乌龟吃萤火虫，肚里明亮，却是镇静得很，照理他受了克家之托，应该趁机向秀芝婉言调解，使这件事可以和平解决，才不愧是克家的忠实朋友了。可是现在的高其达，心里的意志已受到秀芝若有意若无意的诱惑，发生了变化。他要为自己打算而不肯为朋友努力了，所以他对秀芝假意说道：

"这件事我也早料到迟早要发觉的。我以前也向克家不知劝导过好几次，劝他早早想法和尤丽莲断绝关系，莫要对不起嫂嫂，况嫂嫂也不是好欺的人呢。无奈他忠言逆耳，糊糊涂涂地仍和尤丽莲厮混在一起，学广东人娶两头大样子，分开居住。却对于嫂嫂始终瞒起，我是极不赞成的。现在事已如此，倘然嫂嫂肯原谅他的，这是最好。否则也无法避免这一场纠纷了。我为公道起见，当然同情于嫂嫂。承你看得起我，要和我商量，我总是尽忠于嫂嫂的。"

高其达这几句话都是恭维秀芝，且表明自己是一个好人，绝不为克家计谋，所以克家此番与鬼为邻，绝对没有希望能够和平解决了。秀芝点点头道：

"你能同情于我，这是很好的事。我要想请律师出信去责问克家，你说对吗？"

高其达见旁边没有人在，便道：

"嫂嫂要这样做也好，你可以请一位律师，提出你的意见，去向克家严重交涉，责备他爱情不专、道德有亏，损及夫妇同居的权利，无异犯重婚之罪。要求他立即写下悔过书，和尤丽莲脱离关系。倘然克家不能听从，那么像你所说的离婚也只得忍痛进行了。"

秀芝道：

"对啦，克家不知在哪里？请了律师写信，写到哪里去呢？"

高其达道：

"依我的推测，克家大约因为没有办法，便走回苏州去了。"

秀芝道：

"也许是的，他是个没主意的人，此番躲到苏州去，却没有同你商量，我料他也没有什么好的办法。那么我还是请上海的律师呢？还是请苏州的律师？"

高其达道：

"此事既然发生在上海，自然要请上海的律师。克家虽然躲避开来，律师的信总是要寄到老家去的。但嫂嫂干这件事要不要再行考虑一会儿？尊大人前可要去请示？"

秀芝不假思索地说道：

"我虽有父亲，然而我的事情他老人家素来不管的。即使告诉了他，他也赞成我提出交涉的。这一头亲事他本不十分赞同，都是三姨太太和我姊姊促成的。"

高其达道：

"那么你可要先和你姊姊去商量？"

秀芝道：

"伊远在苏州，这里已有你相助，不必再和她们去商量了，我决定这样的干。但是上海的律师我大都不熟悉的，你可能代为介绍一位有名望的吗？"

高其达道：

"有的，威海卫路的吴元屏大律师，他以前办过某小姐的风流案、某明星的离婚案，不是很有名望的吗？有人称他为离婚律师，凡是离婚案件请了他没有不成功的。恰和月下老人相反。嫂嫂，你若不惜出此，那么我可以介绍他。"

秀芝咬着下唇说道：

"像克家这样不道德的少年，真使我灰心极了。倘然不肯依我时，离去也何妨，我绝不追悔的。请密司脱高为我介绍。"

高其达道：

"很好，明天上午我陪你到吴律师事务所里去。倘然……"

高其达说到这里，又缩住了。秀芝对他看了一眼，说道：

"倘然什么？你要晓得我是很有决心的，一切依着你方才所说的去干，决不轻易饶过克家的。明天请你早些来，你现在肚子

274

饿吗?"

说着话，便叫阿喜把面包和白塔油拿来，又送上一杯鲜牛乳。高其达吃了点心，因为他还有事要干去，所以他安慰秀芝数语，立刻别了秀芝，赶到又一个地方去。

他到谁家去呢？就是尤丽莲处，他也要上那边去探问一下。当他走至那边时，见尤丽莲住的房间门已锁上。一问小婢，始知昨晚已至母家去了。于是高其达又跑到尤丽莲的老家去。首先遇见尤丽莲的父母，尤瑟正横在烟榻上抽大烟，丽莲的母亲坐在榻旁，正和伊的丈夫讲女儿的事情，却不见丽莲。他上前叫应了。丽莲的母亲马上立起来敬茶，请高其达坐。对他说道：

"高先生，我不用把事实告诉你听了。你可知庄少爷现在何处？他在这一次丢下了我的女儿，自己一走了事，让我女儿吃了大大的亏，我们怎肯甘休？我女儿嫁与他，虽然没有正式结婚，但是亲戚朋友也都到场，并不隐瞒的。我女儿既非他的侧室，又非他的外遇，卢秀芝怎样可以纠合了人打到环龙路去呢？我女儿孤掌难鸣，受了卢秀芝的殴辱，当夜哭哭啼啼地逃回来，把这事告诉了我们。我们今天派人到校中去找庄少爷，却又不见。因此我们正在商量向他交涉呢。"

高其达做出惋惜的样子说道：

"这真是不幸的事。我方才得到了消息去慰问丽莲，但是伊不在那边，可是在这里吗？我要见见伊。"

丽莲的母亲道：

"我女儿昨晚就住在此间，没有回去。今天下午伊腹中忽有些疼痛，睡在床上，因为伊正怀孕数月，经此惊吓和殴打，不知可要流产呢。我们更是惴惴难安了。"

丽莲的母亲说到这里，尤瑟早将一筒烟吸完，盘膝坐了起

275

来，对高其达说道：

"克家这个人太没有胆子，既然他妻子得到了消息，赶去找伊，那么他应该挺身而出，把他的妻子劝回去。大丈夫一身做事一身当，怎能自己偷偷地一走，让我女儿一人去挨打呢？须知我的女儿并非挨卖给他的，是他情情愿愿要了去的，怎可给他妻子殴辱？我姓尤的绝不放过他们的。"

高其达听了尤瑟的话，正中其意，便说道：

"尤先生说得不错。克家做事太糊涂，临变又不会措置，自己躲了开去，却给人家遭殃，丽莲真可怜，此事自然不能默尔而息的，否则卢秀芝恐怕再有威胁使来呢。"

高其达话没讲毕，尤丽莲早在隔房喊起来道：

"高先生，请你进来，我有话同你讲呢。"

高其达立即走至隔壁房中，见尤丽莲偃卧床上，玉容惨淡，见了高其达，眼泪汪汪地说道：

"高先生，我生平从没有见过这种令人难堪的事的。卢秀芝真是一只雌老虎。克家是太没有胆子，不做种，自己逃走了，让我一人受辱。这种人真是没有良心！我也是好人家的女儿，为什么要挨人家殴辱呢？我绝不肯甘休的。高先生，你说如何？你可见过克家吗？怎样知道这消息的？"

高其达在旁边椅子里一坐，把手拍着他自己的膝盖说道：

"我方才到克家家里去，听得下人说起的。这是克家害了你了。我虽然是他的朋友，此时也不能偏袒于他。你受了这样的殴辱，如何可以忍受过去？你可以要求你父母代你出面，请律师写信给克家，要他负责出来，把这件事讲妥。索性大家讲个明白，彻底解决。大家是克家的妻室，堂而皇之地叫克家分开日子，两边居住。如若姓卢的不愿意时，逼得伊离了婚，你倒反可以和克

276

家专心同居了。"

尤丽莲听了高其达的话，愁颜顿解，笑了一笑道：

"我也是这样想。高先生，你说的话很对的，我父亲也要想请律师呢。此刻我肚子正痛，不知可要小产，克家真是害人不浅。还有那卢秀芝，我也不肯放过伊的。我一房间东西都被伊打完了。"

高其达道：

"你们准这样干吧！谨祝你们胜利。既然你腹痛有流产之虞，还是赶快去请个产科医生来看看吧！善自珍重，我隔几天再来望你。克家大约已到苏州去了。你们倘有书信，可以写到苏州去，最为稳妥了。他苏州老家的地址你可知道吗？"

丽莲点点头，一边却两手捧腹，嚷着疼痛。高其达催他们去请医生，他自己告辞而去。双方都有他的参谋在里面发酵，他却要静静地等待着此事的发展，如鹬蚌相争，他反要做个渔翁得利了。唉！这样看来，他是不是克家的好朋友呢？

第二十五回

# 一旦分飞同命鸟

农历的十月里，本是小春月，气候并不太冷，一袭棉衣足可温体。但是这一年的节令较早，已是立冬相近，隔晚起了一夜的寒风，清晨屋上罩满一层浓霜，苏州的气候似乎比较上海冷一些。克家这天起身后喝了一杯牛乳，又吃了几个自制的油煎饼，独自一个人移了一张藤椅子，坐在阳台上负暄取暖。他沐浴着温和的阳光，便想到上海的新家了。本来在那毕勋路口的屋子里，高其达曾代他们设计，买了洋铅管子，以便在冬天生火炉时之用，现在看起来，恐怕难以安居了，想不到变化会如此之快的。他这样想，触起了许多烦恼，因他本是无忧无虑的人，这几时在温柔乡中陶醉着，东家乐，西家乐，只知欢娱，连读书的事也不在他的心上。谁知乐极悲来，偏逢着这种尴尬的事。始谋不减，反贻后患。自己一向热闹惯的，此刻反弄得离开了纸醉金迷的上海，独自回到冷冷清清的苏州老家来，尝受凄凉滋味，这真是从哪里说起呢。他越想越懊恨，点着了一支雪茄，只是闷吸烟。然而吸烟并不能遣去他胸头的惆怅，在他的脸上充满着不愉快的神情。听得背后脚步声，回头一看，乃是他的母亲秦氏，他勉强叫了一声。秦氏走过来，移过一张小圆凳，和克家对面坐着，慢慢

278

地对克家柔声说道：

"你回家来已有四天了，上海学校里可曾请假？你为什么要如此呢？倘然和你妻子有什么反目的事，你可以告诉我听。我做母亲的虽然被你冷淡，但你是我亲生的一块肉，无论如何我总是疼爱你的。究竟你有了什么委屈的事，却负气回家来？你对我直说，又有何妨，是不是秀芝欺侮了你？伊的脾气很不好的，我已瞧破伊了，你有什么为难之处，对我说好了。"

秦氏所以说这话，因为伊儿子回家后不向伊要钱，便料克家必定是和秀芝发生了龃龉，遂渴望伊儿子吐露实情。可是克家仍不肯直说，只是悠悠地叹了一口气。这时候小婢阿宝拿上一封信来，递给克家道：

"这是上海来的快信，店里人已盖章代收，交给我拿进来的。"

克家一看这信封很长很大，上面写着自己的地址和姓名，下面却赫然露出吴元屏律师事务所缄的红色的木刻字样来，知道是律师写给自己的。却不知代表哪一个，且待拆开后再说。他就把信封的边撕开来，抽出两张很大的信笺来。他读后，方知这是卢秀芝委托吴律师写来的，要求他即日起快和尤丽莲登报声明解除同居关系，且要克家对秀芝立下悔过书，并要求将家产之一半交与秀芝执管。限于三天之内出面履行以上各条件，切勿自误。这封信写得很长，前半段都是责备克家薄幸负心、怜新弃旧的话。克家看了，好似得到了一封哀的美敦书，他虽然躲在家里，不出去料理，可是人家总要来寻着他的。他误信了高其达的说话，站在被动的地位，到底是吃了亏了。秦氏也识几个字的，瞧见了律师的信封，心里便有些忐忑。又见伊儿子读完了这封信，愁眉蹙额的面色，很不好看，知道伊儿子在上海方面一定有什么重大的事故发生了。伊遂向克家紧紧查问，要拿他的信来看。克家知道这事情终究是瞒不了的，此时他只得老老实实地一齐告诉了他的母亲。秦氏听了伊儿子的倾吐，便叹口气道：

"怪不得你肯这样安分守己地回到家中来住了。我代你娶了卢秀芝，你何必再在外面恋爱别的女人呢？这是你自己闯下的祸。秀芝这个人何等的厉害！伊岂肯放松你？现在伊请了律师写信了，弄得不好，便要法律解决，这不是你的荒唐吗？唉！我以为你到上海去读书的，却原来背着我去做这种尴尬的事情，金钱抛之流水，你怎样对得起我呢？"

秦氏的话没有说完时，克家早已不耐，红着脸说道：

"尤丽莲是我自己爱上的，不来怪你，但是都因为你硬要我娶卢秀芝，以致多生出这种烦恼来，不是你害了我吗？"

秦氏一听这话，气得嘴唇皮都青了，气愤愤地说道：

"我怀着一片好心，代你娶妻，谁知今日不但我自己受你们的气，而你闯下了祸，不知自责，反怪怨我起来，天下有这种的道理吗？"

二人正在争执的时候，只见小婢阿宝匆匆地又跑上楼来。手里又拿了一封长长的信，口里自言自语道：

"怎么今天的快信竟这样接踵而来的呢？"

一边说，一边把信递到克家的手中去。克家愤愤地说道：

"又是什么瘟信来了？"

他一看信上面也是写给自己的，下面的地址是吕班路三十四号陈正大律师事务所缄。他暗想：秀芝真厉害，请了一个律师还不够，再来一个陈正大律师。这位律师是上海有名的竹杠律师，更使我吃不消了。他就拆开信来一看，不由更是一怔。原来这封陈律师的信并不是代表秀芝的，而是受了尤丽莲的委托，向他来提出各项要求的。信上的大意是责备克家有意抛弃丽莲，所以串通妻子，纠众前去殴打。而丽莲受了殴辱之后，惊动腹中的胎儿，以致即在昨天流产。现在要求克家于三天之内出面料理，第一要卢秀芝赔偿损失费及医药费四万元，书面道歉。第二要克家代尤丽莲即日在庄家的亲友面前证明身份，不得视为外室。从今以后分日而居，保证以后彼此平等对待，无分尊卑，且永不有何侵犯。第三是要克家承认每月贴补尤丽莲家用四百元云云。克家方才读完，秦氏又问道：

"又是什么律师的信来了？"

克家大声说道：

"这是尤丽莲托律师写来和我交涉的，她们都要逼死我了。我还是回上海去跳黄浦，怎肯屈服于她们呢？况且两雄不并立，我依了这边，那边又疏通不来，依了那边，这边也是不成功的，我还是去跳黄浦了。"

说着话，霍地立起身来。秦氏听伊的儿子连说了两声跳黄浦，心里可就发急万分，连忙拦住克家说道：

"天下的事没有不好解决的，你是我独生的儿子，我好容易把你抚养到这个样子，你却要为了两个女人而去寻短见吗？太对不住你的母亲。"

克家跳着脚道：

"那么她们两人的要求，请你母亲去答应她们吧，我总是左右为难了。"

秦氏道：

"你不要急，不要吵，我只要你以后真的能够悔过自新，不再像以前的流连荒唐，那么我总是肯帮你了结这件事的。"

克家道：

"你不知道这事十分棘手，你有什么法儿想呢？"

秦氏道：

"我去请你的舅舅前来，大家商量商量，再作道理。"

克家自己既然没有法想，只得听他母亲的说话了。秦氏便去叫阿宝快快坐了人力车，进城到凤凰街去请有华老爷速即来此一谈。阿宝自然奉命去了。那克家把两封信丢在一边，心里暗暗地想秀芝和尤丽莲虽然找寻他不着，而倒很有主意，各人请了律师前来和我法律解决，这就变得空气紧张了。如此看来，自己躲在苏州，也不是个好办法。她们好像都已知道我在苏州老家里，所以你一封快信，我一封快信，来逼迫我。我将怎样对付呢？临走的时候我曾托高其达去向秀芝调解，又托他去慰问丽莲，怎么老高一封信也没有写给我呢？如今她们都请了律师，事情显见决裂，不是空言所可弥缝过去的了。他想了多时，心中好生不快。

隔了一会儿，已到吃饭时候，秦氏唤他下去吃饭。这几天秦氏因为儿子在家，所以吩咐厨下特地多添几样可口的菜肴，为儿子佐餐。可是克家有了这种难解决的大事情，食不甘味，也不能领略到慈母之爱呢。

下午秦有华来了，素文、素贞姐妹俩也都赶至。因为阿宝在旁边已窃窃听得几句话，一齐告诉了素文、素贞，她们都很惊奇，于是跟着她们的父亲一同来兴问这事了。克家见了舅父，却仍是淡淡的。素文、素贞和克家问长问短，克家却不像以前一般和她们亲热了，懒懒地不多说话。大家坐在克家的房里，秦氏却把这事絮絮叨叨地讲给有华听，且把吴陈二律师的来信给有华细阅。有华问清了这事的颠末，又看过了两封书信，便问克家道：

"我先要请问你本人的主张如何？"

克家道：

"我没有什么主张，只要双方面能够和平解决就好了。自己知道做事太荒唐了，但是不到这个地步也不会知道的。"

有华道：

"对了，只要你以后悔悟便是幸事。"

秦氏道：

"克家年幼，没有主张，所以请舅舅来商量。"

有华此时已抽足了大烟出来的，精神十足，捻着嘴边短髭说道：

"我以为这件事要求三方面美满解决，已是不可能的了。克家贤甥只好于二者之中牺牲一方面，方可磋商。我以为秀芝究竟是明媒正娶的，伊家里也是世家，叫伊委屈不来的。尤丽莲是上海的女子，家世也平常，还是难为几个钱，牺牲了伊一人，你和秀芝谈妥了，双方个个让步一些，不如搬回老家来住吧，免得在外多生事变。"

秦氏道：

"我本来不赞成他们到上海去读书的。他们的读书是借个名义，实际是为要组织新家庭，去狂欢作乐罢了。现在弄得怎样了？我想你们夫妇俩大家总可以醒悟吧！"

克家低着头不响。秦氏道：

"今天请你舅舅来，是要代你商量这事情。方才舅舅这样说，你以为如何，能够照你舅舅的话去办吗？"

克家抬起头来道：

"秀芝是母亲代我娶的，丽莲是我自己恋爱的，我本来都要和她们同居，无奈闹出了这情海风波，使我左右难顾。最好要请舅舅想个两全其美的办法。"

有华摇摇头道：

"恐怕办不到的吧！你心里有没有决定在两者之中何取何舍？照我看来，终是拣轻易的做。你和秀芝是正式结婚的，当然不能叫伊怎样受委屈。"

克家皱着眉头说道：

"那尤丽莲我虽然没有和伊正式结婚，可是和伊也有条件，预先讲定的。若要和伊断绝关系，也不是件容易的事情，况且……"

克家说到这里，却又顿住了，有华听着，对克家笑笑，向桌上取过一支纸烟，划了火柴，燃上了，吸了两口，然后说道：

"我明白你的心里是鱼与熊掌都想兼而有之，不肯舍弃。但这事已闹成僵化了，我看若要双方息争议和，是万万办不到的事，你不得不早早决定，忍痛牺牲了一个吧！"

素文、素贞姐妹俩在旁边也微笑道：

"克家弟你做了一个男子，万事总要爽爽快快地有决断，现在事实已不容你再犹豫了。我们看来当然是秀芝嫂嫂那方面是要得到伊的谅解，而想法使你们言归于好的。那姓尤的女子我们也不认得伊，大概这种人一定比不上秀芝嫂嫂的家世和才学，所以劝你还是忍痛牺牲了姓尤的女子吧，当然你要好好儿和秀芝嫂嫂磋商的。"

秦氏说道：

"秀芝的信上有一个条件也是使人难以答应的，就是要求将家产的一半交与伊执管。现在我还没有死，即使故世了，尚有克家，怎么伊就要分去一半呢？这岂不是借端要求吗？"

有华道：

"秀芝若然能够谅解，这一条条件也可以和伊慢慢谈判的，不能完全允许伊。现在说来说去，终是要请克家贤甥自己决定，究竟能不能舍弃那姓尤的女子？"

秦氏点点头也催伊的儿子早早决定。克家仍是犹豫不决。他想起尤丽莲和他昔日欢情，叫他怎能舍得割弃呢？所以终是没有决定。有华吸着纸烟，昂起了头，细细地想。秦氏只是叹气。素文、素贞坐在一边，脸上也是充满着忧愁的形色。有华又将陈正律师的信看了一遍，再对克家说道：

　　"我本来要劝你忍痛牺牲一方面，可是你却不舍得。若要双方都不舍弃，只有请个第三者出来代为解劝，方可化险为夷。但是这第三者须要双方面都和他熟悉而能相信他说话的，不知你可有其人？"

　　克家道：

　　"有是有一个的，不知他可能代我出力？"

　　秦氏道：

　　"就是那高其达吗？"

　　克家点点头道：

　　"正是他。我临走的时候，曾经托了他，但是他那边至今没有一些消息。我昨天已写信到学校里去询问了。"

　　他们正在说话时，小婢阿宝匆匆地跑上楼说道：

　　"少爷少爷，上海有长途电话，请你快到店里去接。"

　　克家立刻脸上显出兴奋的神色，跳起身来说道：

　　"大概是老高打来的。我去接了再说。"

　　于是他很快地跑下楼去了。这里秦氏和有华等谈起克家的荒唐，这一年挥霍无度，以及秀芝的目无尊长，不胜怨恨。秦氏又说像秀芝这样的媳妇，也是令人失望，将来对于家庭里有损无益的。不过这是正式的媳妇，终要让伊三分。但不知那个姓尤的是怎么样的女子？倘然是个浪漫女子，那么也非克家之福，还是牺牲了伊吧！有华听他姊姊的说话对于秀芝也很不满意，他忽然心里另外有一个打算起来了。不过这个打算，此时还不便宣布，要待事实上演变后再说了。一会儿，克家回上楼来，对众说道：

"正是高其达打来的电话。"

秦氏忙问道：

"他怎样说?"

克家道：

"他只对我说两方面他都去谈过，此事或有解决希望，叫我明天到上海去接洽一切。我问他详情时，他说电话里不能细谈，等见面的时候再说吧! 谈话的时间已满，他又将电话挂断，那么我只得明天到了上海去再说了。"

秦氏道：

"你一个人前去，不要吃了你妻子的亏，还有那个姓尤的女子恐怕也不易对付的，我很不放心。"

有华道：

"那么姊姊你可以和他一同前去。"

秦氏道：

"我想最好有你一同陪去，如遇困难事情，三个人大家商量商量，容易对付些，因为我这个人也是不中用的。"

有华尚没有回答时，素文早抢出来说道：

"姑母说得不错，我爹爹一同去跑上一趟，你上海也有多时不去了，趁便也可以游玩一番，代我们买些东西回来。"

秦氏连忙说道：

"上次我到上海去，本来要代你们两个侄女剪两件衣料的，后来受了气，匆匆回苏，便没有剪，此刻我绝不忘记了。"

素文、素贞连忙谢了一声。有华把烟尾丢在痰盂里，打了一个呵欠，点点头说道：

"那么我就跑上一趟吧！"

克家本来不要他舅舅同去，现在听他这样一说，倒使自己不能再行拒绝了，只好默认。于是大家商定明天上午坐九点钟的客车到上海去解决这事情。律师方面也不必再写回信了。

有华坐了一会儿，吃过点心，烟瘾又将发作，便先回去了。素文、素贞却在这里陪同克家说说笑笑，直到晚餐后方才坐了车子告辞回去。

夜间，秦氏摒挡行箧，预备了到上海去使用的金钱，伊只希望顺利地快把这困难的事情得一解决，好使伊儿子从此悔悟前非，立志向善，一心一意地去求学，那么失之东隅，收之桑榆，也未尝嫌晚呢。

到了次日早晨，克家和秦氏都很早地起身，吃过早餐，有华已来了，他带着一只手提箱，秦氏带一只小皮箱，此次赴沪，预备不再住在秀芝那边，所以也不带什么东西。临行时吩咐阿宝好好儿看守内屋的门户。至于店中的事自有经理照管，不必秦氏费心。三个人雇着车子拉到火车站，一同坐九点钟客车赶到上海去了。

三人到了上海，秦氏早已说过不再住到媳妇那边去，况且有兄弟在一起，自然要找旅寓下榻。有华主张住新新旅社，于是三人到了旅馆里，开了一个双铺的大房间，耽搁下来。在旅馆里吃过午饭，克家便出外找高其达去。他先跑到学校里去看高其达，可是高其达这两天没有上课，不在校中。又到校外宿舍去访问，也不见高其达的影踪。一问同房间的小胖子，方知高其达这几天不但没有到校中上课，连宿舍里也不见他晚上来住宿。克家听了，自思高其达难道沉溺在舞场里和袁梅儿热恋起来吗？他无可奈何，只得坐在宿舍里，拿着一本杂志看看，等候高其达可回来，否则要在晚上赶到百乐门去找他呢。那么高其达究竟在这几天里做些什么事呢？

原来他自从克家离沪，怂恿秀芝和尤丽莲两方面请出律师去向克家交涉以后，他一方面专待此事扩大进行，一方面却天天在毕勋路克家家里陪着秀芝谈天说地，计划一切。讲得高兴时，又陪着秀芝到外面去看电影，吃馆子，好像做了克家的临时代表。所以克家猜他在百乐门和袁梅儿热恋，这个见得克家的无知人之明而少不更事了。秀芝本是个交际之花，伊和克家结婚本来也是经别人拉拢而遇合的，并没有什么根深蒂固的爱情，大家都是年轻人，更把爱情看得如流水一般。现在克家既然薄幸于先，伊就要无情于后了。何况眼前的高其达又是个活泼多能善于博人喜欢的青年呢？因此伊听了高其达的话，去向克家严重交涉，不惜任何的牺牲，而一边却又暂时放下愁怀，竟和高其达去到外边声色之场，找求片时的快活。而高其达也以为有机可乘，陡起野心而别有他的企图。甚至流连忘返，竟下榻在克家家中，常和秀芝纵谈到深夜两三点钟方才就寝。

本来男女间的事是神秘得不可思议的，往往有许多竟为理知所难解，似乎中间有一种力，如地心吸力一般，会把双方面紧紧吸住，挣扎不脱，佛氏所说的孽缘，即指大千世界众生相中的这些可怜人。克家和秀芝的爱情既有了裂痕，自然外魔遽来，变化立生，所以秀芝和高其达他们俩自己也会不知不觉中投入情海的漩涡。秀芝虽然托了律师向克家提出交涉，反而希望克家不肯答应，以至于决裂。高其达也是这样想，他虽然施行了一种阴谋，要逼得克家无路可走。既而又想倘然克家听了家里旁人的说话，不惜牺牲自己的权利而和秀芝直接谈判伊的条件，那么岂非镜花水月，顿使自己的计划悉归泡影吗？所以他就改变了方针，立即打一长途电话叫克家来沪，以便破坏他们的一切。好在他平日常把克家当作小孩子看待，以为可以稳稳地操纵在自己手掌中的。今天他也料到克家要来沪的，但因自己要陪秀芝到兆丰公园去游玩，所以挨至此时方才赶回寄宿舍来。果见克家在宿舍里坐着等候了，连忙唤声克家。克家一见高其达，立即丢下杂志，立起来和他握手，说道：

"这几天真闷得我苦了！你做了我的代表，竟能不能胜任而愉快？我在苏州老家里，接到了两封大律师的来函，好似有两路精兵向我进攻，竟使我坐困愁城，无法应付。你昨天打长途电话来，究竟可有什么好消息，你没有告诉我。现在我来了，请你详告一切吧！"

高其达瞧瞧宿舍里此时静悄悄的没有他人，许多同学大都在外边还没有回来呢，遂和克家并坐在床上，对克家说道：

"我真惭愧得很，贸贸然做了你的代表，双方都去访问过，可惜都没有何种成就。至于她们请律师写信来向你交涉，我也微闻一二，此事已到了白热化，我实在做不来仲连第二，言之痛心，所以只得请你回到上海来再商量一个好办法了。"

克家听了高其达的说话，更是失望，皱紧眉头说道：

"老高，你也没法想吗？你在电话里不是说有希望吗？"

高其达道：

"我也没有说定，起初秀芝答应可以和缓解决，只要你来沪见面。现在伊不知听了谁的话，又不肯了，这真难办！"

克家叹道：

"这事果然已到了白热化，今天我是同母亲和舅舅一起来的。"

高其达听了，不由一怔，就问道：

“他们都来了吗？那么你母亲和你舅舅一定已有了什么主张了。”

克家遂将他们的意思和来沪的希望，以及下榻在新新旅社，原原本本地告诉高其达听。高其达一边听，一边只是把头摇着，等到克家讲完，便开口问道：

“此事究竟如何？终要你自己决定的。你舅舅的意见也不错，二者之中不得不牺牲其一。他们为了已成的事实，封建的思想，都主张迁就秀芝。我和你是老朋友，无话不谈。我倒要问你，究竟你对于卢秀芝和尤丽莲两个人比较上最爱哪一个？”

克家搓着双手答道：

“我似乎对于她们两个人都爱的，所以起初的希望是要觅得一个合理的和平解决方法，无奈事与愿违，变化多端，不能如我的希望，令人徒唤奈何。”

高其达点点头道：

“你若要无条件回复原状，这事已实在不可能的了。当然只好牺牲其一，所谓鱼与熊掌不可兼得，当舍鱼而取熊掌者也。我要问你究竟对于她们两个哪一个算是熊掌呢？你老实告诉我吧，不要再模棱两可了。”

克家笑了一笑道：

“论理我当爱秀芝，因为我和伊是堂堂正正在苏州结婚的，而且又有父母之命……”

高其达不待他说完，早抢着说道：

“我和你说话不用兜远圈子。恋爱是绝对神圣的、自由的，你不用说这些话，爽快地说。”

克家被他一逼，遂微笑道：

“我似乎比较爱丽莲一些，因为……”

高其达遂又把手一拦道：

"你不用多解释了。恋爱至上，你说爱尤丽莲，那么别人绝对没有什么话说的，我已明白了。我也料想你一定舍不下丽莲的。娟娟此豸，我见犹怜。伊的容貌并不逊于秀芝，而且唱得一口好平剧，多才多艺，这种女子不爱却爱什么？所以我也知道你和秀芝此番竟要闹成脱辐之凶，也未可知呢。并且尤丽莲果然也很可怜的。"

便将自己访问丽莲的经过告诉一遍，只把自己怂恿尤丽莲请律师的话略过不提。更说得尤丽莲如何自怨自艾，深望克家有什么安慰给伊。克家听了高其达的话，顿着足说道：

"果然我是很对不起丽莲的！秀芝多么凶悍，不但把伊的房间打去，而又给伊一种不可忍的殴辱。不知秀芝竟从哪里招来一班助手，大胆无忌地去打出手，这是我深恨的。我自己也险遭伊的毒手呢。还有尤丽莲腹中的一块肉，也给秀芝打落下来了，你想可恶不可恶？否则若是他日生了一个男孩子，我可以抱给我的母亲，怕不承认伊吗？"

高其达一笑道：

"你既然怜爱丽莲，那么秀芝那边不必再去迁就伊。你还是去怎样安慰尤丽莲所受的创痕吧！"

克家道：

"不错，丽莲小产之后，不知伊近日身体如何，我也很惦念伊。只恐伊拖住我，要向我交涉，所以我还不敢猛浪前去。"

高其达扑哧一声笑出来道：

"你这个人怎么这样的畏首畏尾？上次你和李绮的事也是这个样子，那时我因你既无意于李绮，所以代你去交涉。现在你既深爱丽莲，那么我也不便做你的代表。你好好儿去安慰伊一下吧！"

克家给高其达这么一说，心里更是活动起来，想起了尤丽莲可爱的神情，更觉如饥如渴，急欲一见。于是他就对高其达说道：

"那么我停会儿就去看丽莲。你若见秀芝时，千万不要提起我已到上海来了，待我们商量妥定后，再可对付伊。"

高其达点点头。克家又把新新旅社的房间告诉他，约他明天上午前去一同商量。高其达此刻既做巫，又做鬼，自然一口答应。二人谈了一刻，已有同学回来了。他们不便再讲，便出去用晚点。此次高其达抢着付钞。

克家别了高其达，连忙赶到尤丽莲家中去，却不知同时高其达径至他的夫人家中去通风报信了。克家跑到尤丽莲家中时，丽莲因流产之后，身子不免有些疲乏，伊母亲留心保护着，叫伊常常睡息，以免病魔侵袭，所以伊正睡在床上。忽见克家悄悄地走来，倒使伊惊喜莫名了。克家来时，尤丽莲的母亲正在房里坐着，和伊的女儿谈起陈律师写信交涉之事，尤瑟却有事出去了。尤丽莲的母亲见了克家，便道：

"呀！庄少爷，你跑到哪里去的？我女儿为了你吃的苦头不小了。"

尤丽莲双目望着克家，面上露出一团幽怨之色，叹了一口气，说道：

"克家，你做事太糊涂，害人不浅。我的地址怎样给卢秀芝知道的？伊来的时候，为什么你死人也不顾地独自溜走呢？我被那贱人殴辱一番，以致流产，身受的痛苦到今朝终不能消释。你却躲于何处？我们委托陈律师写信给你，你可接着吗？"

克家点点头道：

"一切都知道了。我十分对不起你。今天就为了这事而来见你的。你的身体怎么样？千万不要因此而气坏了。"

克家一边说，一边走至丽莲床前去握伊的柔荑。丽莲听克家说得这样柔和，伊的心顿时也软下来了，心里一酸，眼眶中流下泪来，向克家说道：

"那么你此番前来，对我怎么样呢？你可以老实同我讲。我不是微贱的女子，受人打、受人骂的。"

克家道：

"我当然爱你，不会抛弃你的。凡事尽可商量。你们何必请那陈正律师写信来呢？"

丽莲的母亲暗想：你倒会说话。若非我们听了高其达的话，请出了律师，恐怕你此刻也不会跑来呢。忙抢着说道：

"庄少爷，这也不能怪我们的。你想丽莲是我们自幼养大起来，风吹怕痛的女孩子，从来没有遭受过那种狂暴的行为。现在吃了这一个大大的亏，这口怨气如何发泄？偏是庄少爷又脱身事外地躲避不见，试想我们岂不要发急吗？这是要请你原谅的。"

克家点点头道：

"当然这也不能怪你们的，一切都是我的不好。对于丽莲我更是十二分的抱歉。现在我来和你们开诚布公地谈一回，你们有什么意见，不妨向我当面商量，不必再去请教律师。也并非我畏惧律师，只因不愿事态扩大，不要有第三者参加在内，反而无益于事呢。"

尤丽莲听克家的话尚是诚恳，便道：

"我们也不是一定要请律师，实在不得已而出此。你既然自己来讲，这是最好的事了。那么在我们信上所提出三个条件，你究竟能不能答应呢？"

克家笑笑道：

"虽然不能说全部接受，至少可以有一部分代你保障的，你放心吧！我对于我夫人的爱情拆穿说起来，尚不及和你的深厚呢。此次伊也请了律师，向我交涉。我先要和伊解决了，然后你这边的事也可迎刃而解了。"

尤丽莲皱着蛾眉问道：

"那么卢秀芝向你怎样交涉呢？你可能告诉我听吗？"

克家道：

"伊的要求你也不难猜着的，何必再说。现在我先要和伊去谈判，我也准备和伊决裂，在所不惜呢。丽莲，你放心吧，过后去你可完全知道我的心了。"

尤丽莲听克家如此说，似乎克家对于卢秀芝很不赞成，此次的交涉很有决心了，遂带着半信半疑的神情说道：

"你不要骗人啊！以后我再不来上你的当了。"

克家道：

"我绝不使你上当，请你耐心等数天，自见分晓。我克家绝不负你，可以对天立誓。"

克家说了这话，举手指着窗外的苍天，真像要立誓的模样。尤丽莲道：

"你也不必赌誓发咒，我等你几天也好。希望你心口相符，不要给我就好了。须知我是对于你毫无恶意的。"

克家道：

"你说这话，我更是感激你了。"

把尤丽莲的手捏得紧紧的，笑了一笑，在床沿上坐了下去。尤丽莲的母亲见他们彼此已有谅解的趋势，伊也不便再说什么。天色已晚，伊去开亮了电灯，走出房去预备晚餐，要留克家在此吃饭了。克家和尤丽莲却在房间里絮絮谈话，好似经此一劫，反使他们俩的爱情更见深固而促进一步了。隔了一刻，尤丽莲的母亲已把晚餐制好，添了几样小菜，送到房中来，让尤丽莲陪克家同用晚餐。那环龙路新宅里雇用的婢女现在这里做事，所以伊见了克家，又惊又喜，叫应了一声。尤丽莲披上了一件绒线衫，坐起来陪克家进餐。尤丽莲的母亲也坐在一起，把好的敬与克家，且说了不少好话，无非要使丽莲的名义得正，以后不再有此种不幸的事。克家一一含糊答应了。晚餐后，克家又坐了一个钟头，他要紧回客寓了，要向丽莲告辞。尤丽莲却有些依依难舍，问他现在往哪里去，可是仍和秀芝去同宿？克家只得把母亲和舅舅同来的消息告诉了伊，嘱伊安心静候好音。尤丽莲相信克家的话是真的了，所以伊答应等候佳音，当请陈律师暂缓进行。克家又给丽莲二百块钱，另送五十元给丽莲的母亲，作为买物的。于是他安住了丽莲的心，自己赶紧回到新新旅社来了。

秦氏守在旅馆里，十分无聊，克家出去后一直到晚不归，还有伊兄弟有华也出去抽大烟，到天晚方回来。吃过晚餐，尚不见克家回来。秦氏心里十分担忧，不知伊儿子走到何处去了，莫要被秀芝见了他的面，拖住他不放他走，那么克家要吃亏了。所以和有华讲着克家，心绪不宁。此时见克家来了，方才心头稍慰。便问克家到哪里去的，有没有见高其达，为什么直到此刻方才回来？克家不肯直说自己在尤丽莲家中耽搁了许多时候，只说自己和高其达见面后，因为要详问一切，所以同他在外边吃晚饭，弄得此刻才回来的。秦氏问道：

"高其达怎样和你说？他可能调解这事情呢？"

克家摇摇头道：

"这事情终是非常棘手，据高其达说，秀芝一定要达到伊的目的，一丝一毫不肯让步，那么请你们想，我还是答应伊好呢，还是拒绝？"

秦氏道：

"啊呀！你妻子真凶，即使此刻答应了，将来她一定还有别的要求，我和你被握在伊的手掌之中，这岂是庄家之福呢！"

有华咳嗽了一声说道：

"你们不要徒然杞忧，明天同伊谈了再说，当然不能完全答应她的。"

克家道：

"我是决定不能完全屈服于她的，否则我将来的日子要在伊手里讨针线，更不能过日子了。"

有华又道：

"那么明天究竟谁去和秀芝谈判呢？"

克家道：

"我已约其达明天上午到这里来，大家讨论讨论再说。"

有华道：

"你为什么不敢自己去见你的夫人呢？"

克家笑笑道：

"我不是怕老婆，实在这件事总是我错的，我完全讲不出理来，如何好去见伊呢？"

秦氏道：

"不错，你一人前去是不妥的，伊正要找你。唉！克家克家！你为了两个妇人，竟弄得如此狼狈，何以为人？不如叫舅舅想法和她们一齐断绝了关系，回到苏州去闭门思过，预备以后重做新人吧！"

有华道：

"克家若能这样做，当然是最好的事了。"

克家却低头不语。秦氏再问他时，克家立起身来，带着不耐烦的神情说道：

"这是能说而不能做的，我为什么要这样呢？我胸中自有主张，且待明天高其达来了再说，因为我已托高其达去向秀芝探问口气了。"

秦氏冷笑一声道：

"你既胸有主见，那么我和你舅舅同来是赘余的了。"

克家将头一扭道：

"我本来不必请你们同来的。"

克家说了这话，秦氏恐怕伊兄弟生气，正要驳斥他。还是有华恐防他们母子俩要有争执，连忙抢着说道：

"那么且待明天姓高的来了再说也好。我们且听他说起秀芝那边的消息吧！"

于是三人坐着闲谈一会儿，克家又去买了许多糖食和水果来，吃得一桌子的皮和壳，茶房进来收拾。有华大烟抽足了，精神很好。克家一看手表上已经一点钟，身子有些疲倦，秦氏也是呵欠连连，遂要上床睡息。有华独睡一张床，克家和他母亲合睡一床，只得有屈些，添了一条被头。

次日早上起身，将近十点钟的时候，高其达果然来了。外边起了一些寒风，所以高其达已将冬季大衣披在身上，进房来打着英语，和克家彼此道了一声晨安。又向秦氏、有华二人叫应，然后脱下大衣，四个人在正中方桌子上坐了下来。秦氏敬了他一杯茶，问高少爷可曾用早点。高其达忙说吃过了。克家便向他问起秀芝那方面的事。高其达摇摇头道：

"秀芝非常坚执，我向伊说话，水都泼不进。伊一定要照吴律师信上的说法做到，你看怎么样？伊正很紧急地查问你的行踪呢。"

克家听了，只是捏着拳头在他自己大腿上连连敲了数下，太息不语。其实这都是高其达在内捣鬼，因为昨天傍晚时候高其达和克家分别后，他就立刻跑到秀芝家中，去把克家和他母亲、舅舅一同来沪，以及克家到寄宿舍去访问他的消息告诉了秀芝。当时秀芝立刻就要跑到新新旅社去找克家说话。幸经高其达劝住，叫伊暂且耐一下子，等他到旅社里去邀他们来谈判，那么可以操纵自如了。且说克家母子都见秀芝非常畏惮，而又怨恨，劝秀芝谈判时不必让步。秀芝咬着嘴唇说道：

"我是冤家做到底了，绝不便宜他们的。"

高其达听秀芝这样说，心中自然快活，以为双方都堕入他的彀中呢。所以他又独自转了好多念头，今天来践克家的约，当然他不肯在中间说什么好话了。四人商议了一番，高其达的说话里面大都是含有一些火药气味的，他要挑拨克家对于秀芝有恶感，又在秦氏面前说得秀芝怎样厉害，好使秦氏不满意伊的媳妇。结果议定由高其达陪着有华做克家的代表，去和秀芝谈判要求，伊把分执家产一半的条件减低至暂由秦氏出面，送伊五千块钱，克家准和尤丽莲脱离同居关系，但不登报声明。且克家只对秀芝口头道歉，并不写立悔过书。哈哈！照这样的办法去履行秀芝提出的条件，真是像吴谚所谓戴了箬帽亲嘴，也有些像四金刚腾云了。高其达高高兴兴地陪了有华前去。他为什么不要克家亲自去和秀芝见面呢？这就是他一贯的方针，务使他们夫妇二人彼此隔阂，意见难以融洽，那么自己可以从中搬弄，使他们走上离婚之途了。倘然让克家和秀芝重逢后，也许二人有回复夫妇情感的可能呢。

克家和秦氏在旅社里坐着，等候消息。直至吃饭时，方见高其达和有华回来。秦氏迎着便问此事谈判得怎样？二人坐定后，高其达对克家打了一句英语说，没有希望了。有华咳嗽了一声，又吃了两口菜，然后告诉秦氏道：

"我们跑去见卢秀芝和伊谈了两个钟头，秀芝非但不肯让步，且言一过今天的限期，伊要登报叫克家出来解决，否则即将涉讼公庭了。我和高先生劝解了几遍，终是无效，白墙头上刷水有什么用呢？"

秦氏听了，眉头更是紧蹙，克家倒也不过如此，因为他的心里已变了原来的思想，而另有一种企望。高其达摇摇头说道：

"现在你们可以知道了，秀芝这个人是硬耳朵，一点儿水都泼不进，我已和伊说过好几回了，起先似乎和平一些，所以我打电话请克家兄来沪，后来伊的态度突变，叫我也无法可想了。"

克家敬了高其达一支烟，冷冷地道：

"秀芝这样厉害吗？随便伊怎样花样景来吧，我预备和伊决裂了。好在这婚姻，本来是我母亲代我做主的，我何尝要早婚呢？多生这种麻烦，妨碍我的学业。"

秦氏在旁听着，不由又气上来了，立刻开口说道：

"你倒说得这种好听话，你既然不要早婚，为什么在外边恋爱别的女子呢？我本来叫你在苏州读书，你一定要和你的妻子搬到上海来，我怎样知道你们暗中的事呢？直到事情弄僵了，你方才单身回来，今天还要怪人家不好吗？"

克家道：

"当然要怪你的不好，没有你母亲做主，我绝不会和秀芝结婚的。"

秦氏又道：

"你既然不要秀芝，尽管和伊离婚便了。我本来是一片好心，反而受足了气，花去了许多钱，所为何来？"

有华听他们母子俩又要斗嘴，忙说道：

"你们不要胡乱争论，还是想个很好的办法应付吧！"

克家不假思索地对高其达说道：

"既然如此，我就准备和秀芝离婚吧，本来伊要叫我和尤丽莲脱离关系，一则我心不忍，二则事实困难呢。"

高其达笑笑道：

"那么，你和你夫人离婚倒忍心吗？"

克家道：

"谁叫伊逼得我无路可走呢？"

秦氏道：

"好，这种媳妇，我也难当，早些离婚也好。将来你自己去做主吧，是好是坏，怪不到你的母亲身上了。"

高其达听他们如此说，便道：

"很好，克家兄我早已同你说过，鱼与熊掌，不可兼得。你的爱情，请你还是专注在一个人身上吧！"

克家道：

"烦你再去探听秀芝，假若我们在离婚时，伊要不要向我索取赡养费的。"

高其达微笑道：

"这一笔钱恐怕伊不肯饶过你的吧！"

有华也说道：

"当然多少总要出些的，到时候我们也要请律师的。"

秦氏叹口气道：

"天下的事，真不可知，早知今日，何必当初？"

有华道：

"我们肚子饿了，这个事，且待饭后再商量吧！要请律师事，在上海我也有很熟的大律师呢！"

克家立刻吩咐茶房进来，叫了一桌饭和菜，请高其达在此吃饭。等到午饭完毕，克家要留高其达坐谈，高其达却说自己另有要事去干，明天早上再来了。克家又托他趁便去向秀芝探听口气，高其达自然答应，匆匆告别而去。他们三人坐着商量准备，由有华去请王国桢律师来代办这事。

谈了一会儿，有华烟瘾发作，又要出去抽一会儿了，克家也要到尤丽莲那边去，把秦氏一个人抛弃在旅社里，可怜伊冷冷清清和谁去消遣心中的忧闷？幸亏有华不多时就回来，便陪伊出去到大马路走走，看看橱窗，又到先施公司去买了些东西，吃了点心，然后回寓。秦氏想不到难得到上海的第一次，来时受了媳妇的气，败兴而回。第二次来时，却又为了儿子和人家离婚的事，好生没趣，连戏也不高兴出去看了。

伊在上海一连住了七八天，克家和秀芝协议离婚的事，已得解决。因为秀芝和有华谈话的次日，便托吴元屏律师写信来催促克家出面谈判，责备他有了外遇，故意将发妻恶意离弃，要求赔偿损失和赡养生活之资。克家方面，有华请的王国桢律师出面去和吴律师洽商，因为两方面都是世家，最好避免涉讼。此时卢秀芝听了高其达的教唆，不惜一意孤行，伊又得了她父亲的同意，许伊自己如何去交涉，所以现在伊的目的便在金钱了。起初要求赡养费二十万，秦氏听了，吓得舌头伸了出来收不回去。结果由王律师向吴律师再三磋商，克家付出赡养费五万元。秦氏虽然不愿意付出这样多的钱，但事到其间，伊亦无可如何了。双方由律师代为在新申二报上登了一则协议离婚的启事，将来男女方面婚嫁，各不干涉。而毕勋路的住宅，克家也丢弃不要，归于秀芝了。二人直到在律师事务所签字的时候，方才见得一面。自从订婚到结婚，由结婚而离婚，不到一年工夫，可谓一切闪电式，那时二人并没有一句话说，夫妻的感情也归于乌有了。

　　克家既和秀芝离婚，解决了一方面，却又要解决尤丽莲的一方面，但此事没有高其达在内，便好办得多，况尤丽莲听得克家和卢秀芝协议离婚的消息，便感激克家的好意，在这几天之内，二人的情感早已回复了原状，且进一步。那么尤丽莲所提出的条件，更无商讨的必要，只要克家在亲友面前，代尤丽莲证明一下，尤丽莲便可把秀芝嫡室的地位取而代之了。克家又趁秦氏没有回苏的时候，约了尤氏母女在杏花楼吃夜饭，和秦氏、有华相见。尤丽莲小产后的身体已复原状，精神上也愉快得多，艳装华服，去见秦氏。秦氏见尤丽莲的容貌并不输于秀芝，细腰秀项，风姿更比秀芝活泼，况且也是个女学生，便觉得儿子的眼力不错了，谈笑吆喝，尽欢而散。

　　秦氏回到客寓里，又和克家商量以后的事情。据秦氏的意思，因为此次克家和秀芝离婚，损失了好多万以后，家中开支亟宜撙节，不如把尤丽莲带回苏州去住，而克家也在苏州求学，不必再到上海来胡闹了。无奈克家心里不愿如此，他仍旧迷恋着上海。只把尤丽莲的意思推托，说伊因为父母在沪，不肯住到苏州去。且说自己经过这番风波以后，当在上海用心读书，不再有荒唐的行为了，请秦氏试验他一年。秦氏和有华虽劝过他几次，终是无效，也只好允许他们住在上海了。又过了几天，秦氏方才代素文姊妹剪了两件衣料，意兴阑珊地和有华回至苏州去了。临行时，又叮嘱克家许多话，要他好好儿地专心读书，和尤丽莲居住一切，更要留心，放寒假时回家度岁，至于每月费用仍照往日供给。克家一一遵命，横竖他的心口不是一致的，当着人面说得很好，背转身便忘记了，等到已成事实，秦氏终究是奈何他不得的，他的胆子益发大了。秦氏此次代儿子付给秀芝的赡养费，是开的一张到期兑现的银行支票，交与律师，伊还要回去张罗这笔巨款呢。在那时候的五万元，也不好算少了。克家送他母亲和舅舅去后，他又忙着和尤丽莲正式同居之事。

这时候，尤丽莲因祸而得福，非常高兴，伊母亲也是十分快活，因为环龙路那边房间里的器具业已捣毁，便去木器店里重购买了一套家具，从环龙路迁至圣母院路一条弄堂里，租了一座一上一下的新式房屋居住。至于这次的用度，克家已向他母亲要求成功，秦氏回苏后，立即汇上，让克家去干事的。他又要请高其达帮忙，然不知高其达在这期内，也自有他的忙劳，何暇再来帮闲？他怂恿克家、秀芝离婚后，他就和秀芝公然无忌地住在毕勋路新宅内，双飞之燕，各自别寻好梦，以遂其欲。然而事实上的演变，尚不欲即此而止呢！

# 第二十六回

# 花萼悴荣伤母心

弯弯的蛾眉月自轻如雾縠的云中涌出，发出它清冷的光，照到一条弯弯曲曲的小河上来。河水清涟，被微风吹着，起了小小的波纹，映着月光，好似老天特地织就一片银色的云锦。河边汀洲萦回，林木丛密，有许多绿树伸出他们的巨柯，斜覆到河面上来，又使水上一处处有许多浓荫，远望过去一段白一段黑，更显得非常幽静。而且绿树丛中有数处高耸耸的，矗出琼楼玉宇来，绣帷珠帘间有灿然的电炬透射到远近。有时还有一二庇霞娜的声音，琤琤玱玱地传送到人们的耳朵里来。在那些红楼的四周，又有象牙色的短垣，上面悬着许多莺萝卷葹之类，绿荫蒙蒙，朱实离离，映着银色的月光，更是好看煞人。

这时候虽然黄昏人静，月上柳梢，而在那小河的一端，有一只小艇缓缓地荡将过来。那船是一种游艇，没有篷舱的，船的两旁装着白漆的短栏，而那船身也是髹成奶油色的，所以在那皎洁的月光下，更是鲜明得使人注意了。艇中坐着一男一女，都是少年，男的年纪不过二十左右，穿着西装，因为天热，外挂也脱在一边，卷起了两袖，拿着一把桨，用力地划水。女的和男的年龄差不多，穿着一件淡绿色的轻纱旗袍，脚踏白麂皮的革履，手里

304

也拿着一把桨，在水里划着。两人沿着这条小河，一边划船，一边谈话。那船一直在月光下和浓荫里驶过去，一会儿幽，一会儿明，这一对男女也好和神仙眷属置身在琉璃世界中呢。男的对女的说道：

"天下的事情真不可知。我们都在吴下守株待兔，想不到竟会先后跑到南国来的。饮水思源，微妹之力不及此。我心里真是非常感谢的。"

女的说道：

"你说什么话来？我早已说过人类本应互助，这不过是偶然有一个机会罢了，我也没有出什么多大的力，你何必将感谢两字常挂在口边？自己人不必如此的。"

男的又道：

"我闲时常想假使我在那时候没有你们贤父女的提携，恐怕我至今还在苏州老家里受他们肮脏之气，一辈子局促如辕下驹，没有出头的日子呢。今日我能有这样的地位和快乐的环境，岂非都是你们所赐的吗？古人说得好，人生得一知己，可以无憾，又说钟期既遇，奏流水以何惭，因此我把妹妹视为平生天下第一知己了。"

男的正在絮絮地说下去，女的却微微一笑道：

"恐怕我当不起知己两个字吧！"

男的笑道：

"当得起，当得起。"

这时对面水面上又有一艘游艇驶将过来，艇中三女两男曼声唱着台山的情歌，嘻嘻哈哈地充满着谑浪的笑声。两船交错而过，二人的谈话停了一下，只把桨划过去。银色波纹的水面被桨划开来，顿见浮光耀金，而在艇后拖成一 V 字形，渐远渐灭。他们俩的游艇又划过了一段水面，那唱歌的游艇已隔得远了。二人重又谈话起来。男的又说道：

"我不敢在女子的面前说女子的坏处。我继母待我真是非常冷酷，把我看作眼中钉，既不使我读书，又不放我出外，却叫我守在店里。表面上似乎意思是很好的，让我有机会学习管理自己的老店，继续我父亲的事业。其实店中的紧要部分和账目等一切都握在经理手里，我丝毫无权可以过问，只坐在店里，管些不紧要的零碎账目罢了。这样的学业，即使十年八年又有什么进步呢？所以为着我的前途而彷徨酸辛，到今朝我虽不能说已能扬眉吐气，却也可一吸自由的新鲜空气。仗着你给予的鼓励而奋力，向我的前途迈进，将来我自信一定能够走到光明之域的。"

女的说道：

"我早知你是有志气的青年，所以你继母虽然虐待你、冷待你，而我们却非常敬佩你、怜惜你的，所以有心要代你找一个出路，而使你脱离那樊笼。且喜这目的果已达到。前天听我父亲说王云程经理对你很能加以青睐，不久他要在厦门开设一个分公司，也许将你升格调到那边去做会计主任呢。我又请求父亲代你多说些好话，以便可以实现。"

男的说道：

"多谢美意，当终身铭记之心版。但是你来得不久，我们难得有此畅快的欢聚和遨游，若然我又要被调到厦门去，那么我不得不又和你分别了。古人所说的黯然魂销者，唯别而已矣，这别离的滋味很令人难尝的。不过前番我在故乡辞别你们而到香港来，都是怀着一腔乘风破浪之志，为了我的前途而出外奋斗，所以虽然惜别，而硬着头皮，抱着勇气，迈往长征的。但是此次和妹妹常常聚在一起，互倾胸臆，而最引为快慰的就是你能十分体贴我的，我们俩可以说相知在心，所以我对于你的爱情也是与日俱增，差不多已达沸点了，天天必要看见你。一日不见，如隔三秋，以前以为诗人之言，形容过度，现在觉得六秋七秋都不足以表相思的如饥如渴呢。那么设使我们俩一旦又要分别，我就没有以前的勇气了。"

女的听了男子的话，秋波溶溶，尽向着男的紧瞧，手里的桨也划得慢了一些，似乎软绵绵地少了许多气力。伊对男的说道：

"你既知道人之相知，贵相知心，那么只要心里知道了，便不必顾到其他，何必拘于形迹呢？你当然要为前途而努力，岂可以儿女之私而自误呢。"

男的一听这话，不由肃然起敬道：

"金玉良言，出于你的檀口，我敢不拜受。我只要你能够俯允我的所请，早日和我正式订了婚，那么我的心灵上更是受到莫大的安慰了。我知道你的母亲，对于此事大概是没有问题的，伊老人家对于我也是很表同情的，我一向感激伊。自来香港，伊更是优待我。人非木石，受之者岂能不衔恩图报？不过你父亲的心思怎么样，那我却还不能明白，你可有些知道吗？请老实告诉我听。"

女的笑了一笑道：

"你不要发急。我父亲也在我母亲面前常常称赞你做事又谨慎又敏捷，将来可以独当一面，是个可造之才。且说我们很能识人，他保荐你给王经理也很有面子的了。可见我父亲非常看重你。那么他对于我们的婚事，岂有反对之理呢？你放心吧！"

男的听了这话，斜转身子，一手拉着女的纤掌，在伊掌上吻了一下，此时两人已心心相印，脉脉情深，爱神盘旋在他们的顶上了。这二人是谁呢？

读者谅已知是庄克绳与唐永朴。因为克绳自别吴门到了香港以后，便去拜见永朴的父亲唐佩之，把永朴介绍的书函给佩之看了。佩之见克绳是个诚朴少年，大致不错，遂很高兴地把克绳介绍入渔业公司去。那渔业公司既是新办，需才孔亟。经理王云程向克绳问询之下，知道他曾习簿记算学，遂派他到会计部办事。且因唐佩之的介绍，较为看重，颇示优待。克绳供职后，朝晚服务，小心翼翼，勤劳不懈，大得会计主任的信任，在王云程面前代他说了一些好话，王云程记在心头。克绳孑身寄居异乡，无处可走。他并不喜欢到声色场中去胡调，故每天晚上跑到一个补习学校里去补习英文和日文，有时还到唐佩之那边去聆受教益。唐佩之没事时和他谈谈，觉得他外才虽不全美，而内才很好，只要加之以琢磨，自能有一鸣惊人大施骥足的一日，所以时加勖勉。克绳深感好意，又时时和永朴通信，玉珰缄札，常赖绿衣使者代达衷情。所恨分开在两处，不能晤面，不能免秋水伊人之思。恰巧天赐其缘，竟有一个机会来了。

因为唐佩之在外宠爱的小星突然患了急性肠炎而逝世，唐佩之经此打击，悲悼无已，也生了一场病，病中乏人奉侍。克绳常去探望，暇时每每伺候在一边，且写信去告诉永朴。永朴知道父亲患疾，万分惦念，立即致函与父亲，要求到香港侍奉汤药。唐佩之因此念及故剑，而想接他的老妻去港，室家和好如初，可以聚在一起。但他恐老妻不肯南来，所以未加可否。幸而他的病好得很快，等到病体康复后，永朴一封一封的信来，都是航空快邮，说伊的母亲也很悬念，于是唐佩之决定去接他的眷属来港了。他向轮船公司请了一个假，遂乘轮返苏和他妻子儿女相见。暌违了多年的家，一旦重临，儿女也长大了不少，夫妇间的感情便由冷淡而重热。住了没有多日，便向庄家退了房子，寄去了什物，挈眷赴港，这就是秦氏告诉克家的消息了。永朴至港后，遂得常和克绳见面。克绳做了唐家的入幕之宾，与永朴的情感更是与日俱增。永朴对于克绳很能体贴入微，时时露出女孩儿家的心思来。克绳未尝不觉得，心里暗暗欢喜。又因公司里会计主任有事往南洋去，叫克绳暂代其职。当庖代的时期，很能恪尽厥职，而且有一件事做得非常完美，使王云程大加青睐，存心要想将来提拔他。克绳和永朴除了暇时闲谈，每逢星期佳日也要到外边去看看电影，或至海边游眺。在永朴所居附近有一条小河，因为地方僻静，所以出入的舟楫很少。但因两岸绿树甚多，浓荫蔽日，嘉卉奇石，风景清幽，那边临流而筑的很多别墅和园圃，是贵族们退休憩息之所。每当春秋佳日，也有许多王孙公子，香闺丽人，到这河上来划舟为乐，远避尘嚣。

这一天是星期日，克绳在永朴家里用过晚餐，唐佩之有事未归，仁官同他的母亲去看电影《人猿泰山》。永朴不要看这片子，便和克绳到这河上来划船为乐。其时正值明月之夜，凉风飘拂，花香沁人，河上的游艇此时大半归去，他们更觉得清幽恬静。一边划船，一边谈心，比较苏东坡夜游赤壁，其乐不可同日而语了。二人为爱情所陶醉，此身以外，觉得没有什么他物，所以直到子夜，方才回家。这时唐佩之以及永朴的母亲和仁官等都已回来了，而仁官等不及姊姊，已是早入黑甜乡了。永朴的母亲和唐佩之对于自己的女儿和克绳形迹日密，也未尝不知道的，且也很赞成这两人他日可以配成一对儿，所以对于他们二人并不加以管束了。

当克绳和永朴在香港游泳爱河的时候，正是克家在上海和秀芝闹着离婚之际。克家和尤丽莲自从迁居圣母院路以后，天天聚在一块儿，没有昔日的顾忌，克家学校也不到了，一天到晚只是游玩，而且欢喜去玩跑狗和回力球。尤丽莲也爱这种玩意儿的，常常二人一同前去，输赢很大。克家自以为精于此道，可是每一个月也要输去不少钱呢。尤瑟和他妻子也常到女儿家来了，尤丽莲特地为伊的父亲，设备烟具，以便过瘾。因此尤瑟抱了乐得吃女婿的念头，一天之中倒有大半天在女儿家里吞云吐雾，做芙蓉城主。这样克家的负担加重，每一月的开支便要不够了，夫妇二人有时还要学唱戏，尤丽莲当然是很好的青衣资格，克家便要学老生，加入了票房，请名教师来教授几出戏，以便登台客串。其时正值某某慈善会为了募捐，假大舞台开演三天义务戏，克家的票房也加入的。戏票的价钱很大，但是有许多票友担任下来。克家经众人怂恿，包了一座花楼请客，又认购优等官厅，戏票五十张。他为什么如此起劲呢？

　　原来在三天戏目之中都有他和夫人爨弄的好戏，第一天是尤丽莲的《玉堂春》，克家饰王公子。第二天是《游龙戏凤》，克家饰正德帝，尤丽莲饰凤姊。第三天是《汾河湾》，克家饰薛平贵，尤丽莲饰王宝钏。众票友都称颂他们是珠联璧合的杰作。克家全副精神放在这件事情上。三出戏的戏装，他和尤丽莲都要自己新制，不要去向伶人借用，因此这笔耗费总数可就不小了。他到哪里去拿呢？他又不会赚钱的，无非去向苏州老家转念头罢了。他因前次偷取田单，十分顺利，所以他抄这老文章，遂又回去假作探望母亲，趁秦氏不防的时候，窃取了五十亩的田单来。因为自己不便出面去押借，遂交给尤瑟去想法。谁知过了两天，尤瑟对他说，将这田单向人押借是很困难的，大多数只要买，不肯押，你不如卖去了吧？可以多得几个钱。若是押借，那就押不起几个钱的。克家听了尤瑟的话，且因要紧用钱，结果就第一次把祖产变卖于人了。所得到的钱，到手便光，又被尤瑟用去了七百块钱，只好含糊过去了。克家为什么不去请教高其达呢？

原来高其达和秀芝同居的事情，也有人告诉了克家，而且克家自己也曾亲眼瞧见过高其达和秀芝并肩携手，徜徉于南京路上。到这个时候，克家方才醒悟，高其达麟鸾其貌，鬼蜮其心，不是个好朋友了。自己和秀芝所以闹僵，也许就是他在里面兴的风作的浪呢。他既然不到校，和高其达见面的时候很少，高其达也难得跑到他这边来。只有一次，高其达向他索取二万元的债款来了一次，二人反唇相讥，面红耳赤，险些闹翻了。幸亏尤丽莲在旁边劝解，允许到年底偿还，方才勉强过去。当然克家和高其达的情感从此便等于零。而克家的行为也一天一天望水平线下直沉。他只知拥着美妻，恣意挥霍，手头缺乏时不是托尤瑟向人出重利借取，便是回转老家向秦氏索需。

秦氏每见他回苏，便要头痛。要想给他吧，无底洞是填不满的，二千三千积起来，其数可观。庄家产业尚不可称首富，至多数十万而已，渐渐用完了，怎样过去呢？若是不给他吧，克家不住地吵闹，其势也有不能。自己到了这个地步，再也遏制不住儿子了。深悔自己起初允许克家到上海读书，且要紧代他成婚，以致克家越变越坏，胆愈大而心愈狠了。若去和有华商量吧，徒然空言，有华也不能来做主的，反要时时向秦氏告借，颠倒怪秦氏只肯无限制地供给儿子浪费，不肯借与兄弟，所以秦氏有了气也无处告诉呢。伊起初一片热心，为儿子娶妇，满望克家可以回心转意，做一个好子弟。自己家中虽然去了一个克绳，可以多一个媳妇，承欢膝下，还可以早日得一孙儿，以娱暮景。谁知非但不能使克家变好，反而多生了许多变故，愈弄愈糟，而自己的儿子竟像不羁之马，尽管胡乱做下去，一天不如一天了，叫伊怎不悔恨万状呢？只得在家里念佛修行，希望神明护佑，感化伊的

311

儿子。

　　其间，克家曾和尤丽莲在年底回到苏州来度岁，便住在秀芝的房中。家里下人以及店里伙计，以前还不知道详情，现在见换了一位少奶奶回来，大家不免窃窃私语。克家便在家里天天请客，住过了年初五，回沪去了。临去时又向秦氏要了两千块钱，秦氏气得有了肝胃气病。伊真像哑子吃黄连，有苦说不出。生了三个月的病，克家仅回来探望一次。秦氏也不希望伊回来，徒然多生气恼。此时伊对于自己儿子渐渐失望了，一切都觉得灰心。而克家在这数年中不知用去了许多金钱，虽然名义在中学毕了业，可是像他这样地读书，有什么学问可得？更兼着一班大爷脾气，能到什么地方去做事呢？若说再读大学时，他的心思已散，又不成功了。他遂和一辈朋友开设一个贸易公司，专代南洋客商买卖，他自己做了会计之职。假使大家好好儿地去干，倒也不能说无希望。无奈他们对于声色歌舞，酣嬉不厌，不能规规矩矩地做生意，徒然在外面摆空架子，借此认识了许多阔人。他又常要到交易所去做投机生意，买卖黄金和棉纱。无奈他终不是个商人，没有商人的头脑，所以无往而不失败，竟在外边亏空了二十多万。到年底无法偿还，债户群集。他遂把南洋某巨商一笔托购货物的巨款去抵偿了债务，多了一二万，作过年之用。然而南洋那边久待货物不至，叠连打电报来催货物。克家只是延宕，他哪里有能力去偿还呢？除非将苏州的颜料行盘去，方可弥缝，但这事秦氏岂肯答应，又将贻戚族讪笑，断乎使不得的。他想来想去，没有办法。

　　忽然公司里有一个姓胡的朋友，有一天很秘密地约了他到一个地方去谈话。共有男女五人，一女四男，自己也是一分子。中间有一个鼠目鹰鼻的西装少年，向大家陈述，他向犹太人学习制造伪钞之术，可以印得和真的无异，现在犹太人相助制版，钱行银行中的五元十元的纸币，将来行使市上，可获大利。现在五人合伙，大家凑出资本去办印刷的机器，可在某处秘密进行。姓胡的劝克家合作。克家起初知道这是犯法的行为，做不得的。然因自己正在窘境，无法可想，遂想行险以侥幸，引事倘能有成，他日可以不劳而获，坐享其利，所以一口应许，签了字加入合作。他承认了一部分的资本。谈妥以后，大家欢欢喜喜地到舞场里去狂欢了。克家亟待印制伪钞票出来，可以救他的难关。然而他的亏空大了，尤丽莲也知道，起初是懵懵然跟着丈夫同乐，后来也觉得此事不对，有些危险，要想帮丈夫去弥补，却憾没有力量。且对于克家加入伪造假钞一事，更不赞成，屡次向克家劝解。克家到了这个时候，已是欲罢不能，胡乱干去再说。心里虽然急，外面依旧装得镇静，若无其事，仍和那些酒肉朋友醋歌狂舞，享受现实的快乐。又过了若干时日，南洋的某巨商知道受了念殃者流的欺骗，便派代表到上海来调查克家的贸易公司，径请律师向法院里控告克家。

克家正在急得了不得的时候，不料福无双至，祸不单行。他们合伙制造的假钞票的机关又被巡捕房里的包探侦缉着实，把姓胡的一干人拘去。于是克家二罪并发，锒铛入狱。尤丽莲当然急得无路可走，连忙打长途电话到苏州去请秦氏来沪，如何设法营救。秦氏接到消息，几乎昏晕过去，没奈何又去请教伊的兄弟有华，一同到上海来想法，请律师代克家辩护。但是克家做的事证据确凿，便是有天大的本领也救他不得了。尤丽莲终日哭泣，深悔当初。秦氏究竟是母子关系，听得克家下狱，非常不忍。自己便买了许多食物，亲自到狱中去探望，代克家上下用钱，希望使伊儿子少吃些苦痛。克家见了他的母亲，此时倒有些天良发现，不胜惭愧，叫他母亲自己保重，不要过于忧急。然而克家一天不出狱，秦氏一天不得安枕而卧。至于尤丽莲是因为克家做了这种触犯法纪、堕落人格的事，自觉无面目见人，怎肯再到牢中去探问伊的丈夫？这事经过几次开庭，结果是贸易公司的事着令克家如数偿还出那笔货款与南洋巨商，那公司因此也封闭了。还有许多欠款，限令各股东如期清偿。可是有些人早已闻风远扬，只苦了那些不走脱的人吃官司赔钱，这真所谓自作孽不可活了。别人且不要讲他，单讲克家，他要拿出二十多万，方可了结这头公案。秦氏要救伊的儿子，破产也顾不得了。又和有华回到苏州去想法，要把自己所有的田产一齐卖去。

此时伊检点箱中田单，方才发现了失去之数，料想是被克家以前窃去变卖的，长长地叹了几口气。有华因为要暗地赚他妹妹的钱，所以抽足了大烟，代伊各处去奔跑，想出拖办的方法，就是秦氏的田，譬如本来每亩要卖一百块钱的，他和买主论价时，伸长十块钱来，预先讲好不写明的，是由有华向买主暗中提取的，自然秦氏哪会知道呢。这样有华也得了一笔钱，派他自己的用处了。可怜秦氏虽然将田产尽行卖去，其数还是不足，不得已向人举债，借了七万元，方始弥缝过去。在秦氏一方面说起来，可说已算用了九牛二虎之力，尽了伊的母亲的心力，可是克家还有伪造钞票的罪名无从开脱。秦氏又哀恳律师想法营救，许以重酬。那律师得人钱财，与人消灾，自然也要多方赎罪。又经过了许多时日，用去了好多钱，方才把克家救出狱来。但是克家对于公家方面的事件虽然侥幸了去，而私人方面的事情却又接踵而起。原来尤丽莲自从克家下狱，秦氏来沪后，伊就带了细软，住回伊父母家里去，这里的房间让给秦氏住下了。

恰巧在这期间尤丽莲的姊姊丽蓉，同伊的丈夫张五公子从青岛来沪游玩兼省亲。丽蓉知道了这事，很代丽莲扼腕，可怜她所识匪人，误嫁了纨绔子，以致有今日的结果。且怪伊父母不应该贪了一些小利，而葬送了丽莲的一生，所以伊就怂恿丽莲趁早和克家脱离关系。丽莲此刻心里不由得不活动了。又逢那张五公子是个风流好色之徒，他见丽莲年轻貌美，比较伊的姊姊更是温婉可人，且唱得一口好平剧，尤为投其所好，他便野心勃勃，对于丽莲，大有一箭双雕之意，不惜施展他的本领，耗费他的金钱，要买动美人的心。自然近水楼台，成功更易。等到克家出狱的时候，这件事已发生了变化，张五公子和丽蓉已带了尤丽莲，以及伊的父母，全家都赴青岛。且请了陈正律师，登报声明，谓克家已犯刑事，堕落人格，所以决心和他脱离关系了。克家这一气真气得深入骨髓，不由嘴里吐出几口血来，觉得一切都完了，名誉金钱美人，什么都牺牲了！回首前尘，恍如春梦。秦氏遂劝他回苏州去休息。他也觉得上海无可留恋了，只得垂头丧气，颓然嗒然地跟了他母亲回去。

　　他本来是王孙公子娇养惯的，自从下狱以后，吃了不少苦头，此刻人也消瘦了不少，精神十分萎靡，一天到晚守在家里睡眠，无面目见江东父老。于是二竖便乘机来侵，又生起一场伤寒症。呻吟床褥，病势很重，又把秦氏急得不知所云。连忙代他请医生来诊治服药，看看克家的病一天沉重一天，毫无起色，吃下去的药如水沃石。秦氏听了亲戚的话，又去请巫者前来代克家看病，求神送鬼，禳星拜忏，一切都做过，依然没有效验。不到一个月，这位花花公子竟撒手长逝，化为异物。秦氏财去人亡，两般伤心，哭得死去活来，痛不欲生，又拿出许多钱来为伊的儿子办丧事。

　　在这一年里面，秦氏为了克家，几乎破产，颜料行虽然依旧

315

开着，而已负了靠十万的债务，伊丈夫所存的财产已所存无几了。秦氏经过了这番的巨变，受的刺激很深，以前的美梦完全打破，甚至于绝望，无异做了一场噩梦。所以往后的岁月，终日以泪痕洗面，念及伊的儿子，深悔自己不能好好儿地约束，以致一误再误，弄到如此不可收拾的地步。更觉得对不起丈夫，也对不起克绳呢。伊深深忏悔，所以每天诵经吃素，敲着木鱼，一意修行，宛如出家人一般了。

又过了两年的光阴，战事猝起，吴人都纷纷迁避，风声鹤唳，一夕数惊。其时有华也已故世，素文、素贞相继出嫁，秦氏的母家也已衰落得极点了。秦氏听得种种谣言，十分胆小，又没有个人商量，隧跟着邻家，避到洞庭东山去。临行时把店务托给了经理先生，宅里托给了一个老妈子，伊自己只带两件箱笼和细软什物。可是当伊在乡下的时候，有一次竟逢到匪劫，把伊所带的东西抢劫一空。秦氏受了惊吓，在乡下生了一场大病。后来回到苏州，要想重整业务，不料经理先生席卷所有而去，家中贵重的家具也都不翼而飞，看守的老妈子也逃到不知哪里去了。这样庄家又破了产，店也开不成了，把一片空店让给前欠的债户。秦氏私囊所有也不过几千块钱了，不得已又到上海去投奔伊的表亲郑绍远。起初吃着亲戚的饭，还能苟安度日，后来郑绍远也失了业，经济上大为恐慌。上海的物价一天天地狂涨，生活更是困难，到了此际，秦氏也不能再白吃人家的饭了。伊自己所有的数千块钱也渐渐要贴完了，使伊不得不忧愁起来，想起自己以前在苏州，虽不能说首富之家，而亦有数十万家产，都是亡夫辛辛苦苦挣下来的。却不料数年之间，被自己的不肖子败得精光，自己又逢战祸，漂泊到上海来，将来的生活叫我去依靠谁呢？在这个米珠薪桂的时候，更见得世态炎凉，人情冷暖，有些疏远的亲戚，他们自己正难过日子，如何再去依靠他们？想来想去，只有靠着自己的两只手。伊听得人家说上海有许多富家，很需要中年以上的妇人在他们家里做管家妇，待遇尚佳。自己以前也曾学过一手好针线，后来嫁到了庄家去，南面而坐，指挥婢仆，有了本领也无处用。此刻虽然年老，而目力还算不错，也可做得，不如托人想法介绍出去，谋个衣食之计，不要再吃人家了。所以伊把自己的意思和郑绍远夫妇说了，叫他们代为留心。绍远夫人自然巴不得秦氏有了枝栖，离开伊家，自己可以减少一个吃饭的人了。日夜催促丈夫，代秦氏设法。

有一天，郑绍远在新开报上分类广告栏见有一家人家要雇用一个管家婆，能够做针线的，家世清白，要有保证，待遇从丰。郑绍远看到了这一个广告，便去告诉秦氏说，这倒是一个很好的机会，不知他们要不要嫌秦氏年老。秦氏道：

"烦你姑且写封自荐信去试试看。"

那人家的通信处是用一五六号邮政信箱的，郑绍远立即修书一封寄去。隔了一天，果然回信来了，要叫秦氏去试用后再定，且写明那家地址是在法租界台拉斯脱路十八号，但没有写出姓氏。郑绍远道：

"他们既有试用之意，那么可去一试了。"

遂叫他的妻子陪同秦氏前去，他们要保时，自己可以担保的。次日上午，绍远夫人自己打扮好了，又叫秦氏修饰得清清洁洁，二人坐了人力车，拉到那地方去。绍远夫人是老上海，所以一寻便着。那人家是一座很新很华丽的洋房，从墙外望进去，珠帘绣闼，绿树奇花，充满着富贵气象。前面是两扇大铁门，静静地闭着。绍远夫人一看门牌是不错的，便伸手去按电铃，便有一个司阍人隔着铁门走来，问他们到哪家去的。绍远夫人把来意说

317

明了，司阍人叫他们在外边等一等，他就进去禀报了。一会儿，回身出来，把铁门轻轻开了一扇，让二人步入，又把铁门立刻关上了，引导二人进去。二人从水门汀的人行道上踏上了白石阶沿，这时正逢凉秋九月，阶前堆着许多菊花山，五光十色，非常好看。司阍人一推正中的门户，便有一头很大的警犬窜了出来，向二人狂跳狂吠，吓得二人倒退不迭。幸亏司阍人把这狗喝住了。跟着有一个十七八岁的婢女，穿着旗袍，抱了一个三岁的小孩子走出来。那小孩子生得眉清目秀，肌肉结实，捏着两个小拳头，在嘴边啃着，身上穿着西式的童装，真美丽得像小天使一样。司阍人对小婢说了，叫伊领到奶奶那边去。小婢对二人瞧了一眼说道：

"那么你们随我来吧！"

二人跟着伊从甬道里曲曲折折走到一座楼梯边。那楼梯是新式的转弯楼梯，阔而且平，上面铺着毯子，走上去一些也没有声息。二人走到楼梯上，见一切陈设都是富丽堂皇。小婢领导二人到外面一间里，叫她们略待一会儿。伊便抱着小孩子推开里边的一扇洋门，悄悄地走进去。接着有一个大肚皮的老妈子从洋门里探出半个头来，向二人张了一下，缩了进去。秦氏瞧着这家人家，触景生情，想起自己以前在苏州时一向做惯太太的，却不料今日之下，竟会跑到别人家来做低首下心的人，这不是不肖的儿子害人吗？秦氏正在默思，听得叽咯咯的皮鞋声，小婢先把洋门开了，走出一个二十多岁的妇人来，身上穿得花花绿绿，有一种珠光宝气，扑人眉宇。秦氏向那少妇面庞细细一看时，上面有几点白麻子，便是伊人的标志，不是昔日唐家的永朴小姐还有谁呢？自己几乎要失声而呼。这时候少妇也认得出伊是庄家的太太秦氏，不由呆了一呆，便向秦氏点点头道：

"你不是苏州庄家的伯母吗？"

秦氏道：

"是的，你是唐小姐吗？一向好，现在嫁了谁？老太太安好吗？"

少妇也不及回答这些问题，回头对小婢说道：

"你去请少爷出来。"

一边便请二人在沙发里坐。二人不肯就坐，又听革履声，门里又走出一个西装少年来。秦氏的目光一接触便认得少年是克绳，风姿朗润，一变昔日在家里的气象了。少年也瞧见了秦氏，大大地一怔。少妇带笑对他说道：

"天下会有这种巧事吗？你母亲来了。"

克绳只得上前叫一声母亲。此时的秦氏羞惭满面，只苦眼前没有一个地洞，让自己钻了下去。自己以前定要分出克绳，把财产都传给克家，现在财产到了哪里去呢？瞧克绳这个样子，倒是发财了，早知今日，何必当初？一个人真是不能料到底的。唉！这也难怪秦氏，此事也来得太突兀了。报应不爽，天道昭昭，种瓜得瓜，种豆得豆。

这几年来克绳从香港被派至厦门分公司做会计主任，营业蒸蒸日上。王云程经理都归功于他。他自己又在外边做一些买卖，运道很好，被他赚了好几万。他在港临走时已和永朴正式订了婚约，后来就在厦门结婚。唐佩之夫妇自己送女儿来，王云程为证婚人。结婚的那天，贺客盈门，嘉宾满座，非常热闹的。婚后光阴自然甜蜜异常，夫妇俩组织了新家庭，却和克家是不同的，男勤女俭，努力合作，不多几年家道兴旺，克绳自己手里也有数十万了。生了一个男小孩，取名一馨，今年方才三岁，就是秦氏所见抱在小婢手中的小天使了。今春王云程又在上海设立了一家渔业银行，要把营业推广到江浙北方来。因为克绳办事能干，为人信实，又是江南人，所以调他来上海主持一切，担任总经理之职。他自己也有十多万股份，更是致力于事业，于是他的家也搬到上海来，在台拉斯脱路购了这座新屋，做上海公寓了。此时他交际既广，事业日隆，无往而不利。永朴于主理家政而外，又要时时帮助伊丈夫出外交际。永朴的母亲仍住在香港，没有同来。所以家中乏人，需要一个管家妇而登报招雇了。哪里知道招雇之下，竟会和秦氏重逢呢？克绳虽然恨秦氏以前薄待自己，十分无情，但是当他来沪以后，也曾和永朴一度返苏去乡间扫墓，向戚友问起秦氏近况，对于克家不肖，败家荡产，以及一病归阴，店基出盘，秦氏他去等事，也都微闻一二。暗暗代庄家的家运扼腕，深惜父亲一生辛苦，尽付东流，而秦氏却不知流浪到何处去了，心里抱着十二分的遗憾。永朴知道后，对克绳说道：

"我早料到他们母子没有什么好结果的了。秦氏要分出你，这也是造就你在外的一番奋斗和成功。若是伊待你好时，恐怕你也要和克家一样堕落，也未可知呢。"

克绳点点头道：

"不错，这是你早和我说的。秦氏母子孽由自作，不能怨人。但我只有一个兄弟而弄到如此下场，岂是我的本愿？而庄家的门楣也被他倒光了，岂不可耻。"

永朴笑笑道：

"还有你大哥哥在，庄家的门庭不难重振，你也不必感伤吧！"

于是二人在苏州定期设宴，大会庄氏戚党和昔日故旧，只没有秦氏到场。大家眼见克绳在外很是得意，无异衣锦归乡，交口称颂，咸说庄氏有子，一变以前冷淡之态。世情如此，本无足怪的。二人回沪后，很想访问秦氏，而因事务丛集，不知不觉地搁置下来。今天想不到秦氏竟会自己跑上门来的，克绳倒不得不认伊母亲了。

问询之下，知悉秦氏身世十分可怜，一向养尊处优的人，后半世竟会这样吃苦，叫伊怎当得起呢？交谈了一番，克绳把前嫌尽忘，看在亡父的脸上，便要留秦氏在家相助，照顾家务，依然称呼伊母亲，而绝不当作下人看待，和永朴说了。永朴是一个有贤德的女子，自然赞同伊丈夫的说话。秦氏见克绳不念旧恶，如此优待自己，不由感激涕零，从此无家而有家，无子而有子，衣食也可以无虑了。绍远夫人想不到秦氏有这种奇遇的，悲喜交集，安慰了秦氏数语。伊自己和克绳也认得的，谢谢克绳顾念母子之情，能把秦氏留养，竟是世间难得的贤孝子。克绳便和永朴引导秦氏至后边一间小房里，有着现成干净的床帐，作为秦氏的卧室，叫她一切不必客气。且留二人吃午饭。午饭后，克绳有事出外。秦氏便和绍远夫人回去取伊自己的衣服，和随身用具前来。永朴就请秦氏早些来用晚餐，且叫郑绍远同来一聚。秦氏和绍远夫人欢欢喜喜地回去了，把适才所遇的情形告知绍远。绍远也且惊且喜，赞美克绳有志气，能到外边去奋斗成功，不赖遗产，而能卓然自立，不愧豪杰之士了。秦氏收拾收拾，又同郑绍远夫妇赶到克绳府上去。

他们坐无轨电车去的，在无轨电车上秦氏忽又邂逅高其达与秀芝。瞧二人衣服敝旧，形容憔悴，没有昔日的风采了，大约近来的景况也不见得好吧！秀芝见了秦氏，连忙别转脸去，只作不见。高其达也不来招呼。电车开到前面一站，二人匆匆地跳下去了。秦氏只是呆思呆想，不胜太息。既至克绳家中，永朴殷勤招接，请郑绍远坐在楼下客室中。六点钟敲过，克绳回来了，和绍远见面，谈谈昔日情景，很代他的亡弟惋惜不已。留绍远夫妇一同用晚膳，十分客气。绍远正在赋闲之时，有缝便钻，拜托克绳代为设法。克绳一口答应。夫妇二人千恩万谢，到黄昏时方才告辞而去。从此秦氏便住在克绳家中，代克绳一心一意照管家务，且很爱这新生的孙儿，常常觉得很惭愧，没有把家产分一半给克绳，也不至于被克家全败光了。但克绳对于家产全不放在心上，而对于兄弟的堕落夭亡，却深深悼惜。

转瞬又到新年，庭中有一对梅树正在开着嫣红的花，一样盛大。他指着梅树，对永朴微微叹道：

"庭中二树，花萼双辉，凡今之人，莫如兄弟，设使我的兄弟今日尚在，我们弟兄二人一齐努力，在社会上做一些事业，岂不是好呢？现在徒使我读《棠棣》之诗，兴雁行折翼之悲了。"

秦氏闻着，凄然无语，追念前情，不堪回首。而过这一个新年，在心头又觉异样难受。想起当初克家兴高采烈地从学校里回来，和素文、素贞等在家欢聚，大家争向自己拜年，却别自有一种滋味，此乐如烟如梦，不可复得的了。正是：

庭前花萼，各异悴荣。宴安鸩毒，忧患玉成。

**图书在版编目（CIP）数据**

花萼恨／顾明道著. — 北京：中国文史出版社，
2018.5

（民国通俗小说典藏文库·顾明道卷）

ISBN 978 – 7 – 5034 – 9992 – 0

Ⅰ. ①花… Ⅱ. ①顾… Ⅲ. ①长篇小说 – 中国 – 现代

Ⅳ. ①I246.5

中国版本图书馆 CIP 数据核字（2018）第 009959 号

点　　校：清寒树　旷　野
责任编辑：薛媛媛

出版发行：**中国文史出版社**
网　　址：http://www.chinawenshi.net
社　　址：北京市西城区太平桥大街 23 号　　邮编：100811
电　　话：010 – 66173572　66168268　66192736（发行部）
传　　真：010 – 66192703
印　　装：廊坊市海涛印刷有限公司
经　　销：全国新华书店
开　　本：720×1020　1/16
印　　张：21　　　　字数：239 千字
版　　次：2018 年 5 月第 1 版
印　　次：2018 年 5 月第 1 次印刷
定　　价：62.80 元